屋[illegible]嬢

カーラ・ケリー

佐野 晶 訳

MARRIAGE OF MERCY

by Carla Kelly

Translation by Akira Sano

mira

MARRIAGE OF MERCY
by Carla Kelly

Published by K.K. HarperCollins Japan, 2024

屋根裏の男爵令嬢

おもな登場人物

グレース(グレーシー)・ルイーザ・カーティス—男爵令嬢
アダム・ウィルソン——パン屋の主人。グレースの雇い主
ウィルソン夫人——アダムの妻
トムソン卿——パン屋の顧客。クアール侯爵。故人
ダニエル・ダンカン——亡きトムソン卿の非嫡出子。商船の船長
ロブ・インマン——ダンカンの部下。商船の航海長
新トムソン卿——亡きトムソン卿の相続人
セルウェイ弁護士——亡きトムソン卿の弁護士
エメリー——亡きトムソン卿の使用人。庭師
ナホム・スマザーズ——新トムソン卿の使用人
レディ・タット——クインビー村に暮らす未亡人
ボビー・ジェントリー——クインビー村に暮らす少年

プロローグ

航海長のロブことロバート・インマンは明るい性格で、昔からどんな苦しい経験も甘んじて受け入れ、それを自分の肥やしにするたちだった。とはいえ、設備も待遇も決して人道的とはいえない比較的新しいダートムア刑務所で、捕虜としてもう一年過ごさねばならないのは、彼のような男にとってすら並大抵のことではなかった。

　このところ、オロンテス号の生存者のあいだで交わされる話題には変化が生じていた。一年前の一八一三年には、彼らが口にすることといったら、英国の商船を次々に拿捕（だほ）していたランズエンド岬の沖で、不運にも捕らえられたときのことばかりだった。

　ダニエル・ダンカン船長は、大きなため息とともに、他国商船拿捕免許状と押収品を勝者に手渡した。英国海軍の戦艦を指揮していた艦長は、意外にもただの少尉だったが、悔しいことに彼らは風上にいた。したがって、オロンテス号が拿捕されたのは仕方のない結果だったといえよう。私掠（しりゃく）船オロンテス号のエレガントなマストからアメリカ国旗がおろされ、代わりにそこで英国の国旗がひるがえるのを見たときは、胸がずきんと痛んだものだ。

捕虜になった屈辱があきらめに変わると、乗組員たちの舌がゆるみはじめ、火薬運び(ランナー)の少年が、こんなとこ、あっというまに出てってやる、と宣言した。ダンカンの一等航海士にして唯一の航海士は、戦争はまもなく終わる、不快な体験もあっというまに終わりが来る、と予言した。

火薬運びも一等航海士も、どうやら先見の明があったようだ。火薬運びはほどなく牢(ろう)を出た。虫歯から感染症を起こしたのに、刑務所の所長が囚人の歯の手当てなど必要ないと捨てておいたため、最初の死者として牢から運びだされたのだった。

一等航海士のほうはひどい壊血病にかかり、苦しみながら死ぬはめになった。トリポリの海賊と戦ったときに受けた太腿の古傷が開き、それがどんどん広がって、恐ろしいことに血が腐りはじめたのだ。

まもなく戦争が終わるという予言に関しては、誰ひとりたいした希望を持っていなかった。暦を管理している船大工は、昨日とほとんど同じ一日にばつ印をつけるのが仕事になった。薄い糊(のり)のような朝食に、その粥(かゆ)とひと切れの堅いパンの夕食、そのあいだには何もない一日に。

初めのうち、ロブの仲間は食べ物と女のことを口にした。ここを出たら真っ先に血の滴るようなステーキを食べてやる、十人でも二十人でも女を抱いてやる、と。だが、まもなくあまりにつらすぎて食べ物の話は誰もしなくなり、飢えに苦しむ男たちには、柔らかい女体を想像する元気もなくなった。ロブは肉欲がもたらす歓びを思いだそうと不毛な一時間を過ごしたあと、以前はあれほど豊かだった想像力をもってしても、いまの自分にはその歓びをもたらす行為を頭のなかでたどるだけのエネルギーすらないことに気づいた。

男たちは、一日のほとんどをひと言も口にせずぼんやりとすわって過ごした。そして夜ともなれば、鼠の攻撃から、水に呑まれて溺れかける夢、ナポレオンがもたらしたこの厄介な戦争で捕まったときの恐怖まで、さまざまな悪夢が彼らのなきにひとしいエネルギーを消耗させた。しかし、こういう夢はまだよいほうだった。案山子のように痩せた仲間が、不潔な床を這いまわり、自分よりも弱っている男の粥やパンを奪うという現実のほうがもっと恐ろしい。

ふだんは楽観的なロブにすら、事態はもっとひどくなることがわかっていた。ダートムアについて、少なくともこれだけはたしかだ。冷たい石をひとつずつ積んで造られたこの刑務所は水ももらさぬほど堅牢だが、鉄格子のあいだから冷たい風が吹きこんでくる。冬は鉄格子を覆うべきだと、どの看守も考えたことすらない。彼らに言わせれば、囚人など風から守ってやるほどの価値もないのだ。

航海長のロブ・インマンにとっては、風こそが命だった。食べ物や女の体よりも、ロブには顔に吹きつける風が必要だった。だが、彼が焦がれたのは、刑務所の高い塀を越え、うなりをあげて鉄格子から吹きこんでくる風ではない。適切な風が帆にどんな奇跡を起こすかをロブは知っていた。彼の仕事は、傾いた甲板の一点に立ち、顔に受けている風をどう使えばよいかを判断することだ。夏の順風、太平洋の無風水域、南東アジアの湿った風。

ロブの望みは適切な風が吹くこと、それだけだった。

1

貴族の娘として育ち、少し前まで男爵令嬢と呼ばれていたグレース・カーティスが、無益な自己憐憫（れんびん）に溺れて人生を無駄にするつもりであれば、そのお手本にはこと欠かなかった。彼女のまわりには、まさしくそういう人生を送っている良家の貧しい女性たちが何人もいたからだ。

たとえばアガサ・ロールズは〈ヘア・アンド・ハウンド〉にある貸間に住んでいる。エドワード王の治世時代に建てられたロールズ・マナーで過ごしたアガサの子ども時代に比べれば、恐ろしいほどのおちぶれようだ。由緒あるアガサの生家は、いまでは蝙蝠（こうもり）の住みかになっている。いまとなっては遠い過去の人物である伯爵が、王党派と円頂党の時代に勝たない馬に金をつぎこんだために、一家の資産は見るまに目減りしたのだった。ロールズ家が完全に没落するまでに百五十年の歳月を要したのは、伯爵家の富がいかに莫大（ばくだい）であったかを語る証（あかし）のひとつだが、いまのアガサには雀（すずめ）の涙ほどの収入しかなく、誰もがそのことを知っていた。

さもなければ、ジョージ・アーミステッド卿のような愚かしい生き方で恥をさらすこともできる。貴族としての面子にこだわるよりも、商人に大枚を払わせて屋敷を売り払い、入った金で優雅に暮らすほうがはるかに賢いものを、アーミステッド卿は一家の屋敷にしがみつき、色褪せ、すり切れた調度に囲まれて雨漏りのする部屋で暮らしている。

　グレースの父親であるヘンリー・カーティス卿は、アーミステッド卿の生き方にうんざりして首を振り、あんな部屋で高価な葉巻やワインを口にすることになんの意味があるのか、と口にしてはばからなかった。実は形こそ違え、自分も同様の生き方をしていたのだが、本人はまったくそれに気づいていなかったようだ。ひとり娘であるグレースに、次のシーズンにはぜひともロンドンに出て立派な相手をつかまえろ、と臨終の間際まで言っていたのだから。

　父親思いのやさしいグレースは、そんな余裕などまったくないことを面と向かって告げるにしのびなく、黙ってうなずいた。明るい笑顔のほかに何もないグレースに、結婚を申しこんでくれる相手は、ロンドンはおろかこのあたりにさえひとりもいないだろう。だが、今際の父にそういう事実を聞かせるのは残酷なことだ。

　グレースはこの不幸から少しでも有意義な教訓を得ようと心に決めて、息を引き取った父の目を閉じ、涙を流しながら部屋を出た。これからは自力で人生を切り開いていかねばならない。じりじり赤貧に滑り落ち、そのなかに呑みこまれてしまうのはごめんだ。たとえ貧しくとも、幸せになれないという決まりはない。

数日後、どうにか葬儀をすませたあと、黒い喪服に身を包み、黒玉のブローチをつけて、グレースは弁護士が父の遺言書を読みあげるのを黙って聞いた。結局、残ったのは借金だけだった。父が亡くなる前の数週間、顧問弁護士は町の本通りから離れている家屋敷を喉から手が出るほど欲しがっている商人のなかで、カーティス家の屋敷に食指を動かす者がいるかどうかをそれとなく探りだそうとして、ひとり見つけていた。そのためグレースはその男と同席を余儀なくされるという不名誉に耐えねばならなかった。

まだ残っていたひと握りの使用人たちには、わずかな金が与えられた。みなカーティス家を出れば、救貧院へ行くしかないほど年をとり、ほかで雇ってもらえる望みのない者ばかりだ。けれど、グレースにはどうしてやることもできない。老いた使用人たちのすがるような目にも、悲しい顔で首を振るしかなかった。

それから思っていたとおりの内容が読みあげられた。屋敷と家具調度はすべて新たな持ち主の手に渡る、と。昨夜のうちに顧問弁護士から報告を受けていたグレースは、すべてがバルト諸国から海軍の備品を輸入してひと財産築いた男のものになるという通告を、冷静に受けとめた。ポケットに入れて持ち去ることを許されたのは、アメジストのブローチひとつだけだった。

父の遺言書はそれで終わり、グレースは生まれ育ったわが家への権利一切を放棄する書類に署名したあと、新しい持ち主とその家族に、家のなかをひととおり見せてまわった。

男の妻にすぐにも引き払ってもらいたいと要求されたときには、屈辱と苛立(いらだ)ちがこみあげたが、さいわいなことに、グレースは昔から実際的に物事を考えるたちだった。

「明日の朝には出ていくことができますわ」彼女はそう答え、そのとおりにした。

一刻も早く屋敷を自分たちのものにしたがっている新たな持ち主は、グレースには身を寄せる木などひとつもないことなど考えもしなかったのだ。グレースはふたつの鞄(かばん)に身のまわりのものと着替えをつめた。明日からの身の振り方を思い、まんじりともできずにいるあいだに、ひとつの計画が浮かびあがり、何度退けてもしつこく頭の隅にいすわりつづけた。夜が明け、生まれ育った屋敷で最後の朝食をとったあと、グレースは思いきってその計画を実行するしかないと覚悟を決め、鞄を手に十八年間暮らした家をあとにした。

そのときグレースが〝温めていた卵〟は、たったひとつだけだった。それが失敗に終わったら、自分はどうなるのかまったくわからなかった。が、さいわいにして、その〝卵〟は続く十年のあいだかなりの慰めと喜びをもたらし、自分の選択が正しかったことを証明してくれた。エクセターの町に近いクインビー村は、以前のわが家から歩いてもさほど遠くない距離にある。彼女が家を出たのは八月にしては涼しい、よく晴れた日で、気持ちのよいそよ風がアダム・ウィルソンの経営するパン屋の看板を揺らしていた。

できればウィルソン夫妻だけと話したいと思っていたグレースは、客がひとりもいないのを見てほっとしながら鞄を置き、カウンターに歩み寄った。アダム・ウィルソンは粉のついた手をエプロンで拭きながら、グレースが幼いころから見慣れているやさしい笑みを浮かべた。ついこのあいだまでは、恥をしのんでこの笑顔に向かい、何度もつけでパンを売ってくれと頼んだものだった。

「いらっしゃい」おかみさんが夫の横に立った。

グレースは深く息を吸いこみ、思いきって言った。「お宅にはたくさん借金があるわ。それについてお願いしたいことがあるの」

ふたりは好奇心を浮かべ、黙ってグレースを見つめた。

「住む部屋さえ与えてもらえたら、その借金を払いおえるまでここで働かせていただくわ。そしてわたしの働きに満足してくれたら、借金を払いおえたあともそのまま雇っていただけないかしら。ここで働いていた人が、つい最近エクセターの御者と結婚したのを知っているの」

ありがたいことに、ウィルソンは驚きもしなければ胡散臭(うさんくさ)そうな顔もしなかった。「パンを焼くことに関して、何か知ってるのかね？」

グレースは正直に答えた。「ほとんど何も知らないわ。でも、わたしは誠実な人間だし、働き者よ」

夫妻は顔を見合わせた。グレースはまっすぐ前にある〝六個一ペニー〟という丸パンの広告に目を据えたまま待った。

「あなたはこんなにきれいなお嬢さんだもの。同じ階級の殿方に結婚を申しこまれるかもしれない。そうなったら、せっかく仕込んでも、その努力がそっくり無駄になっちゃう」

おかみさんのほうが主人よりも抜け目がないようだ。

「ご心配なく。そんな人はいないわ。わたしには一ペニーの持参金もないんですもの。それに村の殿方が、高貴な生まれを忘れられず、忘れたいとも思わずに、一生自分をばかにするかもしれない娘と結婚したいなどと思うわけがないわ。つまり結婚の可能性はない。雇うには理想的な人間よ」

そしてグレースは、この言葉どおりであることを証明した。村の本通り沿いにある店の二階で暮らしているウィルソン夫妻は、物置に使っていた屋根裏の小部屋を喜んで片付けてくれた。イーストとハーブのいい香りがする部屋を。クインビー村まで歩くあいだに最後の涙を流していたグレースは、こうして村のパン屋に雇われ、新しい人生を歩みはじめた。彼女はただの一度も過去を振り返らなかった。

男爵の娘として暮らしていたころの知り合いが店に入ってきたとき、過去を振り返っても無意味だと知ったのだ。遅かれ早かれそういう瞬間が来ることは、もちろんわかっていた。その朝、とりわけ親しかった友人のひとりが母親と店を訪れ、完全に自分を無視するのを見て、グレースはこれまでとは風向きが変わったことをいやでも思い知らされた。

とはいえ、この一件は思っていたほど悲しくもなければ、つらくもなかった。村のパン屋で働く決心をする前、その一家の慈悲にすがって面倒を見てもらおうか、と長いこと考え、迷った末に、結局自分の力で生きる道を選んだのだ。一年後、そうしてよかったと心の底から思った。レディ・アストリーが貧しいいとこを引き取ったことを知人に話しているのを小耳にはさんだのだ。レディ・アストリーとパン屋にやってきた中年の女性は、常に神経を張りつめ、いとこにこびへつらっていた。些細(ささい)な落ち度でいとこの不興を買い、冷たい世間に放りだされるのを恐れているのが、ありありと見て取れた。男爵の娘という体面などあっさりと捨てて、パン屋で働こうと決心したのは賢く正しい選択だったのだ。

店で働きはじめて二年後、グレースはアダム・ウィルソンからカーティス家の借金はすっかり清算された、と告げられた。彼女は深く息を吸いこんだ。「続けて使ってもらえますか？」そう尋ねるのを聞いて、彼は驚いたようだった。

「そういう約束だったと思うが」ウィルソンは大きなボールにイーストを混ぜた生地を準備しながら言った。

「ええ、そうなってほしいと願っていましたけど」グレースは不安にかられ、目を伏せたまま塩に手を伸ばした。

「だったら、続けて働いてもらうよ、グレーシー。握手で契約を取り交わすとしよう」ウイルソンは笑顔で言った。「あんたはこれまで雇った誰よりも働き者だ」

その後の年月は飛ぶように過ぎていった。グレースにとっては、忙しいだけでなく、楽しい毎日だった。短い平和のあと、戦争がふたたび始まった。ウィルソンのふたりの息子は海峡艦隊とともに出帆し、ひとりはトラファルガーの戦いで命を落としたが、もうひとりは船大工に昇格した。ふたりの娘たちはどちらも海軍兵士と結婚し、ポーツマスに住んでいる。店のなかでグレースが果たす役割はしだいに増えていき、とくに帳簿をつける仕事はすっかり任されるようになった。

几帳面(きちょうめん)なグレースは、その仕事をとくに負担だとは思わなかった。が、いちばん楽しいのはビスケットやマカロン、小さなサボイケーキ、レモンビスケットを作っているときだ。すべてクリームをたっぷり入れ、淡い茶色にかりっと焼いて、アーモンドの粉入り砂糖を振りかける。

なかでもクインビー・クリームと名づけたレモン味のビスケットは、クアール侯爵トムソン卿の好物だった。老侯爵はいつもそのビスケットを買っていく。アメリカとの戦争で歩兵連隊の大佐としてニューヨーク市に駐屯していたトムソン卿は、相手が貴族であろうが、法王よりももったいぶった商人や道で死んでいる動物を片付ける悪臭ふんぷんたる廃馬処理人であろうが、愚か者には容赦をしない気難しい老人だった。

クインビー村で侯爵を上手に扱えるのはグレースぐらいなものだが、その秘訣(ひけつ)は、どうやらグレースの焼くビスケットにあるらしかった。グレースは侯爵が定期的にパン屋を訪れ、必ず自分の焼いたクインビー・クリームを買っていくことに気づいていた。

おかみさんは、侯爵がみずからパン屋に足を運ぶのを不思議がって言った。「いとこがお屋敷の二階のメイドをしてるから知ってるんだけど、侯爵は好きなときに使用人に言って、ビスケットを買ってこさせることができるんだよ。それなのに、どうして自分でやってくるんだろうね」

グレースにはそのわけがわかっていた。侯爵も昔の自分と同じで、店のなかの芳しい香りに誘われ、六種類かそこらのビスケットのなかからあれこれ選ぶのを楽しみにやってくるに違いない。トムソン卿はビスケットを買って店を出たあと、決まって店のすぐ外で包みを開き、温かい日差しのなかにすわって、次々にビスケットを食べていく。グレースにはその気持ちもよくわかった。

老侯爵にがっかりさせられる出来事がなければ、彼を好ましく思っていることに気づかなかったかもしれない。ある朝、顔を洗う水が冷たすぎたのか、トムソン卿は不機嫌な顔で人々を押しのけるようにして店に入ってくると、カウンターで選ぶのに手間取っている少年を傘で突いた。邪魔者扱いされた少年が涙ぐむのを見て、グレースは侯爵をたしなめた。

「おやめください、トムソン卿」

「なんだと?」老侯爵は怒って言い返した。

「ちゃんと聞こえたはずですよ」グレースは厳しい声で言いながら、少年の選んだビスケットに、レモン味のビスケットをひとつおまけしてあげた。「トミーのほうが先にいたんです。お店のお客さんはみんな選んでいいんですから」

侯爵は怖い顔でグレースをじろりとにらみ、きびすを返して店を出ていくと、窓辺でまどろんでいた猫が驚いて飛びあがるほどの勢いでガラスのドアを閉めた。

「たいへん、お得意さんをひとりなくしちゃったかもしれないわ」グレースは一部始終を見ていたウィルソンに言った。

「かまわんさ」ウィルソンはそう言ってトミーの頭をなでた。「怒りっぽい年寄りだからな」

だが、そのあとトムソン卿が何週間も店に近づこうとしないことに気づいて、グレースは心配になった。やがてイースターが過ぎていった。侯爵以外の人々は、パンやビスケットを買いに来ては帰っていく。クインビーは小さな村だ。この出来事は、侯爵が癇癪を起こしたところを直接目にしていない人々のあいだにも知れ渡っていた。そこである日ようやく老侯爵が姿を現すと、侯爵がまたしても癇癪を起こすのを恐れて、列に並んでいた人々は彼を通すために脇に寄った。

だが、トムソン卿は作り笑いを浮かべて自分の番が来るのをじっと待った。彼がようやく列のいちばん前に達したときには、この先何が起こるかを知りたくて、驚くほど多くの客がまだ店に残っていた。侯爵の注文を聞きながら、グレースは村人の視線を意識して頬が染まるのを感じた。

そしてこの事態に真正面から立ち向かうことにした。「トムソン卿、いつか戻っていらっしゃることを願って、毎日クインビー・クリームを作っていたんですよ」

「これこのとおり、ちゃんと戻ったぞ」彼は静かに答えた。「残りを全部もらおうか。そうしたら広場でわたしと一緒に食べてくれるかな?」

思いがけない侯爵の言葉に、グレースは思わず彼の顔を見た。そこに勝ち誇ったような表情を見つけ、侯爵が自分を驚かせたくて言ったのを見て取った。老侯爵は嬉しそうに目をきらめかせている。グレースはふたたびにっこり笑って答えた。「ええ、喜んで」そして大勢の客と同じくらいはらはらしながらふたりの会話に耳をすませていたウィルソンを振り返り、許可を得た。

ふたりは広場でビスケットをたいらげ、友人として別れを告げた。

老侯爵は次の年もその次の年もパン屋を訪れつづけた。やがて、パン屋までの道のりが老体にこたえるようになると、ある朝、使用人がやってきて、トムソン卿が寝こんでしまったことを告げ、グレース自身に侯爵家の屋敷にクインビー・クリームを届けてもらいたいという侯爵の願いを伝えた。

老侯爵は決してそれを誇示するようなことはなかったが、クアール邸の玄関ホールに立ったグレースは、侯爵家の莫大な資産の片鱗を見た思いだった。荘重な屋敷は隅々まで手入れが行き届き、侯爵の持つ力を感じさせた。自分の父がここよりもはるかに質素で小さな屋敷すら維持できなかったことを思いだすと、悲しみに近い痛みに襲われた。亡き男爵にクアール邸の主の半分でもすぐれた経済観念があれば、と思わずにはいられなかった。

グレースは冬のあいだ一日もかかさずにクインビー・クリームを侯爵に届け、彼が食べるあいだそばにいて話し相手になった。やがて侯爵が弱り、ひとりで食べる力がなくなると、牛乳に浸して口元に運び、世話をした。そのころから、屋敷を訪れるたびに遠い親戚の数が増えていくようだった。侯爵には子どもがひとりもいなかったのだ。どの親戚も侯爵のように威厳があるが、アメリカ大陸で過ごし、成りあがり者のヤンキーと戦ったときの経験や、合衆国に関する深い逸話を面白おかしく語るような人物はひとりもいなかった。

そうした親戚は、グレースを頭から邪魔者扱いし、冷ややかな目でにらみつけた。グレースは彼らの非難がましいまなざしに顔が赤くなったが、結局のところ、彼らの視線もときどき昔の友人や知り合いから受ける侮辱と同じようなものだと割り切った。そして彼らから老侯爵を守りたいという奇妙な衝動を感じた。侯爵の親戚とはいえ、彼らはこれまではめったに訪れたこともない。新しくトムソン卿の弁護士となった男に招集をかけられたから、やってきただけなのだ。

侯爵の親戚とは違い、少なくともその男は、ある日の午後、新しい顧問弁護士です、と自己紹介をしてきた。もっとも、若くないところを見ると、老いた父親から侯爵家の顧問の仕事を受け継いだのではないようだ。「フィリップ・セルウェイです。ミス・グレース・カーティスですね」

「ただのグレース・カーティスよ。トムソン卿はわたしの焼くビスケットが大好きなの」

「わたしもですよ」セルウェイと名乗った弁護士はそう言った。

グレースはトムソン卿に目を戻し、やさしく手を握った。すると侯爵が目を開けた。

「顔を近づけてくれ」彼は昔の命令口調をしのばせる調子で言った。

グレースはおとなしく従った。

「わたしはもう長くない」

「ええ、そんな気がしていたの」グレースはささやいた。「明日またクインビー・クリームを持ってくるわ」

「そうすれば死神を追い払えるかな?」侯爵の声に笑みがにじむ。

「いいえ、でも、少し気持ちが楽になるわ」グレースはそう言って侯爵を笑わせた。

話はそれだけかと思ったが、侯爵はこう言ってグレースを驚かせた。「わたしを信頼してくれるかな?」

グレースは少し考えたあとできっぱりと答えた。「ええ、するわ」

「よかった。このあとつらいことが起こるかもしれないが、わたしを信じてくれ」侯爵はそれだけ言って目を閉じた。

いまのはいったいどういう意味？　グレースは内心いぶかりながら静かに部屋を出た。廊下で待っていた弁護士が、会釈して尋ねてきた。

「明日も来るんだね？」

「ええ、そのつもりですわ」

ちょうど朝食をすませたトムソン卿の親戚が言い争いながら戻ってきて、すぐ横を通りすぎながら苛立たしげに弁護士をにらみつけた。グレースのことはまったく無視した。

「明日も屋敷に来るんだね？」

「ええ、そう言いましたわ」

「グレース、きみを信じるよ」

「ええ」

弁護士はしばらくグレースを見てから、親戚のあとに従って部屋に入っていった。

翌日は侯爵邸に行かないほうがよかったのではないか？　グレースはあとになって何度もそう思った。だが、あのときは、とっさに行くと答えてしまったのだ。

2

翌朝、まだ店を開けないうちにセルウェイ弁護士がドアをたたいた。もしかして、しばらく外で待っていたのかしら？　そう思いながら、グレースはエプロンを手に鍵を開けた。

弁護士が口を開く前から、グレースにはわかっていた。「侯爵が亡くなったんですね？　とても寂しくなりますわ」彼女はそう言って、喉をふさぐ熱いかたまりを呑みくだした。

「心から侯爵の死を悼んでいるのはわたしたちだけだろうね」セルウェイはグレースの腕に手を置いた。「火曜日の葬儀のあとに遺言書を読みあげる。どうか、そのときにそこにいてもらいたい」

思いがけない申し出に、グレースは驚いて弁護士を見つめた。「なんですって？」

セルウェイは腕をつかんだ手に力をこめた。「それ以上は言えないんだ。まだ全員が揃ったわけではないのでね。とにかく、来てもらいたい」

四日後、グレースは弁護士の願いを聞き入れて侯爵邸を訪れた。入り口の玄関ホールには誰もいなかったが、セルウェイ弁護士には、みな図書室に集まるだろうと言われていた。グレースはできるだけ静かに図書室のドアを開けたが、ぎいっという音がして全員が一斉に振り向き、即座に頭を前に戻した。侯爵家の使用人が壁際に並んでいるのを見て、グレースはそちらに足を向けた。遺言書を読んでいるセルウェイ弁護士が鼻眼鏡の上から彼女をちらりと見て、書類に目を戻す。

父のささやかな遺言書のときとは違って、セルウェイ弁護士は侯爵の広範囲にわたる所有財産を読みあげていく。そこにはなんとジャマイカにあるプランテーションや、ブラジルの森の一部、アメリカのボストンにある醸造所やセイロンにある紅茶の農園まで含まれていた。

「ふだんはまわりがぴりぴりするほど気難しい人だったが、老侯爵ときたら、ずいぶんたくさんのパイに骨ばった指をつっこんだもんだ」隣に立っている庭師が小声でつぶやいた。グレースはトムソン卿のすり切れたふだん着を思いだし、うなずきながら、若い兵士として世界のあちこちで冒険をしていたころの侯爵の姿を思い浮かべようとした。親戚の面々がこの屋敷に集まってくる以前、トムソン卿はグレースがときどき図書室にある本を借りても文句を言わなかった。そういえば、借りたままの本が二冊、屋根裏の部屋にまだ残っている。この屋敷が新しい所有者に引き継がれる前に、本をこっそり返すチャンスがあるだろうか。新侯爵があの二冊の不在に気づくとは思えないが、万一の場合、そんなことで怒りを買うのは愚かだ。新しくトムソン卿になる男は、聖書にあるやもめのようになけなしの硬貨を献金するどころか、それが自分の金だと思えば、一ペニーでも出し惜しみする男だとグレースは見抜いていた。グレースが借りている本も、たとえ自分が読むことはなくても、人に貸したり与えたりする気にはならないだろう。

自分が主役であることに満足した笑みを浮かべて列の最前列にすわっている侯爵の唯一の跡継ぎに向かって、セルウェイ弁護士は目録を読みおえた。それからべつの書類を手に取り、ほかの親戚に与えられるさきほどよりもはるかに短い目録を読みはじめた。今回は宝石や家具の一部がそれに含まれていた。グレースは半分うわの空でそれに耳を傾けた。

次は使用人たちに分与される金品に関する遺言だった。小額の金と感謝の言葉で解雇される者もいれば、このまま仕事を続けることを許される者もいた。それもおそらく新トムソン卿が彼らを雇うのは余分な出費だとみなすまでのあいだだろうが、短いあいだの給金やわずか一ポンドのお金でも、いまのグレースがいる世界では大きな違いを生むのだ。

セルウェイは手にした書類を置いて、最後の一枚を取りあげ、咳払い（せきばら）いをひとつすると、初めてためらった。まるでその最後の条項が受け入れられるかを危ぶむかのように。

弁護士がまだ口を開かないうちに、内容こそわからないが、それが自分に関するものだと悟って、グレースは急にパニックに襲われて部屋を見まわした。彼女をのぞけば、そこにいる全員がすでに何がしかの金品を与えられていた。セルウェイ弁護士がわざわざ出席してもらいたいと告げに来たことを考えれば、この直観はほぼ間違いなく当たっている。

まもなく自分が全員の注目の的となるという見通しに怖気づいて、グレースは目立たぬようにドアのほうへと動きはじめた。パン屋に戻り、いつもの仕事をしているほうが、どんなに気が楽かわからない。だが、セルウェイ弁護士の視線に射すくめられ、足が止まった。

「遺言書の最後の条項はふたつあります。最近付け加えられたものですが、同じように正式なものです。ひとつはたいしたものではありません。亡きトムソン卿の口述を、わずか一カ月前にわたし自身が書きとめました」セルウェイ弁護士はふたたび咳払いをして、しっかりとその書類を持ち直した。「〝少なくともこの五年のあいだ、わたしはウィルソン夫妻の店で働くグレース・ルイーザ・カーティスの親切を受けてきた。グレースはまさにわたしが好むとおりの味のビスケットを忠実に作りつづけてくれた。そこで――〟」

新しいトムソン卿がうめいた。「ばかな。まさか伯父は、グレートバリアリーフにある、われわれがまったく知らない醸造所を彼女に遺贈すると言うんじゃないだろうな！　もしもそうなら、くれてやるとも！」

いまでは、どれほどわずかでもこの新しい侯爵の情けにすがる身となった親戚たちが笑った。グレースは内心身を縮め、ひどく遠くに見えるドアへとふたたびじりじり移動しはじめた。

セルウェイ弁護士は新侯爵を見おろし、遺言書を読みつづけた。「〝わたしの親戚がひとりとしてわたしが生きようと死のうと気にかけもしなかったときに、ミス・カーティスの示してくれた親切に報いるため、わたしは敷地内にある寡婦用の建物（ダウアハウス）とそこにあるものすべてを彼女が生きているあいだ、彼女に与えることとする――〟」

「なんだと！」新トムソン卿は顔を真っ赤にしてぱっと立ちあがった。

セルウェイは彼を見て、遺言書に目を落とした。「〝彼女に与えることとする。加えて、彼女に毎年三十ポンドを贈る〟」

「ばかばかしい！」新侯爵が叫んだ。

「ただの三十ポンド、それにあなたが住むことなど決してない小さな家だけです」セルウェイがなだめるように言った。「すわってください、トムソン卿。まだ終わりではありません」彼は厳しい顔で新侯爵をにらみ、すわらせた。「さきほど言ったように、これは簡単な部分です」

グレースは弁護士を見つめた。自分でも知らぬうちにひどく青ざめていたらしく、使用人のひとりが立ちあがり、かたわらの庭師が椅子に導いてくれた。

「わたしは何もいらないわ」グレースはつぶやいた。

「わしらの望みは、いつだって二の次さ」庭師が肩をすくめてささやき返す。

「わかった。さっさとその先を読め」新侯爵がわめく。「まったく、なんと不愉快な！」

セルウェイ弁護士は書類を置いて、その上で手を組んだ。「トムソン卿、亡き伯父上にご子息がいたと申しあげたら、さぞ驚かれることでしょうな」

「ふん！　どうせ婚外子（バスタード）だろうさ」

「あんたと同じだな、ろくでなし（バスタード）」庭師が低い声でささやいた。後ろの列の親戚が振り向き、庭師をにらむ。しのび笑いをもらす者もいた。

「そのとおり、婚外子です。したがって、あなたは一ペニーたりとも相続財産を失う心配はない。亡き侯爵率いる連隊はアメリカとの戦争中、ほとんどニューヨーク市に駐屯していました。そのときに伯父上は英国支持の仕立て屋、モリー・ダンカンという女性と関係を持ち、その結果、息子を授かりました」彼は書類に目を落とした。「ダニエル・ダンカンです」

「それがわれわれとどんな関係がある？」トムソンは怒鳴った。

「通常であれば、なんの関係もありません。しかし、当然ながら伯父上はさまざまな手段を用いてダニエル・ダンカンの経歴を追ってこられた。そして現在のアメリカとの戦争が始まると、ダンカンがナンタケット船籍の私掠（しりゃく）船、オロンテス号の船長となったことを知りました」

「すると伯父の婚外子は、イギリスの商船を攻撃しているというわけか」侯爵はせせら笑いを浮かべた。「わたしがそんな男のことを気にかけると思うのかね？」

セルウェイはふたたび書類を手に取り、机のなかから分厚い包みを取りだした。「伯父上は亡くなる前に、ダートムアに捕虜として囚(とら)われているダンカン船長を仮釈放させ、クアールのダウアハウスで預かるよう手配したのです」彼はやさしい目でちらりとグレースを見た。「そして、ダンカン船長がここで過ごすあいだ、グレース・カーティスに食事と身のまわりの世話を頼んだのです。戦争が終われば、ダンカン船長は自由になる。あなたが彼と持つつながりは、それだけです」

トムソン卿は笑った。「そんな遺言を本気で重んじることなどできるものか。あの老人は気がふれていたに違いない」

これは言いすぎだった。グレースはほかの親戚がたがいにささやき交わすのを見守った。新しいトムソン卿も自分に対する彼らの嫌悪を感じ取ったらしく、胸の前で腕を組んで口をへの字に曲げながらつぶやいた。「ああ、そうとも」

セルウェイは小さな机越しに身を乗りだして、まっすぐに彼を見た。「トムソン卿、亡くなられたトムソン卿は病であれほど急速に弱らなければ、もっと早くご子息を仮釈放しておられたはずです。婚外子とはいえダンカン船長をここで預かる手はずはすべて整えてあります。伯父上には、重要な地位についている友人が何人もおられた。彼らの不興を買うのは得策とは言えないでしょうな。いずれにせよ、あなたがここにおいでになることはめったにないのですから、不快な思いをされることもないと思いますよ」

セルウェイ弁護士は新トムソン卿を見て、控えめとはいえ誇らしげにほほえんだ。もっとも、その笑みは目まで届いていない。

「わたしは完璧な遺言書しか作成しないのですよ、トムソン卿」セルウェイ弁護士は自分の前にある書類に目を落とした。「ここにある条項を少しでも変えようとしたり、実行を妨げようとしたりするのは愚かのきわみだ。繰り返します。亡きトムソン卿には重要な地位についている友人が何人もおられるのです」セルウェイはそう言うと、遺言書をたたみ、部屋を出ていった。

新侯爵はすわったまま肩を落とした。そんな夫をばかにしたようにじろりと見たあと、新たにレディ・トムソンとなった夫人が立ちあがり、親戚に手を振って軽食の用意された食堂へ移るように合図した。一刻も早くこの屋敷から離れたくて、グレースは誰よりも早くドアの外に出た。急いでここから逃げだせば、何も起こらなかったふりができるかもしれない。

だが、廊下に出たとたん、待ち受けていたセルウェイ弁護士の姿が目に入った。

「ミスター・セルウェイ、トムソン卿の遺言書に書かれていたお手当は、わたしには必要ありません」弁護士に導かれて図書室に入りながらも、グレースは彼の手を逃れようとした。「いまはお店に戻りたいだけです。お願いですから！」

「とにかくすわってくれないか」セルウェイは穏やかな顔で言った。「気に入らなければ、ここのダウアハウスに住む必要はない。どうしても、という決まりはないんだ。べつにそこに住まなくても、生涯一年三十ポンド受け取ることはできる」

　グレースはうなずいた。「いつかウィルソンが年をとって、誰かに譲りたくなったときに、あのお店を買う資金を貯めたいと思っていたところです」

「では、これはきみにとってはまたとないチャンスだ」弁護士はそう言ったきり長いこと黙りこんでいた。それから慎重に言葉を選びながら切りだした。「グレース、わたしがこれまで見たかぎりでは、人生に身のほど知らずの期待をかけ、それが成就しないとがっかりする人間が多い。だが、きみの期待はあまりにも低すぎるのではないかな？」

　グレースは首を振り、静かな声で答えた。「いいえ。年に三十ポンドのお金だけでは、昔の地位に多少とも近い生活はとても送れませんもの。それにわたしはもう二十八歳です！　甘い幻想は持っていませんわ」

「そのようだね。たしかにきみの言うとおりかもしれない」セルウェイはしぶしぶ答え、身を乗りだした。「考えてごらん、グレース。いまは一八一四年だ。アメリカとの戦争は永遠に続くわけではない。ダートムアは恐ろしい場所なのだ。たとえ非嫡出子にせよ、ひとり息子を刑務所から助けだすことができれば、亡き侯爵がどれほど喜ぶことか」

「ええ、喜ぶでしょうね」グレースはしぶしぶ同意した。「この件をウィルソン夫妻と話し合ってもかまいませんか？　クアールのなかにある家で、その人の世話をすることになっても、パン屋の仕事は続けたいんです」

「仮釈放された捕虜を一緒に連れていくなら、いまの仕事を続けるのは少しもかまわないと思うね」

グレースはほっとして立ちあがった。「だったら、ふたりに一部始終を話して、返事は誰かに届けてもらいます」

「ああ、それでいい」セルウェイ弁護士はうなずいた。


ウィルソン夫妻は、トムソン卿の遺言書のどの条項にも異論はなかった。それどころか老侯爵が自分たちのグレースのことをそれほど心にかけてくれた事実に驚嘆した。ほかの貴族たちは、狭量にもグレースをまったく無視しているというのに。

「一年かそこらだろ?」ウィルソンは言った。「いい家に住んで、その男の世話をすればいいさ。そしてその男が自由の身になったら、またここに戻ってくればいい。あんたがそうしたければ、ダウアハウスに住みながら、ここに通ってもわしらはいっこうにかまわないよ。案外その男も少しは役に立つかもしれない」

「ええ、そうね」グレースはためらった。「それに……いつかこのお店をわたしに売ってくれます?」グレースはおずおずと尋ねた。「そうなったら、どんなに嬉しいことか」

ウィルソン夫妻はうなずいた。「戦争はもうすぐ終わる。老トムソン卿のためだと思えば、その男の世話もそんなにつらくあるまいよ」

　グレースはセルウェイに短い手紙を届けた。翌朝、店を開けると、セルウェイがそこに立っていた。

「では、すぐに刑務所に行くとしよう」セルウェイは言った。「ダートムア刑務所がどれほどひどい場所か、いろいろと聞いているんだ。一日も早くダンカン船長を救出したい」

「わたしもそこに行く必要があるんですの？」

　セルウェイはうなずいた。「残念ながら。仮釈放の書類には三人の署名が必要なんだよ。きみとわたしはダートムア刑務所のショートランド所長の前で署名しなくてはならない」

「三人というと？」

　セルウェイは仮釈放の書類を紙ばさみから引き抜き、それを開いて最初の署名を見せた。グレースは驚いて息を呑んだ。

「国王のご子息のクラレンス公爵？」

「ああ、〝船乗りビリー〟その人だ」セルウェイは公爵のあだ名を口にしながら、書類をもとどおりにおさめた。「よし、グレース、明日にも亡き侯爵のご子息を刑務所から救出しに行くとしよう」

　何事もなければ、セルウェイはこの言葉どおり、翌日にもダートムアに向かったに違いない。しかし、あるニュースがイングランド全体とは言わないまでも、クインビー村のあらゆる人々を呆然(ぼうぜん)とさせ、歓喜させた。ほぼ一世代近く続いたあと、突然フランスとの戦争が終わったのだった。追いつめられて逃げ場を失い、指揮下の軍隊が崩れはじめたナポレオンが退位を余儀なくされたのだ。

亡き侯爵の弁護士は、詳しくは話さないが〝詳細〟に関する問題があると口ごもりながら、すぐさまロンドンに戻らねばならないとグレースに告げた。

「戦争が終わったのなら、アメリカ人は釈放されるんでしょう?」グレースは三月の半ばごろ店にやってきたセルウェイに尋ねた。あまり期待しているような言い方はしたくなかったが、あれから一日過ぎるたびに、亡きトムソン卿には申し訳ないが、遺言書どおりにしたくない気持ちが強くなるばかりだった。そのせいで、まだ侯爵邸に留(とど)まっている新しい侯爵が自分に敵意を燃やしていると思うと、穏やかな気持ちではいられなかった。

「いや、悲しむべきことに、それはまた別問題でね。われわれはまだダンカン船長を仮釈放してもらわねばならん。少なくとも、わたしはそう思う」グレースがクインビー・クリームをひとつかみ紙に包んで手渡すと、セルウェイはお礼代わりにうなずきながら言葉を続けた。「この平和はわれわれには幸運だったが、アメリカ人には不運をもたらすかもしれん」

「どういうことかしら?」グレースは自分の無知を恥じながら尋ねた。

「これでわれわれはアメリカとの厄介な戦争に全力を注ぐことができる」セルウェイはグレースに向かってうなずいた。「すぐに戻ってこられるはずだ。戦争はだらだらと続きそうだからね」


セルウェイは一週間もしないうちに戻り、夜遅く店のドアをたたいた。掃除をしていたグレースになかに入れてもらうと、彼は疲れきった顔に笑みを浮かべた。

「駅馬車にはうんざりだ!」そう言って、コートを脱ぐのを手伝おうとするグレースに首を振り、ため息をついた。「明日ダートムアに行くことを知らせに寄っただけなんだ。ダニエル・ダンカン船長は、まだわれわれのものだよ」

これはグレースにとっては喜ばしい知らせとは言えなかった。おそらくその気持ちが顔に出たのだろう、セルウェイが肩に腕を回し、ぎゅっとつかんだ。

「元気を出すんだ。少なくとも、われわれはダートムアに滞在する必要はない。亡きトムソン卿に誇らしいと思ってもらえるように努力しようじゃないか」

3

グレースは人一倍想像力が豊かなほうだったが、ダートムアに到着して一時間もすると、世界一賢い人間ですら、こういう場所を想像するのは無理だと判断した。

この日のグレースは決して明るい気分だとは言えなかった。気持ちが暗くなったのは、最初に馬車が停まった場所のせいだ。グレースが駅馬車に乗りこむのに手を貸しながら、ダウアハウスの鍵を持っているセルウェイが、まずきみの新しい住まいを訪れようと提案したのだった。

ところが、弁護士が玄関の扉の鍵を開けると、家のなかは空っぽだった。

「遺言書には家とそのなかにあるもの、と書いてあったと思ったけれど」グレースはがらんとした居間を見まわしながらつぶやいた。カーテンすら取りはずしてある。

「ここで待っていなさい」セルウェイはあごの筋肉を痙攣（けいれん）させてそう言い残すと、きびすを返して家を出ていった。

カーテンまではずしていくなんて。グレースは新侯爵のしみったれぶりにあきれながらも、何もない窓からの気持ちのよい眺めを楽しみながら、ひとつずつ部屋を見てまわった。

セルウェイ弁護士は出ていったときと同じ厳しい表情で玄関から入ってくると、両手を振りあげた。「あきれてものも言えん。プライドを傷つけられたと大仰に騒ぎ立てられた。トムソン卿はこの家の家具に何が起きたのか、見当もつかんと言い張り、わたしの非難に癇癪を起こして、魚屋のおかみよろしく悪口雑言をわめきちらしたよ」彼は首を振った。「すべて適切な場所に戻されるそうだ」

「あまり期待はできないわね」

「ああ、しないほうがいいな。家具は来るかもしれないが、あの男のことだ、使用人を屋根裏にやって、そこで埃をかぶっている半端物を見つけさせるだろうよ」

「たくさんはいらないわ」

「よいことだ。どうせ必要最小限しか来ないに決まっている」

怖いかい、と尋ねられなくてよかったわ。そのあと馬車に揺られてクインビー村を離れ、ヒースの生い茂る荒れた台地へとゆるやかな坂を上がりはじめると、グレースは思った。おかげで嘘をつかずにすむ。

坂を登るにつれて、吹く風が強くなり、冷たくなっていく。グレースは震えながらたいして役に立たない薄手のショールをきつく巻きつけ、突きだした花崗岩と、ところどころに立つ木に目をやった。「ここも四月なのかしら？　それとも、四月になったのはここ以外の場所だけ？」

「ダートムアでは自然すら過酷だ、とよく言われる」セルウェイは言った。「周囲の空気がほかとは違う、とね」彼はちらりと窓の外に目をやった。「刑務所を建てるのに、これほど適した場所を選ぶのはまず無理だろうな。まあ、ここが選ばれたのはそのためだろうが」

ふたりはそれっきり黙りこんだ。くねくねと曲がりながら続いていく道は、軍隊が、さもなければ気の毒な囚人たちが横に並んで行進したことがあるかのように広い。窓の外をのぞくと、馬車は深い鉢のような谷に入るところだった。前方にダートムア刑務所が見える。荷車の車輪のような高い塀に囲まれた、花崗岩の巨大な建物だ。グレースはセルウェイを見た。「亡くなったトムソン卿は、来られなくてよかったのかもしれないわ。ここを見たら、どれほど胸を痛めたことか」

赤の他人のわたしでさえこんなに胸が痛いのに。グレースは心のなかでそう付け加えた。「ここには何千という囚人が収容されているに違いないわね」彼女は贈り物としてビスケットを入れてきた小箱に触れ、この何十倍ものパンのかたまりや魚を持ってくればよかった、と思わずにはいられなかった。

「最初の囚人となったのは、戦争で捕虜になったフランス兵だった」しだいに大きくなっていく灰色の塀に目をやりながら、セルウェイが教えてくれた。「アメリカ人がいつ到着しはじめたのかわからないが、おそらく一八一二年以降だろう」

「なかに入りたくないわ」馬車が停まり、英国海軍の武装した兵士が警備している門に近づくのを見て、グレースはささやくように訴えた。

「そう思うのは無理もない」弁護士がつぶやく。「いよいよだぞ、グレーシー」

彼は窓ガラスをおろし、書類を差しだした。受け取った伍長はそれを門のそばにある小さな石造りの建物へと持ちこみ、不安になるほど長いこと出てこなかった。「こちらの気持ちなどおかまいなしね」彼女はつぶやいた。

「そうだね」セルウェイは答えた。「ニューゲート刑務所にはたまに行くが、もちろん、弁護士として、だよ！　あそこも同じようなものだ。どういうわけか、こういう場所はたとえ法的な手順を踏んでも、入る者を例外なく虫けらになったような気にさせるね」

伍長が書類を持って戻り、ひょいと体を持ちあげて御者の隣にすわった。馬車が最初の門を通過し、次の門へと向かう。門は全部で三つあるようだった。その先に内壁があり、またしても小さな門があって、そこを入るとようやく刑務所の牢らしきものが見えてきた。

セルウェイは灰色の管理棟に目をやった。「刑務所を運営するには、相当な量の事務書類を作成する必要があるのだろうな。悲惨な状況を克明に書類にしなければならない」

「急進派みたいな口ぶりね」黄色いスモック姿の囚人が日用品を荷車からおろし、倉庫に運んでいる。グレースは初めて見るその姿に目を見開いた。

「そうかな？　急進派とは驚いたね」馬車の速度が落ち、やがて止まった。セルウェイはグレースの手をぎゅっと握りしめた。「ここが終点だ。ここからは歩くしかない」

伍長が御者台から飛びおり、扉を開けて、手袋をした手を差しだした。グレースは深く息を吸いこみ……即座にそれを悔やんだ。刑務所の石そのものからひどいにおいが立ちのぼってくるのだ。片手で鼻を覆ったが、ほとんど役に立たなかった。

ふたりは刑務所の庭を見おろす建物の三階にあるオフィスに案内された。囚人の悲惨さを管理する者たちは、不快なにおいや窓から見える光景、囚人たちがたてる音などものともしないのだろうか？　グレースは恐怖にかられて窓の外に目をやった。刑務所はパイの形をした楔形（くさびがた）に分かれ、三階建てのどの建物も高い塀に囲まれていた。

長いこと待たされたあと、グレースとセルウェイは所長のショートランドのオフィスに案内された。そこはあらゆるテーブルに芳香を放つ花が飾られた、快適な避難所だった。所長は香水をつけたハンカチを鼻に当てたまま名乗り、セルウェイの差しだした書類を受け取った。彼は以前グレースを驚かせた署名をしばらくのあいだ見つめていた。

それから、まるでひどいにおいのもとだというように、ふたりに向かってハンカチを振った。「クラレンス公爵がこの件にどんな関心があるのか、わたしには想像もつかん。これはどういうことかな？」彼はまたしてもハンカチを振り、書類に目を落とした。「いいとも、その男を連れていきたまえ。いっそのこと全員を連れていくがいい！　何かと言うと屁理屈をこねたがる、うるさい連中だ」所長はふたたび書類に目をやり、所在なげにかたわらに立っている職員に言った。「ダニエル・ダンカン、四号棟にいるオロンテスの船長だ。その男に目を光らせておけ」

命令が終わると、所長は目の前の書類に目を戻した。どうやら立ち去れという合図らしい。セルウェイはためらいがちに声をかけた。「所長？　わたしが囚人を連れてくるあいだ、ミス・カーティスはここに留まってもかまいませんか？」

ショートランドは気難しい顔でグレースを見た。「いいや。このいまいましい書類には、囚人を連れだすときには、身元引受人を同行しろとわざわざ書かれている」所長は開いているドア口に気をつけの姿勢で立っている伍長を見た。「一隊をつけてやれ。それでこの女性の安全は確保できるだろう」

「その程度の約束では、感謝する気になれんな」セルウェイは伍長に従って階段をおりながらつぶやいた。「とはいえ、グレーシー、気をしっかり持つんだ。すぐに終わるよ」

海軍兵に囲まれて、ふたりは刑務所の庭に入った。「まっすぐ前を見て、囚人たちと目を合わせないほうがいい」セルウェイはグレースの手をしっかりと握り、つぶやいた。

グレースはこの指示に従い、浅く呼吸をしながらこれまでよりもひどいにおいのなかを進んでいった。やがて伍長は四号棟の前で足を止めた。ふたりの兵士が入り口に立って、マスケット銃で守っている。セルウェイとグレースを囲んでいる兵士の一隊が近づくと、ひとりが前に進みでた。

「オロンテス号のダニエル・ダンカンに用がある」伍長が命じる。「ここへ連れてこい」

警備兵のひとりが首を振った。「無理です。彼は病気です。あなた方で引っ張りだすしかありませんよ」兵士はそう言って食い入るようにグレースを見つめた。「神よ助けたまえ！　彼がいるのは十四番、なかほどの仕切りです」

同行する兵士たちがセルウェイとグレースの周囲にかたまり、四号棟に入った。大勢の男たちの汚れた体のにおいよりも、黴と湿気のにおいのほうが強いくらいだ。牢獄のなかは暗いが、その壁は濡れたように光っている。ああ、神様、こんなところで一日でも生き延びることができるのかしら？　グレースは周囲のみじめさを見ないようにしながら歩きつづけた。男たちは鼻をつくにおいの藁に横たわっているか、かたまっている。ぶつぶつつぶやいていた男が悲鳴をあげた。誰かがひどく咳きこみ、あえぐように息を吸いこむ音がした。

「まるで地獄だわ」グレースはかたわらのセルウェイにつぶやいた。

兵士たちに警備され、ふたりはその建物のなかほどまで進んだ。仕切りで区切られた獄屋は、父の厩舎のなかを思いださせた。おのおのの狭い仕切りのなかに、十人ほどの男たちがつめこまれ、隙間もないほどかたまってすわっているか立っている。

「もっと少ない人数のために造られているんですよ」すぐ横にいる兵士が言った。

　卵の殻のようなものが靴の下でくだけた。それともガラスだろうか？　確かめるのが怖くて、グレースは目を前方に向けたまま、泥か黴以上にひどいものではありませんようにと祈りながら歩きつづけた。ぬかるんでいるせいか、うっかり体重をかけると足もとの藁が滑る。

「ここです」伍長がほっとした声で言った。「ダニエル・ダンカン？　ダンカン船長？」

　グレースは勇気をふるい起こして目の前の仕切りをのぞきこんだ。男がひとり、誰かの膝に頭をのせて、悪臭の立ちのぼる藁の上に横たわっている。ぼろのような服に包まれた男たちが、その男を囲んでいた。なかにはいまにも倒れそうにふらついている者もいる。

「船長はここにいるよ」案山子（かかし）のように痩せた男たちのひとりが、汚れきった床に横たわっている男を示した。「今度はなんだ？　これ以上ひどい仕打ちなんかできないほど弱ってるのに」

　よく響くその声は耳慣れないアクセントでとげとげしく聞こえたが、その男の顔には威嚇するような表情はまったく浮かんでいない。グレースは弱りきったダニエル・ダンカンを見て、こみあげる悲しみをこらえながらその仕切りに近づいた。兵士たちも一緒に近づき、囚人の一部を仕切りから追いやった。グレースは静かに横たわっている男のそばに膝をついた。

「ダンカン船長？　わたしの声が聞こえますか？」

しばらくして、その男は力を振り絞るようにしてうなずいた。

「あなたは仮釈放になって、わたしたちとクアールにある亡きトムソン卿の屋敷に行くんですよ。彼があなたのお父さまだということはご存じでしたか？」

またしてもしばらくかかったが、疲れた頭にグレースの言葉が染みこむと、男はうなずき、かすれた声で答えた。「知っている」グレースは声を聞きとるためにかがみこんで顔を近づけなくてはならなかった。「わたしは死にかけている。わたしのことは放っておいてもらいたい」

「死ぬなんてだめ！」思わず口走ったこの言葉に、近くにいる囚人たちが喉の奥で笑った。

「あんたがそれを止めるのを、ぜひとも見たいもんだ」ひとりが言った。「死ぬのはおれたちに残された唯一の権利だ。神かけて、おれたちは死ぬのがうまい」

「でも、わたしたちは彼を仮釈放させに来たのよ。ミスター・セルウェイ、なんとかして！」

奇妙なことに、セルウェイはあとずさりした。まるでこれほど絶望的な状況にはとても耐えられないかのように。グレースはセルウェイをもっと肝のすわった男だと思っていたが、考えてみれば、彼は紳士で、いまのグレースのようにごみの上に排泄物を投げることに慣れたパン屋の下働きではない。

「どうすればいいか、わたしには……」セルウェイは言いよどんだ。

グレースはぶるっと体を震わせ、藁の上にひざまずいた。「わたしたちで運びだしたらどうかしら？」

ダンカンが首を振り、わずかに首を傾けた。「もう遅すぎる。ほかの男を選んでくれ」

「でも……」

言いかけて、この仕切りの入り口付近から聞こえた音に耳を傾けた。囚人たちが一斉に低い声を出しはじめたのだ。ぞっとして仕切りの入り口を見ると、棍棒を持っている看守が見えた。その男がセルウェイに何か言い、セルウェイはグレースを見た。

「この男と一緒に行って、べつの書類に署名する必要があるそうだ」

「わたしをここに置いていかないで！」グレースは喉に手を当てて叫んだ。

「すぐに戻るとも」セルウェイはあいまいな声でそう言った。「兵士たちがいれば、きみは安全だ」彼は急ぎ足で看守に従いながら肩越しに叫んだ。「担架を持ってこよう」囚人たちがまたしても低いうなりをもらす。

「われわれといても危険はありませんよ、お嬢さん」最初に言葉をかけてきた男が言った。

「われわれは何もしない」彼はそう言って弱々しい笑い声をあげた。「それにあんたには海軍兵がいる。われわれにはいない」

ダニエル・ダンカンがのろのろと手を伸ばし、グレースの腕に触れた。兵士のひとりが前に出たが、グレースはびくつきながらも片手を振って彼をさがらせた。「頼む、お嬢さん、いい考えがある」ダンカンはささやいた。

彼はグレースを見つめ、兵士たちを見上げた。それを二度繰り返すのを見て、ようやく彼の言いたいことを察した。グレースは立ちあがった。「この人は衰弱しているのよ。もう少し離れてあげて」彼女は伍長に頼んだ。「仕切りの入り口を守ってくれたほうが、ずっと安心できるわ。通路をうろついている人たちを信頼できないの」

「わたしもです」伍長はそう言って、仕切りのなかの囚人たちをにらみつけた。「揉め事を起こすなよ、さもないと、土牢にぶちこんで腐るまで放置するぞ！」

ここよりもひどい場所があるの？　グレースはそう思いながら、努力して瀕死の船長に注意を戻した。「ダンカン船長、次はどうすればいいの？」グレースはふたたびひざまずき、彼の手を取った。骨がかすかすなのか鳥の羽根のように軽く感じられる。

「わたしの代わりに、ほかの男を連れだしてくれ」ダンカンは咳きこんだ。両手で耳をふさぎたくなるほど苦しそうな音だった。

ダンカンは疲れ果てて目を閉じ、ふたたび咳きこんだ。あえぐように息を吸いこんでは咳きこむ。それが延々と続き、やがて息を引き取った。グレースの手のなかで彼の手から力が抜けた。

グレースは恐怖にかられて体を起こし、周囲を見た。だが、ダンカンはよい指揮官だったとみえて、囚人たちはみな涙を浮かべ、船長を見ていた。なかでもまだ子どもと言ってもいいくらい若いふたりは男泣きに泣いている。

グレースは兵士たちに目をやった。全員がこちらに背を向け、通路にいる囚人たちを見張っている。トムソン卿はご子息の臨終の願いをかなえてやりたいと思うはずよ。

「でも誰にすべきなの？」彼女はつぶやいた。ひとりの男が寝返りを打って横向きになり、船長に黄麻布をかけた。自分を選んでくれとはひとりも言わない。忠誠心のあつい男たちなのだ。ほかのことは何も知らなくても、それだけはわかる。選ぶのよ、グレース、誰かを選びなさい。彼女は自分にそう命じた。

そして誰を選ぶか決めた。その男は汚れた床にすわって半分目をつぶり、荒削りの仕切りに頭をもたせていた。ほかの男たちと同じように餓死寸前で、同じように具合が悪そうだ。なぜその男に決めたのかはよくわからないが、船長に代わってリーダーになれる男に見える。

グレースが腕に触れると、その男は目を開いた。真っ青な瞳がグレースを見つめる。

「あなたの名前は？」

「ロブ・インマン」彼が答える。船長が死んだ場所に横たわれるように、仲間たちが彼を前に押しやった。

「あなたを選ぶわ、ロブ・インマン」

4

すべてが拍子抜けするほど簡単で、まるで夢を見ているようだった。一分もしないうちに、グレースは絶望がどれほど効果的に事を運ぶかを学んだ。少しでも疑念を持っているように見えるのは、選ばれた男だけだった。

「こんなことはやめてくれ」彼は目を開けずに訴えた。「もっと具合の悪い者がいるはずだ」

「いや。あんたはおれたちの理想的な候補者だ」最初にグレースに声をかけた男が言った。それから彼はロブ・インマンの額にキスして言った。「あんたは航海長だ。いつかまた戦える」グレースは心を打たれ、涙ぐんだ。

「ばかな。戦うことは誰でもできる」

「いいからごたごた言うな。ナンタケットでまた会おう」この人は敬虔なクエーカー教徒に違いないわ。男はそう思っているグレースに言った。「こいつを守ってやってください、お嬢さん」

「ええ、きっと」彼女はささやいた。

立ち上がろうとすると、またしても通路の囚人たちが低い声を放つのが聞こえた。棍棒を持った看守が戻ったのだ。心配そうな顔のセルウェイと担架を持った兵士たちがその後ろに従ってくる。

セルウェイはグレースを見て安堵のため息をつき、ダンカンがいた場所に横たわっているロブ・インマンに目をやった。グレースは息を止めた。仕切りのなかは薄暗い。それにセルウェイは一刻も早くここを出ていきたがっているはずだ。ロブがダンカンではないことに気づかない可能性はある。

セルウェイは気づかなかった。彼の合図で担架を持ってきた兵士たちがぞんざいにロブを持ちあげ、どさりと担架に落とした。ロブがうめき声をもらし、目を開けて仲間に手を差しのべた。周囲の男たちがか細い声で彼を励まし、仕切りから送りだす。グレースはクエーカー教徒に違いない男を見てささやいた。「とっさに機転を利かせてくれてありがとう。わたしにはとても無理だったわ」

「お安いご用だ。ダートムアは知性を磨いてくれる場所だからね」

こんな場合にもかかわらず、グレースの口元には笑みが浮かんでいた。およそ考えられるかぎり劣悪な環境に置かれ、餓死寸前の状態にあっても、彼らにはまだ気概が残っている。「あなた方を助けることができたらいいのに」

彼は目顔でロブ・インマンを示した。「助けてくれましたよ」

ひどく心配そうな顔で彼女を見ているセルウェイ弁護士が間近にいては、多くを口にすることはできない。それに囚人たちも、航海長を連れてさっさと立ち去ってもらいたいかのように、落ち着きなく身じろぎしはじめていた。トムソン卿、あなたのご子息を救うことができなくてごめんなさい。グレースは涙ぐんで弁護士に声をかけた。「そろそろ行きましょうか」

ショートランド所長のオフィスのところで看守に止められると、恐ろしさに心臓が止まった。「このまま立ち去ることはできないの？」彼女はセルウェイに尋ねた。

「ダンカン船長を預かったという書類にきみの署名が必要なんだ。さきほどここに来たときに、わたしも署名したんだよ」

なんでもいいから一刻も早くここを離れたい。担架に横たわっているロブ・インマンに目をやりながら、グレースはそう思った。彼は太陽の光からかばうように片腕で顔を覆っている。さりげなく周囲を見ると、囚人たちはみな同じように見えた。黄色い上っ張り、こけた頬、がりがりに痩せた体……刑務所の所長がひとりひとりを区別できるとは思えない。それでも……。

グレースは落ち着けと自分に言い聞かせた。「ミスター・セルウェイ、あの……ダンカン船長を馬車に乗せてもらえるかしら？　光がまぶしいようだわ」

彼女は息を殺して待った。誰かがロブ・インマンに近づいて、彼がダンカン本人であることを確認する必要があると思うだろうか？　ありがたいことに、弁護士は馬車を示し、兵士たちに言った。「諸君、船長が馬車に乗るのを手伝ってくれ」

グレースは急いで階段を上がり、所長のオフィスへと向かった。ショートランド所長はまだハンカチで鼻を覆いながら、窓辺に立って部下の兵士たちがロブを馬車に乗せるのを見守っていた。が、グレースが入っていくと机に戻り、不機嫌に口を引き結んで目の前の書類を示した。

「いまは無害に見えるかもしれんが、あの男は厄介なお荷物になるぞ。これは保証できる。なにせ、いまいましいアメリカ人だからな」

所長をだましたことがばれたら、わたしもダートムアのような場所に放りこまれるのかしら？　グレースは示された箇所に署名しながら、ちらっとそう思った。ほかにもいくつかの書類に署名が終わると、所長は最後の一枚を折りたたんで袋に入れた。

「これはあくまでも仮釈放だ。きみはあの男から片時も目を離してはいかん。逃亡するか、きみが同行せずにクアールを一歩でも出ることがあれば、やつは見つかりしだい射殺される」所長はハンカチ越しに深く息を吸いこんだ。「そうすれば、わたしにとってはろくでなしがひとり少なくなるわけだが」

ショートランド所長は仮釈放の書類を差しだしながら、不愉快な声で笑った。

「ああ、ひとり少なくなる。だが、ナポレオンがまもなく国外に追放され、われわれが合衆国に全力を傾けられる状態になったいま、さらに多くのアメリカ人が送りこまれるかもしれんな！」

ああ、神様、どうぞそんなことが起こりませんように。グレースは気づくとそう祈っていた。彼らはいまでもひどい扱いを受けている。そう言いかけて、グレースはあわてて口をつぐんだ。アメリカ人が死ぬことなど、ショートランドはなんとも思っていないようだ。

所長は職員のひとりに、ダンカン船長の死に際の頼みを入れてグレースが署名した偽りの書類を手渡した。こんなことをしでかして、厄介な事態にならないといいが。グレースはそう思いながら、職員が書類を持って隣の部屋に向かうのを見守った。でも、きっと誰ひとりロブ・インマンと水桶の見分けさえつかないわ。そのことに感謝しなくては。

最後の塀のところで、御者の隣に乗った伍長が馬車を飛びおりると、ようやくグレースはふつうに呼吸できるようになった。思わず知らずため息がもれる。

「グレース、きみを巻きこんで本当にすまない。だが、最悪の部分は終わった」セルウェイはロブ・インマンに言った。「ダンカン船長、前かがみになりたまえ、そのロープを切ってあげよう」

「その必要はありません」グレースたちがダートムアから救出した男は、たくみに結び目をほどき、痩せ細った手首をロープから抜き取った。「海軍兵は戦艦を動かせるかもしれないが、水夫結びはできませんからね」

グレースは笑みを浮かべた。ロブ・インマンは緊張した面持ちでふたりを見つめている。落ち窪んだ青い目があんなふうに光っているのは、熱があるからだろうか。

グレースは衝動的に身を乗りだし、垢だらけの汚れた額に手の甲を当てた。「まあ、すごい熱だわ」彼女は弁護士を見た。「ミスター・セルウェイ、このプリンスタウンでお医者様に――」

「いや！」ロブがさえぎった。か細い声だが、ありったけの力を振り絞っているのが見て取れた。「このまま進んでくれ。解熱剤を飲むよりも、この冷えきった谷から出たい。どうかこのまま走りつづけてくれ。頼む」

セルウェイがうなずき、つぶやいた。「いいとも、船長」

ロブはため息をもらし、燃えるように熱いというのに震えの止まらない体を両腕で包み、ぐったりと座席の背にもたれた。グレースが黙ってショールをはずし、それで体を覆ってやると、ロブは感謝をこめてうなずき、あっというまに眠っていた。

「ダウアハウスのベッドに船長を寝かせしだい、医者を呼ぶとしよう」セルウェイが小声で言った。「もっとも、あの狭量な新侯爵がベッドと寝具を戻していれば、だが」

馬車の側板にもたれながら、ロブは眠った。ときどき目を開けては、そのたびに驚きを浮かべて車内を見まわす。グレースは彼の手を見ていた。馬車が走りだしてから一時間はたっぷりすぎたというのに、まだ両手を握りしめたままだ。彼が目を開け、またしても驚きを浮かべるのを見て、彼女はつかのま片方のこぶしを自分の手で覆った。そして虐待された子犬のような目で自分を見つめる男に、明日からのことを不安に思わずにはいられなかった。それから、ふたたび目を閉じた彼の両手が開いていることに気づいた。

「わたしたちはあなたに危害を加えるつもりはまったくないのよ、船長」グレースはつぶやいた。

ダートムア刑務所を囲んでいる鉢型の谷から出たとたんに、太陽がふたたび顔を見せた。草はより緑になり、街道沿いのさんざしの生垣には白い花が咲いている。あそこは春が近寄りたがらないほど邪悪な場所なんだわ。グレースはぶるっと震えながら思った。

若葉がつきはじめた枝が張りだし、水面に影を落としている川のそばで御者は馬を止めた。「馬に水をやりたいんで、ここで少し休憩させてもらいます」御者台からそういう声が降ってきた。

まるでそれだけでもつらいかのように半分目を開けたロブが、川の流れをじっと見つめていたかと思うと、膝掛けを払い落として扉を開けた。そして踏み段も使わずに、長い脚をおろし、あっというまに外に飛びだしていた。

「おい！」セルウェイが叫んだが、ロブは振り向きもせずに、ふらっとよろめいたものの、体勢を立て直し、流れのなかに飛びこんだ。グレースは驚きの声をあげ、セルウェイよりも先に馬車から半身を出していた。

「どうか逃げないで！」彼女は叫びながら馬車から飛びおりた。

ロブはこの懇願をまったく無視して、水をかき分けていく。グレースは土手に立ち、水がロブの膝までしかこないのを見定めると、仮釈放されたばかりの囚人のあとを追おうと、スカートとペチコートを持ちあげ……あんぐり口を開けてそれをおろした。

ロブは水のなかに生えているあざやかな緑の草をつかむと、夢中で口に入れた。それを噛（か）んで、呑（の）みこみ、ふたたびつかんで口に入れる。

「驚いたな、あの男はいったい何をしているんだ？」グレースの隣に立ったセルウェイがつぶやく。

グレースは同情に目をうるませ、自分が選んだ男を見つめた。「あれはクレソンだと思うわ。彼は死ぬほど飢えているのよ」

ふたりは痩せ細った囚人がべつの茂みに移り、ちぎれた草がひげに張りつくのもかまわず、またしても草をつかんで口に押しこむのを見守った。彼が草をつかんでようやく土手に戻ってくると、セルウェイは片手を上げて制した。するとロブはクレソンを手にして足を止め、まるで全力疾走の前のように身構えた。

「それを持っていきたいの?」グレースは尋ねた。「その必要はないのよ。向こうにはじゅうぶん食べるものがあるわ。少なくとも、あるはずよ。それはすぐにしおれてしまうわ」

グレースはクレソンを彼の手から取ろうとしたが、ロブは首を振って一歩さがった。「好きなようにさせておくさ。逆らう必要はない」セルウェイが小声で言い、囚人の肘をつかんで馬車へと導いた。「ほら、乗りこむのに手を貸すよ、船長。そう、それでいい」馬車がふたたび走りはじめた。ロブは片手につかんだクレソンを服が濡れるのもかまわずに胸に押しつけ、驚嘆するようにそれを見つめている。グレースは涙ぐんだ。ふたたび眠りこむ前に、彼は何度かクレソンを鼻に近づけ、つんとする香りを吸いこんだ。

馬車がデヴォン州の州都であるエクセターに入り、赤い外套を着た軍人たちのそばで停まると、ロブは全身に緊張をみなぎらせた。軍人たちはたがいに軽口をたたきあって、笑っている。「安心したまえ」セルウェイがそう言って片手を彼の腕に置いた。「グレースにパブで粥と魚肉のパイでも調達してきてもらうとしよう。あまりこってりしたものでないほうがいいな」彼はグレースにいくつか硬貨を渡しながらそう付け加えた。

食べ物を待つあいだ、グレースはパブの窓辺から馬車のなかで待つロブ・インマンを見ていた。彼はかすかに口の端をさげ、真剣な顔で軍人たちを見つめている。その顔には明らかな恐怖が浮かんでいた。ダートムア刑務所はあなたにとってどんな場所だったの、ダンカン船長になったロブ・インマン？　グレースは心のなかで問いかけ、細い針金に留まった鳥のように、かすかな震えが背筋を這いおりるのを感じた。

ロブは粥を流しこみたがったが、セルウェイはひと口ずつすくって食べるようにと言い張った。弁護士がパイも半分だけにしたほうがいいと告げると、弱りきっているというのに、鉛すら切り裂きそうな目で彼をにらみつけた。

「まあ、自分のことは自分自身がいちばんよくわかっているのかもしれないな」ロブがパイの残りを放そうとしないのを見て、弁護士はなめらかに言った。

グレースはほほえんだ。「ミスター・セルウェイ、刑務所の所長は、この人にはてこずるだろうと言っていたわ」冗談めかして言ったにもかかわらず、ロブはパイを噛むのをやめてグレースを見た。

「おれは誰のこともてこずらせたりしませんよ、お嬢さん」彼はパイをほおばったまま、真剣な顔で言った。「おれと風のあいだに立つ人間はべつかもしれないが。そう、風をさえぎる連中はべつだ」

この男の英語には、なんとなく耳慣れた響きと、大西洋の向こうの遠い大陸の岸で生まれた音が混じっている。

まもなくロブは最後のひと口をかろうじて呑みこみ、クレソン同様パイの屑をひげにつけたまま、ふたたび眠りこんだ。明日はあれを全部切り落とさなくては。グレースはそう思った。さっきから猛烈な勢いで頭を掻いているところを見ると、使用人に頭を剃ってもらう必要もありそうだ。使用人がみな尻込みしたら、彼女が剃るしかない。

　クアールに帰り着いたときには、すでに暗くなり、月明かりだけが頼りだった。母屋の明かりが数えるほどしかともっていないところを見ると、新しい侯爵はすでに立ち去ったのだろうか？　だが、セルウェイ弁護士は軽蔑もあらわに言った。「なんという渋ちんだ。わずかな出費を惜しんで暗がりのなかにすわっている人間を、信用する気にはなれないね」

「新侯爵はしばらくここに滞在するつもりなのかしら？　だとすると、かなり苛々させられるでしょうね」

「間違いなく、しばらくのあいだはどこへも行かないだろう。ああ、トムソン卿はあらゆる人間を不快にするまでここに留まるに違いない。ロンドンに戻るのは、きっとそれからだ。思いがけないときところに顔を出し、われわれが間違いをおかす現場を押さえようとするだろうよ」

　グレースはぶるっと震えた。「さっさと帰ってくれればいいのに」

「心配はいらない。少しの辛抱さ。そのうちあの男もあきらめるだろう！」

　家のなかに入り、家具が戻っているのが目に入ると、思わず安堵のため息がもれた。が、よく見ると、セルウェイの恐れていたとおりであることがわかった。どうやら侯爵邸の屋根裏を空にしたらしく、朝の間にはちぐはぐな椅子が並び、居間のソファはスプリングが壊れていた。

　ロブ・インマンが手すりをつかみ、階段の下で長身を揺らしているあいだに、グレースは急いで二階に上がった。ありがたいことに、四部屋ある寝室のどれにもベッドが戻っていた。引き出しが欠けていたり、取れた脚の代わりに木片をはさみこんだたんすもある。

　グレースは自分で使うつもりのいちばん狭い部屋をちらりとのぞき、火格子のなかに火がおこされ、みすぼらしいとはいえ窓にはカーテンもさがっているのを見て驚いた。狭い廊下をはさんだ向かいの部屋の、ダンカン船長に使ってもらうつもりでいた部屋から物音が聞こえてくる。

　そこにいる男のことは一度も見た覚えがなかった。これまで母屋のまわりで雑用をしていた使用人のひとりだろう。地味なズボンに上っ張りを着たその男は、ベッドの継ぎはぎだらけの上掛けから埃（ほこり）を払い落としていた。

　グレースは咳払（せきばら）いをひとつして声をかけた。「あなたは……？」

「エメリーだよ」男は知っているはずだというような口調だった。「覚えてないかね。羊が草を食ったあとを熊手で平らにならす仕事をしてたんだよ」

「エメリー？　でも、会った覚えは……」グレースは赤くなってあわてて言葉を切った。

「いやだ、ばかなことを言ったわ。わたしがここに来はじめたのはほんの二、三カ月前からだもの。亡きトムソン卿がもうクインビーまで歩けなくなって……」

「わかってるよ。それにわしは庭で働いていたからね。目に留まらなかったとしても無理はねえ」エメリーは整えている途中のベッドを示しながら、グレースの後ろの廊下をのぞきこんだ。「こいつの支度をしておこうと思ってね。刑務所じゃ、ダンカン船長を釈放してくれたのかい？」

「ええ、してくれたわ。船長は階下にいるの。疲れ果ててすぐにも横になりたそうだから、ひと足先に上がってベッドを整えようと思ったの。でも、あなたに先を越されたようね」

エメリーが頭をさげるのを見て、グレースはほほえんだ。「グレーシー、あんたの執事をやらせてもらうとしましょうよ」

「エメリー、新しいトムソン卿が執事を雇うお金など、出してくれるはずがないわ。たとえあなたがただの庭師だとしても」グレースは静かな声で言った。

エメリーは上掛けをベッドに広げた。「たしかに。侯爵はわしをクビにしなさった。ほかには行く場所がねえし、執事になってここに置いてもらおうと思ったのさ」彼は上掛けの角をきちんと折りこんだ。「ここでやらなかったのは、その仕事だけだ。だから執事になることにしたのさ。悪いこっちゃないと思うが」

エメリーは落ち着き払って、こちらの言葉をまったく無視した。グレースは笑みをもらしながら、もう一度言った。「エメリー、亡きトムソン卿の遺言書には、執事の費用に関してはひと言も書かれていなかったのよ」

「だったら、よけいにわしはどんぴしゃりの人間だ。そんなに高い給金はいらんよ。それに昔から執事をやってみたかったんだ。どれ、ダンカン船長が階段を上がるのに手を貸すとしよう」

この屋敷では孤立無援だと思っていたグレースは、善意の味方を得てほっとしながらうなずいた。「ええ、そうしてもらえるととても助かるわ」

エメリーがいつでも手を貸そうとすぐ横に控え、倒れてきたら受けとめようとセルウェイが後ろから従ってきたが、ロブ・インマンは自分の力で階段を上がろうと固く決意しているらしく、一、二度立ち止まったものの、誰の手も借りずに階段を上がりきった。

そしてついに廊下に立つと、三人を見ながら文句をつぶやいた。だが、エメリーが腕を取り、ゆっくり寝室へと導いても、逆らわずに問いかけるような顔でグレースを振り返った。「お嬢さん、ずいぶんとゆっくりだが、おれは誘拐されてるみたいだ」

グレースはこの言葉には笑いだした。するとロブの顔にも笑みが浮かんだ。

「ありがたい。きみにはユーモアのセンスがあるんだな。ふたりとも、それが必要になるかもしれないぞ」

エメリーはなんとか役に立とうと決めているらしく、ロブをベッドにすわらせ、靴を脱がせながら、あきれたように首を振った。「若いの、よほどつらい目に遭わされてきたんだな。靴下も靴紐もなしかね。それに革もほとんどない」

「あそこの鼠は、おれたちと同じくらい飢えているんだ」ロブはそう言ってあくびをしながらグレースを見た。「失礼、お嬢さん。おれは汚れきっているし、シラミだらけだ。こんな歓迎を受ける資格はない。シーツをくれれば、床で眠るよ」

「いいえ。ベッドで眠ってちょうだい。シラミを駆除するのは明日でも遅くないわ。その髪は切らせてもらえるわね？」

「短ければ短いほどいい」彼はそう言ってまたあくびをしながら横になり、壁に顔を向けた。「おやすみ、子守りたち」エメリーが上掛けを引きあげてやり、つかのま肩に手を置いた。

グレースたちは部屋を出た。踊り場に戻ると、セルウェイが言った。「われわれのダンカン船長は、どうやら主導権を握る気になったようだ。われわれはどうすればいいか、告げられたと思うね」

階下に戻ると、エメリーがかごから食べ物を持ってきた。「コックのクライドに言われて、このかごを持ってきた。ダウアハウスのために少々多めに作るのは、ちっとも苦にならないとさ」

「新しいトムソン卿が雇い人の博愛主義に気づいたら、そうはいかないだろうな」弁護士はそう言いながらサンドイッチをほおばった。「グレース、ダウアハウスでダンカン船長の面倒を見るために、小額だがわたしの自由裁量で使える資金がある。わたしは料理人を雇うつもりだったが、きみが食事の支度をしてくれれば、その金でエメリーを新たな友に含めることができるだろう」

「もちろん、料理はわたしがするわ」グレースはきっぱりとそう言った。「それにパンも焼くわ。亡きトムソン卿がわたしをここに住まわせたかったのは、そのために違いないもの」

セルウェイはにっこり笑った。「実を言うと、トムソン卿は亡くなる前、きみと船長が恋に落ちて結婚すればいいのに、と言っていたんだよ」

グレースはばかげた望みに笑いだしたが、刑務所の出来事を思いだすと、その笑いも途中で消えた。セルウェイは目にしていないが、トムソン卿の子息、ダンカン船長は獄中で亡くなった。それを思うと、ずきんと胸が痛んだ。ここにいる男はロブ・インマンだ。とはいえ、亡きトムソン卿を思いだし、セルウェイの言葉にほほえまずにはいられなかった。

「なんておかしなことを。そんなことが実現するとしたら、豚が空を飛ぶわ」

5

「もっと奇妙なことだって起こるさ、グレース」セルウェイは笑いながらかごからサンドイッチをもうひとつ取ると、ナプキンで包んだ。「わたしは居間の隣の小部屋に退散するよ。ところで、あそこはダウアハウスの図書室と呼ぶことにした。ずいぶんもったいぶった名前だが。それはともかく、ダンカン船長の仮釈放と亡きトムソン卿(きょう)の気まぐれな遺志に関して、もう一度注意深く吟味するとしよう」セルウェイは立ちあがり、エメリーに向かってうなずいた。「グレースが同意すれば、きみがわれわれの幕僚に加わるのは大歓迎だよ」

グレースはうなずいた。「幕僚ですって？　大げさだこと！　いいこと、エメリー、あなたを執事に雇うのは、この戦争が終わり、船長がアメリカへ帰るまでよ」

エメリーはにやっと笑って片目をつぶった。「そのときあんたたちが結婚してれば、一緒にアメリカへ行ってもいい。救貧院に入るよりはましだ」

セルウェイが笑ってキッチンを出ていき、グレースもいたずらっぽく目を輝かせた。サンドイッチを食べおえると、エメリーがパン屑を集め、注意深くかごのなかに払った。

「明日の朝は砂糖とクリームがたっぷり入った粥が届くはずだ」

「でも、朝食は船長のシラミを駆除し、頭とひげを剃ったあとよ。村の食料品店に行く必要があるわね。船長はがりがりだもの。栄養のあるものをたくさん食べて、健康を取り戻してもらわなくては」グレースはセルウェイの言葉を思いだし、あきれて首を振った。

「結婚の件はダンカン船長に決めてもらうことにするわ」

「いいともさ。さてと、ほかに救いだすもんがなければ、そろそろ休むとするか」エメリーは大きなあくびをして伸びをひとつすると、使用人の食堂へと至るドアへ向かった。

「雀の涙よりもたくさん払えるといいんだけど」

「じゅうぶんさ。こいつは興味深いことになりそうだ」

ええ、それだけはたしかね。グレースは階段を上がりながら心のなかでうなずいた。念のためにロブ・インマンが眠っている部屋のドアをそっと開け、彼の穏やかな寝息に耳をすましてから、静かにドアを閉める。

できるだけ早く、たっぷり時間をかけてお風呂に入ってもらう必要があるわ。自分の部屋へと足を向けながらグレースは思った。八月のキッチンのごみよりもひどいにおいだ。いま着ているものは、すべて燃やさねばならない。今夜使っているシーツ類も一緒に。刑務所であんな思いを味わったことを思えば、せめてショートランド所長から預かったときよりもましな状態でアメリカに帰してあげたいものだ。

暖炉に両手をかざしてしばらく温まりながら、グレースは一日を振り返った。亡きトムソン卿の遺言書の項目に従うことに同意した理由が、自分でもよくわからなかった。

「エメリーの言うとおりだわ。興味深いことになりそう」グレースはたたんだ服をぼろだんすの上に置いた。鏡はついているものの、銀色の表面は磨き直す必要がある。「エメリーが来てくれたのは、ほんとにありがたいわ」

グレースは上掛けの下にもぐりこみ、足を温めるために膝を胸のところまで引きあげた。ウィルソン夫妻の店に満ちているイーストのにおいが恋しかった。

その夜はあまりよく眠れなかった。恐ろしいことに、夢のなかで本物のダンカン船長が何度も自分の目の前で死に、黙って彼を取り巻く、ひどいにおいの男たちの顔が浮かんでは消えた。グレースはロブ・インマンを見て、彼を選んだ。なぜほかの男ではなく、ロブを選んだのだろう？　夢にうなされ、寝返りを打ちながら、まぶたの裏に彼の顔が見えた。おそらくはオロンテス号が拿捕(だほ)されて以来ずっと待ちつづけていたように、忍耐強く待っている彼の姿が。刑務所のなかでは、待つよりほかにすることはない。

数時間後、どうして目が覚めたのかわからないが、暗がりのなかでグレースは目を開いた。自分が眠っていたのかどうかすら、はっきりとはわからない。ダートムア刑務所の恐ろしい体験と、悪臭を放つ藁の上でひざまずいたときに、ロブ・インマンの仲間が見せた思いがけないやさしさが頭に残っていた。

ベッドの上で起きあがり、耳をすました。やはり狭い廊下を誰かが階段へ向かっている。恐ろしさが半分、好奇心が半分で、グレースは上掛けをはねのけ、ショールに手を伸ばしてドアを開けた。静かに階段をおりていくロブ・インマンの姿が見えた。

「ロブ・インマン、逃げる計画なんか捨てたほうが身のためよ。あなたはわたしより少し背が高いけれど、いまの状態ではわたしを振りきるのは無理だと思うわ」

ロブは驚いて振り向き、愉快そうに目を輝かせて階段にすわった。「きみの言うとおりだろうな。先週は鼠と格闘したが、仕留めるどころか靴紐をなくすはめになった」

グレースは適切なあいだを空けて隣に腰をおろした。「お腹がすいたの？」

彼はうなずいた。「これほどひどくにおわなければ、左脚をかじりたいくらいだ。キッチンには、ここの執事になったつもりの男のほかに食べられそうなものがあるかい？」

グレースは噴きだしそうになって片手で口を押さえた。「まだサンドイッチがひとつかふたつ残っていたと思うわ。捜してみる？」

ロブはうなずいて立ちあがろうとしたものの、すぐにあきらめて首を振った。「きみだけでも助かってくれ。おれは力尽きた」

「劇の主人公気取りはやめて」グレースはそう言いながら階段をおりていった。「逃げださないと約束したら、サンドイッチを調達してきてあげるわ」

「そんな約束はできないな」彼はすばやく言った。

「しなくてはだめよ。紳士の言葉にかけて」グレースもさっと振り向いて応じた。「ここを逃げだせば、問答無用で撃ち殺されるのよ」

するとロブはグレースの骨の髄まで見透かすような目で長いこと見つめた。「どうしてもというなら約束するが、これだけは断っておく。ダンカン船長は非嫡出子とはいえ紳士だったかもしれない。ロブ・インマンは紳士とはほど遠い人間だ」

「いまのところはその約束だけでよしとするしかなさそうね」グレースはおぼつかなげに言った。亡き侯爵が彼女に押しつけたこの男……いえ、ダートムアで彼女が選んだこの男は、いったいどういう人間なのか？「ひとつ質問があるの」

「だろうな」ロブはにやっと笑った。「だが、おれはまだ腹がぺこぺこなんだ」

キッチンは暗かったが、かごはすぐに見つかった。彼女はサンドイッチを手に足音をしのばせて階段を戻りながら、ふと足を止め、笑みを浮かべた。エメリーのいびきが聞こえてくる。残ったサンドイッチをロブに渡すと、彼はあっというまにそれをたいらげ、もっとないかと見まわした。グレースは自分が焼いたクインビー・クリームをひとつ差しだした。母屋のコックが村のパン屋に出かけたのだろう。これはグレース自身がダートムアへ行く前に焼いたものだった。

「このビスケットはもっと食べられそうだな」ロブは口いっぱいにほおばったまま言った。

「明日ね。これは自分で作ったレシピでわたしが焼いたの」グレースは誇らしげに告げた。

ロブは問いかけるように彼女を見た。

「わたしはクインビー村のパン屋で働いているの。いえ、いた、と言うべきかしら。あなたのことが片付いたら、そこへ戻るわ」

「きみはおれを片付けるつもりかい？」ロブはビスケットの残りを口のなかに放りこみながら、愉快そうに聞き返した。腹ぺこで弱っているかもしれないが、頭の回転は速そうだ。

「いったいどういうわけでダンカン船長の身元引受人になったんだ？　きみが身元引受人なんだろう？」

「ある意味ではそうね。いまはあなたの身元引受人よ。新しい侯爵のことは大嫌いだけど、つい先日亡くなったトムソン卿はよく自分でパン屋にやってきたの。わたしの作るビスケットが大好きだったのよ。気難しい人だったけど、彼の皮肉には腹は立たなかった」グレースはトムソン卿のことを思いだし、目をうるませた。「わたしは彼の唯一の友人だったのかもしれない。親戚の人たちは、侯爵が死ぬのを待っているだけだった。まったく恥ずかしいことだわ」

「それがおれの質問とどういう関係があるのかな？」

「さあね。どういうわけか、トムソン卿はわたしをこの家に住まわせ、年に三十ポンドくれることにしたの。まあ、それも新しいトムソン卿が、横槍を入れる手立てを見つけるまでの話でしょうけど」

「その金が入ってくれば、きみは助かるのかい？」

「ええ、いつか村のパン屋を買うつもりなんだもの」

「だが、新たなトムソン卿の親切心がいつまで続くかわからない？」

「長く続かないことはたしかね」グレースはきっぱりとそう答えた。「ああいう人たちは、そのうち思いどおりにする方法を見つける。あなただって、それくらい知っているはずよ」

「ああ、さんざん見てきた」ロブは声を落とした。「しかし、死んだ侯爵はなぜダンカン船長を仮釈放させたんだ？　ダンが貴族の非嫡出子だってことはおれも知ってる。堂々とそれを口にしていたからね。じゃあ侯爵はアメリカで産ませた非嫡出子を助けたかったのか？」

「だと思うわ。セルウェイ弁護士の話では、侯爵はわたしとダンカン船長が恋に落ちて結婚してくれれば、と思っていたんですって」

「そいつは無理だったろうな。ダンには奥さんがいる。子どももふたりいるんだ！」ロブは重いため息をついた。「世界一いいやつだったのに。彼のことをナンタケットの家族に知らせる方法があればいいんだが」

「戦争が終わって、あなたが帰るまで待つしかないでしょうね」グレースは少し考えたあと、こう付け加えた。「あなたにも、わたしと恋に落ちるのを妨げるような事情があるんでしょうね」

「いや、そうでもない」ロブは静かに答えた。「妻はいたが、死んだんだ。ダンの奥さんのベスと同じで、ナンタケット生まれの、海の男のことをよく理解してくれるやさしい女だった。ナンタケットの人々はみなそうだ」

「お気の毒だったわ。軽口をたたくつもりはなかったのよ」

「仕方がないさ、知らなかったんだから。死んでから四年近くたつが、まだ残念で仕方がないよ」ロブはそう言うと後ろの段に肘をつき、考えこむような顔になった。「考えてみると、海と戦争のせいで、オレンジ通りにあるわが家のベッドより、オロンテス号とダートムア刑務所で過ごした時間のほうが多いな」

　見知らぬ男とこんなに気楽に話せることに驚きながら、グレースは船に乗っていたころのロブ・インマンのことを思った。

「あなたの仲間の、古い言葉を使っていた人のことを話して」

　ロブのまなざしが目に見えて和らいだ。「彼について知るには、ナンタケットについて知る必要がある。あの島の水夫の大半はクエーカー教徒なんだ」

「あなたは?」

「おれは違う。だが、隣人はほとんどがそうだ」

グレースは、故郷のことを考えているのか静かになった彼の腕に触れた。「世の中には不思議なことが起こるわね。理解できないことが」

ふたりとも少しのあいだ黙りこんでいた。それからグレースは彼の手を取った。

「立ちあがるのに手を貸すわ、ダンカン船長。忘れないでね、あなたはダンカン船長なのよ。空腹が和らいだところで、そろそろ寝室に戻って休みましょう。明日は早起きしてもらうわよ。朝のうちにすませたいことがたくさんあるの」

「そうかい?」彼はふらつきながら立ちあがった。

グレースは彼がバランスを取り戻すのを待って手を離した。「まずマツヤニの石鹸(せっけん)を使ってお風呂に入ってもらうわ。それから髪を短くして、ひげを剃る。もしかすると刑務所の黄色が好きになっていたかもしれないけれど、その服は燃やすしかないと思うの」

「ああ、喜んで提供するとも。だが、代わりに何を着るんだい? 囚人には着替えはないぞ」

「セルウェイ弁護士がちゃんと用意してくれたわ」ゆっくり階段を上がり、ロブが寝ていた部屋へ向かいながらグレースはそう言って彼を安心させた。「あなたは気に入らないかもしれないけど、彼はあなたのためにプリマスの海軍基地にある店から王室海軍の軍服を調達してきたのよ」

「王室海軍だって？　冗談じゃない！」

「ただのチェックのシャツと黒っぽいズボンよ。オロンテス号で着ていたものと、たいして変わらないでしょう？」

ロブは笑みを浮かべた。「まあね。体に合うといいが」

「そのうち合うようになるわ」

彼が部屋に入るのを確認し、グレースはドア口に立った。

「ひとつだけ教えて。アメリカ人はみんなあなたのような英語を話すの？」

「いや」彼は人差し指を唇に置いた。「これもふたりだけのちょっとした秘密にしておいてもらいたいが、実はおれはここで生まれ、小さいころはロンドンの下町で育ったんだ。詳しいことは明日ゆっくり話す。興味があればだが」

「あなたは英国人なの？」グレースは驚いて尋ねた。

「いまは違う。だが、きみたちはそれが理解できないようだな。英国に生まれたら、死ぬまで英国人だと考える」

「わたしは決してほかの国の人間にはなれないわ」グレースは宣言した。

「そんなに強い確信があるのかい？」

ロブは立っているのがつらいように、ベッドにすわりこんだ。

「きみはパン屋で働いているにしては、ずいぶん立派な言葉を話すじゃないか。それに、立ち居振る舞いも洗練されている。英国は最近きみに何をしてくれた？　おれには何もしてくれなかった。おやすみ、グレース」

6

ベッドに横になっても、グレースの耳にはロブの言葉が残っていた。認めるのは悔しいが、ロブ・インマンの言うとおりだ。英国は彼女にここ久しく何もしてくれなかった。突然貧しくなっただけでもつらいことなのに、そのとたんにまるで存在しなくなったかのように昔の友人から無視されるのは、あまりにも残酷ではないか。パン屋で昔の仲間たちが口にする皮肉や心ない嘲笑、まるで透明人間でも見るような元友人たちの視線を思いだすと、怒りで頬が燃えるようだった。

しかもこれからは、グレースが自分自身に疑いを持つような問いをぶつけてくるアメリカ人、ロブ・インマンに関して責任を持たねばならない。おそらくあの男は隙さえあれば逃げだそうとするだろう。彼を預かり、見張るのはとうてい簡単な仕事とは言えなかった。あの男を選んだのは間違いだったかもしれない。少しでも眠りやすい姿勢を求めて枕をたたきながらグレースは思った。

でも、いまさらやり直しはできない。自分がロブ・インマンを選び、結果的に亡きトムソン卿は、彼の世話をするためにグレースを選んだことになる。しだいにまぶたが重くなるなかで、なんとも愚かしい展開に口元がほころんだ。老侯爵、あなたの善意は、わたしにとってはとんでもない厄介をもたらすことになりそうだわ。この思いを最後に、彼女は眠りに引きこまれた。

エメリーは約束どおり、朝になると母屋から朝食を調達してきた。それに大きなマツヤニの石鹸も。

「こいつでシラミやノミが逃げださなけりゃ、あとは祈るしかないな」彼はグレースの助けを借りて、草の生い茂る庭の一角に置かれたブリキの浴槽にお湯を満たしながら言った。「船長がごしごし洗ってるあいだに、ベッドのシーツを剥がして、あの部屋で硫黄を焚いておくよ。長い航海のあとで水夫たちが船倉にやるように」

庭でお風呂に入るよう、ロブを説得する必要はまったくなかった。エメリーに言われてぼろぼろの囚人服を薔薇園のそばで脱いだあと、彼はシーツを体に巻き、浴槽のそばで湯加減を見ているグレースに顔をしかめた。

「きみの助けは必要ない」彼は痩せた体にいっそうきつくシーツを巻きつけた。

「あら、手を貸すつもりは毛頭ないわ」グレースは言い返した。「湯加減を見ていただけよ。わたしの仕事はそのシーツを袋に突っこんで、囚人服と一緒に燃やすことだもの」

彼女は笑いをこらえながら、庭に立つロブをエメリーとマツヤニに任せて立ち去った。

二階の廊下でシーツと毛布をキャンバス地の袋に押しこんでいると、セルウェイ弁護士が姿を見せ、グレースが庭の小道にその袋を捨て、続いて黄色い囚人服を捨てるあいだ、あとをついてきた。

それからキッチンのドアのすぐ横のベンチに並んで腰をおろし、手にした紙ばさみを開いた。「あとでよく目を通しておいてくれないか、グレース。仮釈放された捕虜の取り扱いに関する規則だ」

彼女はざっと目を走らせた。「ようするに、決してダンカン船長をわたしたちの視界の外に出してはいけないのね」グレースはセルウェイを見上げた。「でも、あなたかわたしのどちらかが付き添っていれば、彼はこの敷地から出ることができるの？」

セルウェイはうなずいた。「明らかにできる。しかし、逃げないようによく言って聞かせ、ダンカン船長が納得したあとで、の話だ。もしも逃亡すれば、すぐさま治安判事に知らせねばならない。彼は見つかればその場で射殺、われわれは投獄される」

「でも、逃げてどこへ行くの？」

「海に向かうだろうね。ダンカン船長なら、プリマスの船員たちに溶けこみ、港に停泊している商船のどれかに乗りこむのは造作もないだろう。優秀な船員はどこでも引く手あまただ」

灌木の茂みの向こう側で、もう一度頭を洗うというエメリーに抗議するロブの声を聞きながら、グレースはセルウェイの言葉を考えた。「トムソン卿はひとり息子が仮釈放に乗じて逃亡することを、望んではいなかったはずよ」

「トムソン卿がどういうつもりだったのか、わたしにはわからない。実際のところ、彼は息子に会ったことは一度もないんだからね」セルウェイが心苦しそうに付け加えた。「気の毒だが、すべてがきみの肩にかかってくるな。わたしもときどきは様子を見に来るが、ほかの仕事があるのでね」

「わかってるわ」グレースは心細さに負けまいとしっかりした声で答えた。「少なくとも、エメリーはあてにできる」

「そのとおり。その点では幸運だった。これがダニエル・ダンカン船長、三十六歳の、仮釈放を認める書類だ」セルウェイは書類を差しだし……庭のほうに目をやった。「船長は年齢よりも若く見えるな」セルウェイは驚きをこめてつぶやいた。「ダートムアに投獄されて若返るとは……ずいぶんと思いがけないことが起こるものだ」

グレースは思わず息を止めた。セルウェイの言うとおりだ。ロブ・インマンは船長よりも若い。「たぶん……潮風が体にいいんじゃないかしら」

セルウェイは首を振り、鷹揚に笑った。「グレーシー、潮風は通常、船乗りを老けさせるものだよ。もしかすると、アメリカの健康的な空気のおかげかもしれないな。村の商店で必要なものを買えるように手配しておいた。もちろん、常識の範囲内でだが、きみはなんでも注文できる。請求書はエクセターでわたしが受け取る。この番号の私書箱に送ってくれたまえ」彼はメモを渡した。「元気を出しなさい。きみはただ仮釈放の捕虜から離れないようにしていればいいだけだ。悪いことなど何ひとつ起こらないさ」

でも、ダンカン船長は獄死したのよ。口から飛びだしそうになったその言葉を、グレースはどうにか呑みこんだ。なぜなのか、自分でもよくわからない。本物のダニエル・ダンカンと交わした約束を、守らなければならないという気がしたのかもしれない。たとえ相手はアメリカ人で、囚人ではあっても、約束は約束だ。それに彼女はセルウェイのことをそれほどよく知っているわけではなかった。これはロブ・インマンと自分だけの秘密にしておいたほうがいい。

まもなく、セルウェイが図書室に置いていった新しい服を持ってきてくれ、というエメリーの声が聞こえた。グレースは着替えを持ってキッチンのすぐ外の庭に出た。そこではロブがごつごつした膝をあごにつかんばかりに引き寄せ、ブリキの浴槽のなかにすわっていた。こちらに向けた背中に残っている鞭の跡を見て、グレースは息を呑んだ。薄れかけた古い傷跡が、ストックホルム製のマツヤニ石鹸でごしごしこすられ、生々しく浮きだしている。

その背中をつかのま見つめ、グレースは家のなかへ戻った。だが、砂糖をたっぷり入れた粥をかきまわすあいだも、浴槽に浸かっている男のことが頭を離れなかった。シナモンをひとつまみ加えると、おいしい粥ができあがり、少し冷ますために鍋を後ろにずらした。

クアールで働いているメイドが、よく切れそうなはさみを手にして足音をしのばせ、キッチンへと階段をおりてきた。「エメリーがこれをあなたに渡してくれって」メイドはおずおずとそれをグレースに差しだした。

「あら、エメリーがそう言ったの？」グレースはにやにや笑いながら階段を上がった。「わたしの助けが必要だそうね」グレースはエメリーにそう言って羊の毛を刈るはさみを差しだした。

「きみの助けが必要なのはおれさ」ロブが言った。「頼む」彼は〝執事〟に向かってにやっと笑った。「エメリーは皮がすりむけるほど念入りに背中をこすってくれたが、頭皮と顔のすぐそばではさみを使うのは、きみに任せたほうが安全だという点でふたりの意見が一致したんだ」

「アイ、アイ、船長」グレースは水夫のように答え、その仕事をじっくり見るために彼に近づいた。

キャンバス地のズボンと格子模様のシャツを着たロブは、デヴォン州の港でよく見かける船乗りのように見えた。肩にはすでにエメリーがタオルをかけていた。何度も洗われ、きれいになった髪は赤みがかった金色で、肩よりも長く、ひげと混じりあっている。エメリーはそのひげにもくしを入れたと見えて、波打って胸へと落ちていた。

グレースは何度か彼のまわりを回った。「これは大仕事ね。髪を最初に切る？　それともひげを先にしたほうがいいかしら？」

「どっちでもかまわない。きみの手が震えないかぎり」ロブは笑いを含んだ声で言った。「頭を先にしたらどうかな？　思いきり短くしてくれ。昨夜も言ったように、短ければ短いほどいい」

グレースはさらに近づき、まだ濡れている髪をひとつかみ持ちあげた。「じっとしてるのよ。急に動かないで」

集中しているときの癖で舌を歯のあいだにはさみ、髪を切りはじめた。「こういう色だとは思いもしなかったわ」ゆっくりと回りながら器用にはさみを使い、ばさばさ切っていく。エメリーは姿を消したが、メイドは大きく目をみはって藪の陰から見守っていた。

「洗ったのは一年ぶりだ。怖がらずに、もっと短くしてくれ」

グレースは切ることに集中し、それからちらっとメイドを見上げた。「どう思う？」

「とてもハンサムです」

それを聞いたロブが笑い、メイドはエプロンで顔を隠して母屋に駆けこんだ。

「かわいそうに、真っ赤になっていたわよ」グレースはたしなめた。「だいたい、それほどハンサムとは言えないわ」

グレースはまた髪を切り、ロブが頭を動かすと、頭皮を指で弾いた。「じっとしてなきゃだめ。頭をざっくり切られたいならべつだけど」

そう言ったとたん、いまはきちんとシャツに覆われている背中の鞭の跡が目に浮かんだ。

「はさみで少々切られるくらい、あなたにとってはたいした苦痛にはならないでしょうけど、とにかく動かないでちょうだい。ミスター・セルウェイは行ってしまったんだもの。わたしの言うことをちゃんと聞いてもらわないと」

「帰る前に彼にもそう言われたよ。彼に言ったのと同じことをきみにも言うが、行儀よくするという約束はできない」ロブの声は真剣だった。「体力が戻り、おれがここから出ていく気になったら、それを止められるものは何もない。きみはとくに恐ろしそうには見えないし、エメリーは手の甲で殴っただけで吹っ飛びそうだ」彼は喉の奥で笑った。「さっきのメイドはふだんクアールにいるが、おれをハンサムだと思っているんだから告げ口なんかしないさ」

「でも、逃亡すれば、見つかりしだい射殺されるのよ」

「昔、腹を立てた男にそう脅されたことがあるよ」

グレースはさっきより強く彼の頭を指で弾いた。

「いて！」ロブは片手を頭に当てた。「きみの指には爪の代わりに鋼の棘でもついてるのか？」それから肩をすくめ、頭を振って毛を落としながら、またしても真面目な顔になった。「だが、撃ち殺すには、まず見つける必要がある。耳を切り落とさないでくれよ」

苛立ちを呑みこんで、グレースは言われたとおりにした。それにしても美しい髪だ。こんなに短く切ってしまうのはもったいないくらいだった。

ロブが黙りこみ、グレースはハミングしながら金色の髪を切りつづけた。客観的な目で見れば、メイドの言うとおりかもしれない。たっぷり食べて、じゅうぶん休養を取れば、ごつごつした顔にも肉がついてくるだろう。鼻はまっすぐだし、唇はふっくらして形がいい。

グレースは一歩さがって頭の仕上がり具合を見てから、ひげを切る作業に取りかかった。

「これでできるだけ短く切るわ。そのあとで剃刀を使えばいい」

頬がこけているにもかかわらず、ロブ・インマンは昨夜ここに着いたときよりもだいぶましに見えた。よく晴れた日のプリマス海峡のように真っ青な瞳がとても魅力的だ。グレースは手元に神経を集中し、高い頬骨のすぐそばまでひげを切り、女性が羨むほど長いまつげに感心した。

剃刀で剃れるほど短く切ってから、頭をあちこちに向けさせながら、かがみこんで首に取り組んだ。何度かはさみを入れて切ったあと、彼女は驚いて手を止めた。

「まあひどい」

グレースが何を見ているか気づいたらしく、ロブは顔をしかめた。「それほどじゃないさ。ひどい痛みはそれほど長く続かなかった」

グレースはスツールのそばの草地にひざまずいたままエプロンで涙を拭った。「どうしてこんなことをする必要があるの？」

この質問に、ロブは当惑したように、あごの関節のすぐ下にある、〝R〟という黒い焼き印に手をやった。「英国の刑務所は逃亡者（ランナウェイ）にあまり寛大じゃないようだな。少なくとも、この〝R〟はそれを指すんだとわれわれは思った。それともろくでなし（ラスカル）か、卑劣漢（レッチ）か。だが、後者だとすれば、頭文字は〝W〟だ。いずれにしろ、これがあるかぎり、おれはきみの祖国を永久に忘れないってわけさ」

7

「ダートムアで焼き印を入れられたの？」グレースははさみをおろした。両手が震え、これ以上は続けられそうもない。

「彼らを責めることはできないさ。おれは一度逃げだしたんだ。だが、運悪く捕まって、引き戻された。ショートランド所長は間抜けな手下に背中を鞭打たせるのに飽きると、鉄の焼き鏝を持ちだしてきた。もう七、八カ月も前のことだ。いまはただの土産でしかないよ」

「だからって、正しいことにはならないわ」グレースはそう言いながらも、囚人とこういう議論をしたがる理由が自分でもわからなかった。この男は敵側の人間、祖国に危害を加えてきた戦争捕虜だ。

　ロブは疲れきった顔に笑みを浮かべようとした。「グレース、戦争に理屈は通用しないのさ。戦争はそもそも残酷かつ非情なものだ。始めないほうがいいが、いったん巻きこまれたら、ひとりの人間など巨大な歯車のちっぽけな歯のひとつでしかない。いやでもそれを知らされるよ。将軍だろうと火薬運びの少年（ランナー）だろうと同じようなものだ。いいから、さっさと切ってくれ」彼は疲れた声で言った。「あとは自分で剃（そ）る。きみがおれを信用して剃刀（かみそり）を渡してくれれば、だが」

「もちろん信用するわ。そのあいだに朝食を持ってくるわね」

「その言葉を待っていたのさ」彼はどうにか軽口をたたいた。

　グレースは手早く残りを切った。ロブは見るまにしおれていくようだった。まっすぐすわっているのがせいいっぱいの様子だ。入浴よりも朝食を先にしたほうがよかったかもしれない。「エメリーに剃刀と石鹸（せっけん）とお湯を持ってこさせるわ」

ロブは首を振った。「朝食が先だ」彼は目を開けているにも努力が必要に見えた。「なんでもいい」

「急いで持ってくるわ」ロブがどれほど弱っているかに気づかなかった自分に腹を立てながら、グレースはキッチンに向かった。

　甘い粥（かゆ）とバターとママレードをつけた固いロールパンをふたつトレーにのせて戻ったときには、ロブは地面に横になって眠っていた。両腕を枕代わりに頭の下で組み、ゆっくりと穏やかな寝息をたてている。

「気が利かないったら！」もっと早く朝食を持ってくるべきだったのだ。それに気づかなかったことを悔やみ、低い声でつぶやきながら、グレースはトレーを彼のすぐ横の草のなかに置いた。そして自分も彼のかたわらにあぐらをかいてすわった。白い花を降らせているさんざしの下に。

食べ物のにおいを嗅いだのか、ロブが目を開け、ロールパンに手を伸ばした。それをつかんで仰向けになると、昨日クレソンを食べたときと同じようにひたすら噛(か)み、呑(の)みこんだ。残ったロールパンはひとつめよりも速くなくなった。

「起きあがるのに手を貸してくれないか？　こんなに役立たずなのは、まったく腹立たしいかぎりだ」

グレースの助けで起きあがった数秒後には、粥の器をきれいにして、もっと食べたそうに周囲を見まわした。

「エメリーはこれ以上一度に食べると、吐くかもしれないと心配しているわ」

「エメリーなんかくそくらえだ。きみはパン屋で働いていると言ったね。死ぬほど腹をすかせたことはないのかい？」

「さいわいなことに、そこまで切羽つまったことはなかったわ」グレースはあいまいに答えた。自分が男爵の娘だったことも、ウィルソン夫妻のおかげでパン屋の店員になるよりもひどい運命から逃れることができたことも、恥ずかしくて口にできなかった。

途中で何度も休みながらロブがひげを剃りおえるころには、グレースも母屋から食べ物を持ってきたメイドに同意しないわけにはいかなかった。休養と食事が改善してくれるはずの痩せこけた頬をべつにすれば、ロブ・インマンはハンサムの部類に入る。

「ふむ、けっこう見られるわね」グレースは温かいタオルを差しだしながら言った。ロブがタオルで顔を覆い、深いため息をもらす。

「ありがとう」彼はそのタオルで顔と、焼き印が浮きだしている首を拭いた。

　すっかりひげを剃り、髪を短くしたいま、ロブ・インマンはこれまでとはまるで違って見える。せっかくの美しい髪をこんなに短くしなければよかった、とグレースは悔やんだ。青い瞳もとてもすてきな色だし、いまはまだ彫ったように鋭い鼻もまっすぐだ。彼には何かがあった。それに気づいたのは、昨夜、階段に一緒にすわっているときだ。この男は、ひどい虐待を受けた餓死寸前の囚人からは予測もつかない適応能力を備えているようだ。

　それがアメリカ人の特徴なのだろうか？　グレースが監視と世話を任されたこの男は、首に焼き印を押され、骸骨のように痩せさらばえていても、彼女の言いつけにおとなしく従うようには見えない。

　この人がここから出ていくと決めたら、わたしには止める力はないわ。グレースははっきりとそう感じた。トムソン卿、あなたはわたしに何を望んでいたの？

「これでいいかな？」ロブが立ちあがり、藪の陰からメイドに顔を向けた。

恥ずかしそうにうなずくメイドを見ながら、グレースはふと思った。この子の意見を尋ねた人間が、これまでにひとりでもいたかしら？　それも笑顔で尋ねた人間が。

グレースはメイドの肩に手を触れた。「この人はあなたをからかっているのよ」

「とってもいいです」メイドはそう答えたあと、あまりの恥ずかしさに首を縮めてグレースの後ろに隠れた。

「ええ、私もそう思うわ」グレースはメイドにそう言った。「ネルソン提督がすべての国民に求めたように、わたしたちが義務を果たせば、老トムソン卿の願いは成就し、やがてすっかり回復した彼を送り返せるでしょう。ええと……」

「ナンタケットに」

「ええ、ナンタケットに」

「すべてはきみたちにかかっている」ロブはやさしい声で言った。

愛国精神を焚きつけられ、メイドはグレースの後ろから出ると、まだ何も言えずにちょこんと膝を折ってお辞儀し、母屋へ走っていった。

ロブはその後ろ姿を見送った。「このぶんだと、あの子に少々甘い言葉をささやけば、母屋からなんでも手に入りそうだな」彼は空っぽの粥の器をグレースに手渡した。「さてと、二階に戻るのに手を貸してくれないか、ベッドがおれを呼んでいるようだ」

グレースはこの要求に従いながら、彼の消耗があまりに激しいことに不安を覚えた。ロブは文字どおり、一段ずつ自分の体を引きあげるようにして上がり、どうにか廊下に達したものの、長いことふらつきながらその場に立ってバランスが戻るのを待たねばならなかった。

彼が昨夜寝た部屋へ向かおうとするのを見て、グレースは背中に手を当てて、隣の部屋へと導いた。「昨夜の部屋はエメリーがいぶしているところよ」そう言って隣のドアを開ける。「あなたが使うのはこちらの部屋」

彼はしばらくドア口に立って、質素だが居心地のよさそうな部屋を見ていた。「シラミとノミだらけだなんて、まったく屈辱だ。あんなことは子どものころ以来だ」

この言葉にグレースは大いに好奇心を刺激され、こうからかっていた。「ナンタケットにもシラミやノミがいるの？」

彼は低い声で笑いながら、沈むようにベッドにすわった。「ナンタケットには砂ノミがいる。だが、昨夜も言ったように、おれはこの国で生まれたんだ。ここで生まれたというだけで、英国が、おまえは英国人だ、と主張できるアメリカ人のひとりさ。ロブ・インマンは厄介な男だと太鼓判を押されている。そんな男を選んだのが運のつきだな。おれを監視する仕事なんかさっさと放棄して、ほかの誰かに任せてしまったほうがいいぞ」

「そんなことをしたら、一年に三十ポンドの報酬がふいになるわ」

「おれの見張りでもらえるのはたったそれだけか？」ロブのまぶたが自然と落ちてきた。

「それっぽっちじゃ、見合う仕事とは言えないな」

これは不安をかきたてる発言だった。でも、たったひとりの囚人を見張るのがそんなにたいへんなこと？　グレースは眠りに落ちるロブを見ながらそう思った。

グレースは階下で顔を合わせたエメリーに、ロブがどれほど弱っているかを伝えた。エメリーは新侯爵がダウアハウスにふさわしいとみなしたみすぼらしい品物を箱から取りだしているところだった。戦争捕虜と、その捕虜の世話と監視を引き受けたパン屋の店員がここに住むようになったからには、日常の細々としたものが必要なのだ。

「どうして亡き侯爵は、わたしにこんな厄介な責任を押しつけたのかしら？」彼女はエメリーにこぼした。

ダウアハウスの執事におさまったエメリーは何も言わずに肩をすくめ、ぼろ同様の布巾をもう一枚たたんで引き出しに入れた。

ダートムア刑務所でダンカンとロブが入れ替わったことをエメリーに打ち明けようか？　ちらっとそう思ったが、考えた末にやめることにした。〝ダンカン船長〟が本当は誰なのか話したところで、何かが変わるわけではない。この秘密はウィルソン夫妻にも伏せておくことにしよう。ぐっすり眠っているロブが夕方まで目を覚まさないことをあてにして、グレースはそのあいだにクインビーへ出かけることにした。

「まるで針金みたいに細くて、とても弱ってるの」パンの種をこねる台のそばで、グレースはウィルソン夫妻にそう説明した。

「回虫がいるんじゃないのかね。虫下しなら、一服でよければうちにあるよ」

グレースはおかみさんの言葉にほほえんだ。すっかり頭に入っているレシピを手にしているだけで、波立っていた心が落ち着いてくるから不思議だ。「いっそ新しいトムソン卿に呑ませてやりたいわ！　あの男ときたら、ダウアハウスにあったものをひとつ残らず母屋に移してしまったのよ。ミスター・セルウェイがすべて返せと談判すると、屋根裏に押しこんであったいちばんみすぼらしいのをよこしたの！」

「それじゃ、一服だけじゃなくその倍も呑ませてやるがいい」ウィルソンはそう言って笑った。「一日中、厠（かわや）にいるはめになって、いちいちケチをつけてる暇がなくなる！」

夫妻に元気づけられたあと、グレースはロブの食欲をそそりそうなものを買うために村の食料品店へと急いだ。セルウェイは村の商店主に前もって話をつけておいてくれたようだった。あれやこれやをたっぷり注文したあと、請求書はエクセターの私書箱十五番、フィリップ・セルウェイ宛に頼む、と言うと、店主が笑顔でうなずいた。「アイ、グレーシー。いかめしい顔の弁護士さんが、あんたの買い物の代金をどうすればいいか、細かく説明してくれたよ」

どこの店でも、同じ答えが返ってきた。ダンカン船長とはどういう人間か、誰もが好奇心満々で尋ねてくる。どうやらこの一件は、百年前にエクセターの悪名高き追い剥ぎクエンティン・マークウェルが、鞭を鳴らして村を走り抜けながら庭に干してあった司祭の下着を盗んで以来の大事件になっているようだ。

彼女は上機嫌でクアールに戻った。が、それも新しいトムソン卿が母屋の二階の窓から自分を見ているのに気づくまでのことだった。ふたりのあいだにはかなりの距離があったが、トムソン卿が鬼のような顔でにらみつけているのははっきりとわかる。「ロブ・インマンがここを出ていくまで、わずか数カ月の辛抱よ」グレースはつぶやいた。「トムソン卿、少しはそんな顔でにらまれる者の身になってほしいものね」

侯爵に対するグレースの苛立ちは、ダウアハウスに入ったとたんに不安に変わった。狭い入り口のホールに置かれたぐらつく椅子のひとつで、陽気な彼には似合わぬしかめっ面のエメリーが待っていた。

「あの男はもう逃げだしたよ、グレーシー」

「そんなばかな」グレースは突然こみあげた恐怖を抑えようとした。「よく眠っているのを確かめてから出かけたのよ。あんなに体力がないのに、どこへ行けるというの？」

「だが、姿が消えたんだよ。問題はどこへ行ったかだ」

8

いったいなんだって、こんな取り決めを承知したのかしら？　グレースは急いで買ってきたものを置きながら、自分の愚かさを呪わずにはいられなかった。いまいましい男。せっかくおいしいものを選んできたのに。村の巡査は、彼を見たとたんに撃ち殺すかしら？　その前に見つけなくては。「煙のように消えるはずはないわ、エメリー」グレースは両手を腰に当てて言った。「船長は満足に歩くこともできないのよ！」

「わしらは少しばかりやつを見くびっていたのかもしれんぞ」

「さもなければ、逃げるつもりで、わたしたちをだまそうとしたのか。でも、いったいどこへ……？」グレースは鋭く言い返し、ぐらつく椅子に崩れるようにすわった。「まったく、この家には傾かずにすわれる椅子はひとつもないの？」

そう言ったとたん、ぐちっぽい口調に気づいて口をつぐんだ。エメリーに当たり散らしても問題は解決しない。グレースはため息をついた。

「エメリー、今度ぐちを言ったら、かまわないからぶってちょうだい」

エメリーはたじろいだ。「とんでもない！　そんなことは執事の仕事に反する。まあ……わしの知るかぎりでは、だが」彼は奥ゆかしく付け加えた。

こんなときだが、つい口元がほころんだ。「あなたにかかったら、どんな人間でも笑うことになるわね。執事の仕事には含まれていないでしょうけれど、ここにある椅子が傾かないようにしてくれる？」

「いいとも」エメリーは快く引き受けた。

グレースは長いこと玄関の扉の外に立って、亡きトムソン卿を殴りつけ、ロブ・インマンの首根っこを絞めあげたいのをこらえ、落ち着けと自分に言い聞かせた。あんなに弱っているのに、どこに行くの？　大勢のみじめなアメリカ人捕虜のなかで、よりによってロブ・インマンを選んだことが、またしても悔やまれた。船長ならプリマスを歩きまわっている船乗りのなかに苦もなく溶けこめる、とセルウェイは言っていた。でも、そうするためには、まずプリマスに行かねばならないが、プリマスはそれほど近くない。餓死する寸前だった男が徒歩でたどり着くのはとても無理だ。

見つかったら、撃ち殺されてしまうのよ、ロブ・インマン。グレースは家の前のこぢんまりした円形の馬車寄せへと歩きだした。しみったれのトムソン卿が見おろしている母屋の前を避け、反対側へ向かうことにした。船長がひとりでいることがあの侯爵の耳に入ったら……そう思うと鳥肌が立つ。グレースは両腕をこすった。

「わたしならどこへ行くかしら？」声に出して言ってみる。たしかロブは風を顔に感じたいと言っていた。

それを思いだしたとたん、彼が行きそうな場所が頭に浮かんだ。そこにいてくれることを心から願いながら、トムソン卿が近くにいないのを確認し、スカートを高く持ちあげて敷地内の小さな丘へと走りだした。高さ自体はそれほどないが、海に焦がれている男なら、あそこに登れば、プリマス海峡が見えると思うかもしれない。しかも丘の上には、老侯爵かその先祖の誰かが置いたベンチがある。亡き侯爵がまだ歩く元気があるときに、ふたりでときどきそこへ散歩に行ったものだった。

彼はきっとあそこにいるわ。ロブを見つけたら、投げつける言葉を頭のなかで繰り返しながら、グレースは坂道を急いだ。だが、息せき切って駆けつけてみると、恐ろしいことにロブの姿はどこにも見えなかった。少しでも遠くまで見渡そうと、グレースはベンチに上がってぐるりと見まわした。

やはり見つからない。敗北感が毛布のように彼女を包んだ。預かってからまだ丸一日もたたないというのに、もう逃げられるとは。

ふいに自分でも驚くほど激しい怒りが胸を満たした。ほとんど超人的とも言える自制心で、この十年、厳しく押さえつけてきた怒りだ。それが鋭い棘（とげ）を持つ嘲笑や批判を防ぐ盾となってくれたのだ。ロブ・インマンの逃亡を防ぐのは至難の業だとおぼろげながらわかっていたとはいえ、グレースはついぞ呼び起こされたことのない強い感情が渦巻くのを感じながら、周囲を見渡した。

「逃げて撃たれたいなら、好きにすればいいわ」彼女はつぶやいた。が、この言葉が口をついて出たとたん、嘘だとわかった。愛すべき気難し屋の老人がグレースに願ったのは、仮釈放させた戦争捕虜を監視することでなく、彼を守ることだ。わずか一日でそれに失敗するなんて、本物のダンカン船長や亡きトムソン卿に、とても顔向けができない。グレースは何度か深く息を吸いこみ、落ち着きを取り戻そうとした。歩くこともままならない男が、どこまで逃げられるというのか？

そう思ったとたん、亡きトムソン卿の言葉とともに、答えが浮かんだ。〝ニューヨーク市に駐屯していたときは、ウォールストリートにあった部屋の窓辺に立って、クアールの屋敷と領地がある北東の方角をじっと眺めたものだった。それほどわが家が恋しかったのだよ。望郷の思いを少しでも静めてくれたのは、磁石の針の先だけだった〟トムソン卿は戦争の思い出を話してくれたときに、たしかそう言ったことがあった。

「ロブ・インマン、あなたは南西の方角を見つめているに違いないわね」グレースはそちらの方向に体を回し、歩きだした。南西の方向には小さな丘がある。ちょうど侯爵家の領地が終わり、クインビー村が始まるところに。「でも、あなたはそこがクアールではないことを知らないもの」グレースはぶつぶつ言いながら走りだした。

そしてそこに横たわっているロブを見つけた。彼女は静かにすぐ横の草むらにすわった。眠っているのだろうか？　ひょっとして死んでしまったのか？　首に指を当ててそっと脈を確かめると、同じようにそっと彼の手がその指を包んだ。

「まだ生きているよ、グレーシー。きみなら見つけるとわかっているべきだったな。見つけてほしいと願っていたのかもしれない。自分の力では立ちあがれるかどうかもわからないんだ。まるで赤ん坊だな。一度に無理をしすぎた」

深い安堵に満たされて、グレースはためていた息をゆっくり吐きだし、手をひっこめて彼の隣に横になった。「最初はこのあたりでいちばん高い場所へ行ったと思ったのよ。丘の上のベンチのところに。でもあそこに登ってもプリマス海峡は見えないの」

ロブは仰向けになって目を開けたが、まぶたを持ちあげるだけでもひと苦労らしく、すぐに閉じてしまった。「行ったよ。何も見えないとわかったときは、がっかりしてすわりこんだ。顔に当たる風は気持ちがよかったが」彼は目を閉じたまま尋ねた。「どうしてここにいることがわかったんだい？」

「亡くなった侯爵から聞いたことを思いだしたの。アメリカで祖国が恋しくなると、祖国の方角に目をやったものだ、と。だから……」

「侯爵もそうしたのかい？　驚いたな。おれはただ大西洋がほんの少しでも見えるんじゃないかと思ったんだ。ナンタケットの岸を洗う海が、ほんの少しでも……」ロブはややあってからつぶやいた。「きみはとんでもない愚か者を預かることになったぞ。おれは故郷へ帰りたくてたまらない」

彼の手を握って慰めるべきだろうか？　グレースはそう思いながら黙っていた。これは年三十ポンドという生涯年金に見合うだけの大仕事になるかもしれない。彼女は骨ばった手を取り、自分の手と一緒に痩せた胸に休めながら思った。

「あなたの故郷はどのあたりにあるの？　アメリカは大きな国なんでしょう？」

「広大な国だ。おれが住んでいるのはナンタケットで、そこはあまり大きくない」

ロブが〝ナンタケット〟と言ったときの焦がれるような声を聞き逃すのは、よほど鈍い者だけだろう。ナンタケット。グレースは頭のなかでつぶやいてみた。なかなかいい響きだ。ひょっとすると先住民の言葉かもしれない。

「ナンタケットはマサチューセッツ州の海岸沖にある小さな島で、おれの家は……」つかのま彼の声が途切れた。「わが家はオレンジ通りにある。結婚する前に、エレインのために買ったんだよ。二階の窓からは湾が見える」ロブはそう言って目を閉じたまま、笑みを浮かべた。「塩沢とタールの、あの甘い香り」

「あまり甘そうには聞こえないけれど」グレースはそう言って笑った。

「だが、おれにとっては甘いのさ。きみがクインビー・クリームの香りが好きなのと同じくらい、おれは塩沢とタールのにおいが好きなんだ」

なるほど。「アメリカには何年ぐらい住んでいるの？　どうしてこの国を離れたの？」

彼が話してくれることを願って、グレースは尋ねた。ふたりともいつまでも戻らなければ、そのうちエメリーが捜しに来て、ロブをダウアハウスへ連れて戻るのに手を貸してくれるだろう。それに、彼がなぜ生まれ故郷を離れて大西洋を渡ったのか興味があった。

「選択の余地はなかったんだ」ロブは考えをまとめるようにしばらく黙っていたあとで答えた。「おれは七歳だった。そのときは、ひどい仕打ちだと親父を恨んだものだ。だが、いまならわかる。親父はおれに生き延びてほしかったんだ」

「お父さんは何をしたの？」

「ロンドンの波止場で、ある船長とおれの年季奉公契約を交わしたんだ。それがダンカン船長の親父さんだった」

「でも、ダンカン船長のお父様は亡きトムソン卿よ」

「ああ。母親のモリー・ダンカンは実に威勢のいい女性だったよ」ロブは片手を持ちあげた。さんざしの白い花が彼のまわりにはらはらと落ちてくる。「英国軍がニューヨーク市を引きあげたあと、ナンタケット出身のデイヴィッド・キャメロン船長と結婚したんだ」

ロブはふたたび笑みを浮かべた。「キャメロンは厳しい男だった。まあ、船乗りはそうでなければ生き延びていけないのさ。だが、常におれを公平に扱ってくれた」

「お父さんはどんなふうにその船長と出会ったの？」

彼は少しのあいだためらい、グレースを見つめた。「親父は盗人だった。おふくろも片棒を担いでいたんだと思う。おれの両親は泥棒だったんだ」

「まあ」それっきり言葉を失ったグレースを見て、ロブは笑った。

「ああ、わかってる。パン屋の店員みたいなまっとうな仕事とは、とても言えないな。おれの記憶では、親父とおふくろはプールにある倉庫の暗がりを住みかにしていた。プールって地域は知ってるかい？」

聞いた覚えはあるが、あまり好ましい印象はない。「プールはただの……波止場と倉庫だけの地域だと思ったけど。住んでいる人がいるの？」

この発言にロブが赤くなるのを見て、グレースはあわてて謝ろうとした。

「いや、気にしないでくれ。おれたちは〝そこに住んでいた〟と言えるだろうな。いつも腹をすかせていたよ。満足するまで食べたことなんか一度もなかった」

「まあ、なんと言えばいいか……」

「何も言わなくていいさ。おれは驚くほどツキに恵まれていたんだ。つまり、そのころ親父とおふくろは、何日もひそひそ話を続けていた。誰かから逃げていたのを覚えてる。親父は一度か二度、つまらない盗みで刑務所に入ったことがあった。だが、そのときはもっと深刻な事態だったに違いない。おそらく絞首台を恐れていたんだろうな」

グレースはあんぐり口を開け、ロブを穴の空くほど見つめた。

「お母さんは?」

「同じようなものだった。隣に住んでた女性が、おれにジンを飲ませてる、とおふくろを非難したのを覚えてるよ。酒を飲ませると、よく眠るからね。そのあいだに、両親はなんの心配もせずに盗みに出かけられる、って寸法だ」ロブは片手を上げ、落ちてくる花をつかもうとした。「息子をその境遇から救いだしてやりたいと思う程度には、親父にも親としての愛情があったんだろうな。ある朝、おれを波止場に引っ張っていった。そして何隻も商船を見ていった。ロシアの旗を翻した船、オスマン帝国の船、デンマークの船もあったが、親父は星条旗を見るといきなりおれを抱きあげて歩み板を上がっていった」

「船員たちに放りだされなかったの?」

「いいや。幸運だったよ。キャメロン船長はたまたまデッキにいたんだ。ダニエル・ダンカンも——ダンも一緒だった。ダンは十六歳ぐらいだったかな。親父は彼らの前でおれをおろし、こいつはいいキャビンボーイになる、と言うなり、きびすを返して逃げだしたんだ。最後におれが見たのは、走り去る親父の後ろ姿だったよ」ロブはそう言ってくすくす笑った。

「船長があなたを放りだす危険もあったでしょうに」

「そのとおりさ」

「あなたは泣きだしたの?」

ロブの顔から笑みが消えた。「きみならどうした?」

グレースは肩をすくめた。借金のかたに屋敷を売り払い、グレースに別れを告げたとき、父の弁護士は彼女の将来に関してひと言も尋ねようとはしなかった。彼に比べれば、ロブ・インマンの父親のほうがまだ思いやりがあったかもしれない。少なくとも、ロブの父親は息子を雇ってくれるかもしれない人々のもとへ残していったのだ。とはいえ、ロブの父親と自分の立場を比べることはできない。彼はグレースよりもはるかに下層の人間だった。グレースはそう思い、内心そんな自分を笑った。男爵の娘だったことなど、いまの自分にはまったく関係ない。「で、どうしたの?」

「倉庫の軒下を離れるときに、おふくろがポケットにハンカチを入れてくれたんだ。たぶん誰かのふところから失敬したんだろうな。レースがついてる上等なハンカチだったからね。おれはそれを取りだし、膝をついて、キャメロン船長の靴を磨きはじめた」

七歳の少年がなんとか生き延びたいと願って船長の足もとにひざまずく姿が目に浮かび、グレースの胸はかすかに痛んだ。

ロブ・インマンは彼女のそんな気持ちを感じたのかもしれない。何年も前の出来事だというのに、自分でも信じられないという声で付け加えた。「おれを焼いて食おうと煮て食おうと、船長の思うままだった。あのときキャメロン船長がなぜおれを蹴りださなかったのかは、神のみぞ知る、だ。船長親子はおれを下に連れていき、ビスケットを一枚くれて、自分たちのキャビンを清潔に保つ仕事を割り当てた」

「まあ、そんなに簡単に？」

「ああ、ほとんどね」ロブが手のひらの花びらを吹き飛ばし、彼の息がそれをグレースの膝に運んだ。「キャメロン船長は規則に従う人だったが、必要とあれば、少しばかりそれを曲げることもいとわなかったんだ。その夜、おれは彼の下で八年の年季奉公を務めるという契約書に署名した」

「まあ、アメリカではまだ年季奉公なんてものがあるの？」

「もうないよ。何年か前に法律が変わった」

「ご両親はどうなったのかしら？」グレースもロブを真似て、落ちてくる花びらに手を差しのべながら尋ねた。

「さあ。この戦争が始まる前にプールに入港したことがあった。すでに船長になっていたダンが一緒に捜してくれたが、両親が住んでいた倉庫は見つからなかった」

「そう……」

「だが、それで終わりじゃないんだ。ダン船長は養父のキャメロン船長に少しばかり似たところがあって、物事を中途半端にしておくのが嫌いだった。そこで海軍のオフィスで下級事務官を見つけ、その男の手を借りて船でオーストラリアへ送られた囚人のリストを確認してくれた。すると一七九五年の輸送船のリストにマティルダ・インマンの名前が見つかった。その女性がおふくろだったかもしれないな。洗礼名はわからなかったから、確実だとは言えないが。ほかにインマンという名前は見つからなかったよ。親父はたぶんこの国で絞首刑になったんだろう」

グレースはぶるっと体を震わせた。

「きみの両親はどこにいるかわかってるのかい？」ロブが尋ねた。

たとえ無一文で放りだされることになったにせよ、彼に比べれば恵まれていた自分の境遇を話す気になれず、グレースは黙ってうなずいた。わたしがおべっかをつかわなくてはならなかったのは知り合いだけだった。救貧院に送りこむか、波止場に置き去りにできる見知らぬ人間の機嫌を取る必要はなかった。ロブ・インマンが生まれた土地にとくに愛着を感じないのも、無理はないわ。「母はわたしが十四歳のときに、父は十年前、十八のときに死んだの」借金まみれだったとはいえ、父が男爵だったことを話す必要はない。

「おれたちはほぼ同い年だな、グレーシー」彼は照れたような顔に笑みを浮かべた。これは友情の兆しだろうか？「そのあと、人生はきみにやさしかったかい？」

いいえ、と答えるのはあまりにもたやすかった。一時間前なら、そう答えていたかもしれない。立つこともままならないほど消耗し尽くして、草むらに寝転んでいるロブを見つめ、グレースは思った。戦争が終わるまで、わたしがあなたの友だちになるわ。

「ええ、やさしかった。実際、とてもやさしかったわ」

9

それは正直な気持ちだった。現在の状況がどれほど厄介なものであれ、少なくともグレースはロンドンの貧民窟で育てられたわけでも、七歳で八年もの年季奉公に投げこまれたわけでもない。ロブの場合は、それがいやなら刑務所で朽ちるはめになったのだ。とはいえ、彼の身の上話にあまりほだされるのも考えものだ。わたしはレディだったのよ。頭のこちら側で小さな声がそう言っているようだった。が、反対側ではこれを笑い飛ばし、〝最近は違うようね〟という声が聞こえた。

グレースはロブ・インマンを見て思った。わたしがデヴォン州のこの村から引き離されたら、もう一度ここに戻りたくてたまらないだろう。「そうね、この国は最近わたしに何をしてくれたかしら?」彼女は昨夜の彼の問いを口にした。

彼は疲れた顔に笑みを浮かべようとした。「許してくれないか、グレース。ぶしつけで残酷な質問だったよ」

いまはそれより、この疲れきった男をどうやってダウアハウスへ連れて帰るか、という問いのほうが重要だった。午後の太陽がしだいに地平線へと近づくのを見守りながら、グレースは自分が戻らないことに気づいて、エメリーが捜しに来てくれるのを願いつづけた。

だが、恐ろしいことに、ふたりを見つけたのはトムソン卿だった。

まずひづめの音がして、まもなく新侯爵が姿を現した。こんな場所で侯爵と会うのは不愉快このうえないが、馬上のぶざまな姿が目に入ったときには、つい浮かぶ笑みを隠さねばならなかった。「そうして馬にまたがっているあなたは、まるでずた袋のようね、トムソン卿」グレースは近づいてくる彼に思わずそうつぶやいていた。

侯爵がひづめを蹴立てて近づいてくると、グレースは立ちあがり、ロブをかばって彼の前に出ながら、苦々しい気持ちで自分に言い聞かせた。いくら不愉快な男でも、弱りきって起きあがることもできない男を、さもなければ女のわたしを、馬のひづめで踏みつぶすようなことはしないはずよ。

「頼むから、おれを起こしてくれ」ロブ・インマンが後ろから言った。

近づいてくる馬に片目を張りつけたまま、グレースはロブに手を貸した。ロブがふらつきながら立ちあがり、肩に手を置いてグレースの横に並ぶ。

トムソン卿は呪いの言葉とともに力任せに手綱を引き、どうにか馬を止めた。だが、馬が急停止した拍子に体を前に投げだされ、必死に首にしがみつくのを見て、グレースは笑いをこらえるために唇をきつく結んだ。

このぶざまな手際のせいでいっそう機嫌をそこねたトムソン卿は、馬の頭をこぶしで殴り、ふたりに向かって指を振りたてた。

「婚外子め、わたしの土地を自由に歩きまわる許可など与えていないぞ！　ダンカン船長、きさまは屑（くず）だ！　植民地のゴミだ！」

あしざまに罵倒するトムソン卿を見上げ、グレースは激しい返事を呑（の）みこんだ。馬上の男を引きずりおろし、歯ががたつくほど振りまわしてやりたい。そう思っている自分に気づくと、驚いて思った。わたしはいつからこんなに好戦的になったのかしら？

ロブ・インマンがかたわらで体をこわばらせる。セルウェイ弁護士がここにいて、すべてを穏やかにおさめてくれればいいのに。グレースはそう思いながら、心のなかでロブに懇願した。気持ちはわかるけれど、何も言わないで。

この祈りが届いたのか、ロブはかすかに頭をさげ、しっかりした声で応じた。「閣下、ご安心ください。ダートムア刑務所のひどい食事のおかげで、いまのわたしはこの国の地面にたいした足跡を残すこともできません。あなたの草は安全ですよ」

侯爵は怒りに顔を赤くしたが、これ以上わめきたてても子どもじみた非難に聞こえるだけだ。それに気づいたらしく、侯爵はグレースに目を移し、今度は彼女に向かって指を振りたてた。「伯父の婚外子から目を離さぬことだ。この男がおまえの監視下から抜けだしたのはわかっている。ちゃんと見ていたのだからな。今度同じことをしたら、撃ち殺すぞ」

「この人は海を見つけようとしていただけです」グレースは静かな声で言った。「ここからは見えないことは、もうわかったと思いますわ」

トムソン卿のような愚かな男でも、自分がどれほど愚かな文句をつけているかわかりはじめたのかもしれない。今度は老馬を前進させ、ふたりをあとずさりさせようとした。が、おいぼれ馬は彼の指示に従うのを拒み、その場に留まりつづけた。怒った侯爵が向きを変えるために乱暴に手綱を引くと、白目をむいてぎこちなく回った。

「正気を失った伯父が遺言した愚かな要請をひとつでも果たしたいのなら、この男を二度と目の届かぬ場所へやらぬことだな、グレース・カーティス」侯爵は安物の宝石を拒んだわがままな子どものように不機嫌な顔で、馬の尻に鋭く鞭をくれた。

馬はしぶしぶ動きだし、歯軋りする侯爵を乗せてゆっくりと丘を下っていった。

ロブが低い声で笑った。「いまの見物には罵倒された価値があったよ。おれは根に持つたちなのかな、了見の狭い男がいっそう自分を貶めるのを見るのはいい気分だ」彼はさきほどよりグレースにもたれながら言った。「残念ながら、歩いて帰るのは無理らしい。といって、きみも助けを呼ぶためにおれをひとりにする気はないんだろうな」

「もっと合理的な考え方をする人間が来るまで、ここで待つしかなさそうね」グレースはそう言いながらロブがふたたび座りこむのに手を貸した。「いまあなたをひとりにしたら、トムソン卿がすっ飛んできて撃ち殺すわ」

草の上にすわると、ハンサムな顔に本物の安堵が浮かんだ。「いや、誰かほかの者に撃たせるさ。ああいう男はめったに自分の手を汚さないものだ」

「いずれにしろ、彼の情けにすがることはできないわね。そんなものはこれっぽっちもない人ですもの」

暗くなりかけたころ、エメリーが自分たちを呼ぶ声が聞こえてきた。グレースはほっとして立ちあがり、飛びあがりながら手を振った。「こっちよ！」

彼女はじれったい気持ちでそこに立っていた。エメリーに駆け寄ってここに導きたいのはやまやまだが、ほんの少しのあいだでもロブ・インマンのそばを離れるのは危険だ。

奇妙なことに、丘の向こう側、こちらからは見えない場所で、エメリーが誰かと話している声がした。誰と話しているのか見ようとグレースが前に出ると、ロブが服の裾をつかんで地面に伏せた。

「ここにいるんだ、グレーシー」彼は低い声で命じた。

グレースは黙って従った。遠ざかるひづめの音を聞いたときは、みぞおちが沈むような気がした。それからエメリーがかごを腕にかけ、ぶつぶつ言いながら丘の向こうから上ってきた。グレースは血の気の引いた顔で、ロブを見た。「あなたの言うとおりね。侯爵は直接手を下すつもりはない。わたしがそばを離れたら、すぐさまあなたを殺すつもりで、誰かがあそこに潜んでいたんだわ」

ロブはうなずいた。「どうやら遺言の要請に従うために、きみはこれからいっときも気を抜けないようだな」

ふたりがいる場所に到着するとエメリーは来た道を振り返った。「トムソン卿の使用人が、すぐそこで待ち伏せしていたのを知ってるかね？　二挺(ちょう)も拳銃を持っとったぞ」エメリーは笑みを浮かべようとした。「しかし、エメリー様がこうして救出に駆けつけた」

ロブが笑った。「それに食べるものも持ってきてくれた。おれの必要を正確に予測するとは、まるで本物の執事のようだな」そう言ってグレースを見る。「こういう待遇には、喜んで慣れることができそうだ」

ロブはそれ以上無駄口をたたかずに、バスケットの中身を食べはじめた。

しばらくして、ようやく人心地がついたらしく口を開いた。「おれが軟禁された屋敷の持ち主は、アメリカ人を見るのも耐えがたいほどの愛国者なのか？」

「いえ、ただわたしのこともあなたのことも嫌いなだけだと思うわ」

「アメリカ人だという理由ではないとわかって、こんな嬉(うれ)しいことはない」彼はエメリーが差しだしたサンドイッチを受け取った。「そのうちいつか、われわれアメリカ人ときみたち大英帝国の人間が世界という舞台で協力し合わねばならない日が来るかもしれないぞ。

いや、これは冗談じゃないよ。どんなことでも起こりうるんだ」

ロブが食べおえると、エメリーが瓶を一本手渡した。「侯爵邸のコックは、あんたが太るべきだと思ってるらしい」

ロブは懐疑的な目で生クリームの入った瓶を見た。「いちごのほうが足しになると思うが」

「いちごはまだできないわ」グレースが笑みを含んだ声で言った。「さあそれを飲んで」

ロブはこの指示に従って中身を空にしてから、考えこむような目で瓶を見た。「このせいで巨人になったら、船のハッチをくぐれなくなる」

「クリームぐらいじゃ巨人にはならんさ」エメリーが真面目くさった顔で言い、立ちあがった。「さあ、立ちあがって、わしとグレースの肩に腕をかけるといい」

ロブはこの言葉に黙って従った。

頻繁に立ちどまって休憩を入れながら三人がダウアハウスに帰り着いたときには、とっぷりと夜の帳(とばり)がおりていた。なかに入ると、ロブは階段を見て首を振った。「今夜は居間に寝させてもらえないか？　毛布をかけてそのまま放っておいてくれればいいよ」

グレースは彼を居間に残し、毛布を取りに二階に上がった。それで体を包むころにはロブはぐっすり眠りこんでいた。首の焼き印と、まるで身を守るように胸の上に置いた手を見おろし、彼女はつぶやいた。

「あなたがまだ生きているのが不思議なくらいね」デッキを這っていた少年の姿が目に浮かぶ。「わたしたちはまるで違うわ」

　驚いたことに、ロブが片目を開けた。「たしかに、こうして生きているのはまったくの幸運のおかげだな。ところで、オロンテス号の乗組員のなかじゃ、おれはいちばん耳がいいんだよ」彼は低い声で笑っているグレースに向かってウインクした。「おれたちはきみが思っているほど違わないかもしれないぞ」


　グレースは太陽が昇るずっと前に目を覚ました。ベッドに横になって、パン屋にある自分の部屋に戻ることができたらと思いながら、もう一度眠ろうとした。が、居間で眠っているロブの様子を見に行ったほうがいいかもしれない。ショールで肩をくるむと、足音をしのばせて階段をおり、居間に入っていった。

　ソファは空っぽ、毛布は脇に放りだしてある。「また？　アメリカ人ときたら！」グレースは食いしばった歯のあいだから叫んだ。「首に鈴をつける必要がありそうね！」

　すっかり腹を立て、玄関に戻ると、扉がわずかに開いている。急いでそれを開け……思わず安堵のため息がもれた。ロブ・インマンは階段にすわっていた。

「もう一段でもおりたら、鞭で打つわよ！」彼女はそう叫んで、彼の隣に勢いよく腰をおろした。「あなたは呼ばれたときにも、絶対に来ないんでしょうね！」

ロブはくすくす笑った。「忘れたのかい？　おれは船長だぞ」

「どうしてわたしをやきもきさせるの？」グレースは苛立ちをぶつけた。

「居間を出るつもりはなかったんだ。だが、風の音が聞こえると、顔に感じたくてたまらなくなった。心配する必要はないさ。逃げたいと思ったところで、どこへ行けばいいんだい？　右も左もわからないのに」

その気持ちはグレースにも覚えがあった。十年前に父が死に、恐ろしいほど自分の人生が変わったとき、クインビー村の人々、とりわけ父のつけを決して回収できる見込みのないさまざまな商店の主と顔を合わせるのを恐れていたときのことが思いだされる。グレースはできるかぎり返そうとしたが、じゅうぶんなことはできなかったのだ。だが、村の人々は親切だった。

「何を考えてるんだい？」

グレースはわれに返り、ロブが自分を見ていることに気づいた。「べつに」

「少しばかり途方に暮れているように見えたぞ」彼は低い声で笑った。「おれがじっとしていることを願っていたのかい？」彼は最上段に肘をつき、ゆったりと後ろにもたれた。

「初めて大西洋を渡ったとき、おれはナンタケットの港に入ったキャメロン船長の船、ナンタケットの乙女号から逃げだした。見も知らない島のどこへ隠れるつもりだったのか、自分でもわからないが。船長にさんざん打ち据えられたよ」

「年端もいかない子どもにそんなことをするなんて……」

「彼は厳しい男だと言ったろ。だが、公平だった。彼は八年間こき使う約束でおれを買ったことを思いださせ、それが地獄のような八年になるもならないも、おれしだいだと言った。だが、七歳のおれにとっては、八年は一生にも思えたのさ」

「でも、どこに住んだの？」

「港さ。船長の家の屋根裏にある小さな部屋に住んだ。だが、一年のほとんどは海で過ごし、船のほぼ真ん中にあった船長室の前のデッキで眠った」ロブはほほえんだ。「天気が悪いときは、少しばかりデッキを滑ったもんだが、船酔いしたことは一度もない」

そんなひどい環境は想像するのも難しい。彼はグレースの悲嘆を感じたように言った。

「ほとんどの場合はせっせと働いて、船長に言われたことをやったよ。船出してから何カ月もたつと、食べ物はあまりうまくなくなったが、ひもじい思いをすることは二度となかった。食事はきちんととれるし、仕事は常にある。そしてキャメロン船長は読み書きと計算を教えてくれた。それが物事を変えたんだ」

「どんなふうに？」

「おれは数字と幾何学に関しては、ちょっとした天才だった。キャメロン船長がそう言ったんだよ。六分儀の使い方を教えてもらったときも、一度も間違わなかった。そこで彼は帆や風のことを教えはじめた。それでおれは成功（ハイ・コットン）したんだ」

「ハイ・コットン？」

「ジョージアで覚えた表現だ。高級の綿（ハイ・コットン）よりもすばらしいものはない」

　グレースは嬉しそうな彼の声に耳を傾け、昨日の夕方の出来事やダートムアのことを、ほんのいっときだけでも忘れているのを見てほっとした。

「きみにも何か得意なことがあるのかい、グレース？」

「クインビー・クリームよ」彼女が即座に答えると、ロブは笑った。

「おれは風と角度が大好きだ！」彼は考えこむような顔で続けた。「それにおれの様子を見るためにきみが急いでおりてくるのも、まんざらじゃないな」

　グレースはショールをきつく巻きつけ、立ちあがった。四月の早朝の空気はまだ冷たい。彼女はロブに向かって手を差しのべた。

「さあ、立って。わたしはベッドへ戻るわ。あなたもソファに戻るのよ。でも、階上（うえ）に行く前に、キッチンに顔を出して、エメリーにお粥（かゆ）を居間に持っていくように頼むわ。昨夜のうちに作っておいたの。そのほうがクリームだけを飲むよりずっと食べやすいから」

　彼は笑いながら言った。「おれを太らせて、健康体に戻すつもりかい？」

「〝つもり〟ではないわ」グレースは頬を染めながら言った。たしかにロブ・インマンはすてきな笑顔の持ち主だ。「約束よ」

10

昨日新しい侯爵と話したとき、トムソン卿には善意も寛容さもこれっぽっちもないことを身に染みて感じたらしく、ロブ・インマンはそれ以来、〝逃亡〟しようとはしなかった。グレースは彼が全面的にあきらめたという期待を抱いてはいなかったが、毎朝、朝の間から聞こえる快活な挨拶を楽しみにするようになっていた。

自分が腕のいいコックであることはわかっているが、ロブは出されるものをなんでも喜んで食べ、日増しに体重を増やしていった。村の外科医を訪れると、その成果がはっきりと証明された。エメリーの説明では、医者はロブの胸をたたき、心音を聞き、まだはっきりと見えるあばら骨の上の肉を突いて、この男はローストビーフのようにうまそうだ、と断定したという。

「グレース、これは目覚ましい勝利だ」シャツのボタンを留めているロブを従えて階段をおりながら、医者は言った。「慢性壊血病の症状はすっかりなくなった。本人いわく、夜はぐっすり眠れるし、脚はもう沼の鳥のように細く見えないそうだ」

「グレーシーにそこまで話す必要はありませんよ」ロブが笑いながら抗議する。

「では、きみの小便が薄い黄色に戻ったという報告も余分かな?」医者は気のいい調子でそう言った。

「いいえ、自分が引き受けた相手のことは、すっかり知っておく必要がありますもの」ロブに代わってグレースが答えた。とてもあけっぴろげな彼の性格のおかげで、恥ずかしがるよりも笑いがこぼれる。

「たしかにそのとおりだ。おれの人生は、おれ自身のものじゃないからな」

ロブの声に真摯な響きを聞きとり、グレースは笑みを消した。彼は小さなため息をつき、まるで見えないものを探すように窓の外にちらっと目をやって、あきらめの表情を浮かべた。


昼食のあいだも、グレースはこの件について考えていた。ロブはいつものように熱心に食べ、グレースが話そうとしても、〝ああ〟とか〝ふむ〟としか返してこない。

うんざりして、彼の注意を引こうとスプーンでグラスの縁をたたいた。

「なんだい。グレーシー? ちゃんと聞いてるよ」

「いいえ、うわの空よ。あなたの気持ちはここから何十キロも離れている。もううんざりよ!」彼女は宣言した。「あなたは退屈している子どもよりも始末が悪いわ」

ロブはいきなり両手をテーブルにたたきつけた。コップが跳びはね、グレースも思わず椅子から飛びあがった。

「こうして食べ物のある暖かい場所にいられるのは、自分の尊敬し、愛する男が死んだおかげだとしたら、きみはどんな気がする?」彼は怒りに顔を染め、そう叫んだ。

顔から血の気が引くのを感じながら、グレースはぱっと立ちあがった。わたしの人生も海辺の休日のように平穏なものではなかったわ！　すっかり頭にきてそう言い返しそうになったが、ダートムアで見た光景と自分のそばで息を引き取った男のことが頭に浮かんだ。「ごめんなさい」しばらくして、グレースは怒りをおさめて謝った。「あなたの気持ちを考えるべきだったわね。しばらくひとりにしてあげるわ」

ロブはため息をついた。「いや、グレース、すわってくれ」彼は遠くを見るような目で言った。おそらくはダートムアを。あそこにいたのはたった一時間だけだが、グレースはもう二度と訪れる気にはなれない。「なぜおれを選んだんだ?」

わたしがばかだったからよ、グレースは苛々しながらそう思った。が、すぐに落ち着きを取り戻し、さきほどより離れた場所に腰をおろした。「わたしには答えられないわ」

「訊くべきでもなかったな」彼はふたたび遠い目になったものの、無理やりそこから自分を引き離した。「だったら、何かやることをくれ。なんでもいい」

グレースはこの申し出を冷静に考えた。「わかったわ。この戦争が終わるまではおたがいに離れられないようだから、ふたりでパン屋に行くことにしましょう」

侯爵邸からクインビー村まではわずか一キロ半の道のりだったが、村が見えるころには ロブは疲れ果てていた。

「あまりいい考えではなかったわね」グレースは急いで決断を下したことに罪悪感を覚えながら歩調をゆるめた。

「いや、すばらしい思いつきさ。体を動かさずにどうやって体力をつけるんだい？　ただ……パン屋は村の……こちら側なのかな？」

ありがたいことに、そのとおりだ。「すぐそこよ」グレースは彼に言った。「みんなが集まっているところ」

ロブは店の前にいる人々に用心深い目を向けた。「村の人々はみな友好的かい？」彼は冗談ともつかない調子で尋ねた。「プリマス海峡のはずれで捕まったあと、おれたちは街の通りを歩かされた。おまるの中身を頭からかけられたことがあるかい、グレーシー？」

グレースは息を呑んだ。「まさかそんなことを！」

「したのさ。あちこちの通りでね」

「ひどすぎるわ！」

ロブはくすくす笑った。「おれたちもそう思ったよ」

「でも、ダートムアで洗い流せたんでしょう？」

「きみはずいぶん高く買っているようだが」ロブは自嘲ぎみに言った。「刑務所はそんなに親切なところじゃないよ」

グレースは自分の感じた憂鬱を顔に出したつもりはなかったが、ロブは気づいた。

「元気を出せよ。三つまたを持ってる人間はひとりもいないようだ」

三つまたを手にしている村人はたしかにいなかったが、パン屋に近づくと、村人が警戒しているのが見て取れた。この人は無害よ、グレースはみんなにそう言いたかった。わたしたちと同じ人間よ。ひどい状況に囚われているふつうの人よ、と。

暖かい午後とあって、店のドアは開いていた。グレースは深く息を吸いこみ、イーストとさまざまなスパイスの香りで鼻孔を満たした。このにおいはいつも彼女を幸せな気持ちにしてくれる。「わたしはこの人の面倒を見ることになったの。ダンカン船長よ。祖国から遠く離れて寂しい思いをしているのよ」グレースは笑顔で村人に言った。「わたしが誰かはもう知ってるでしょ」

「ああ、わしらはあんたを知ってるよ！」誰かがおどけた声で叫び、ほかの人々が笑ってふたりを通すために戸口から離れた。

店に入ったとたん、ロブがためていた息を静かに吐きだすのが聞こえた。カウンターの向こうで司祭館のメイドのためにポテトパンの大きなかたまりをふたつ網の袋に入れていたおかみさんが、グレースを見てぱっと顔を輝かせ、がらがら声で言った。「あらまあ、驚いた。いったい誰を引っ張ってきたんだい？」

グレースは笑った。「彼はあまり食べないわ。それに面倒はわたしが見るから、ここに置いてもいい？」

店のなかにいるみんなが笑い、ロブは目に見えて肩の力を抜いた。

「戦争が終わるまでだよ、グレーシー」おかみさんが言った。「するとあんたがダンカン船長だね？　グレースがいつあんたをここに連れてくるかと思ってたよ」

「アイ。おれがダニエルだ。とても退屈してる」彼は正直に打ち明けた。

ウィルソンのおかみさんは肩越しに叫んだ。「あんた！　ちょっとこっちに来とくれ！　グレーシーがまた迷子を連れてきたよ！」

「また？　おかみさん、彼女はアメリカの犯罪者や捕虜を以前もかくまったことがあるのかい？」ロブは軽口をたたいた。

「この子が連れてくるのは、ほとんどが猫だけど、うちにはありがたいのさ。鼠(ねずみ)の心配をせずにすむからね」

「おれはそれほど役に立たないな」

「ああ、ただの男じゃたいした働きはできないだろうね」

グレースは心からほっとしながら、笑みを隠しきれずに顔をそらした。おかみさんが口ブを店の客と同じように扱ってくれたことが嬉しかった。

「ふたりとも。無駄口をたたくのはいいかげんにして」グレースはわざと不機嫌な顔を作った。

「ああ、あたしもそう言おうとしてたところさ。ここにいるつもりならせいぜい役に立っておくれよ、若いの」

　彼女が仕事を与えようと口を開いたとき、店の主人であるウィルソンが小麦粉の袋を肩に担いで、パンの材料を置いてある貯蔵室から入ってきた。彼も妻と同じように戸惑いながら好奇心もあらわにロブ・インマンと握手を交わすと、重い袋をなんでもないように肩に担いだまま、ロブをここに連れてきたわけを説明するグレースの言葉に耳を傾けた。

「彼はダウアハウスに飽き飽きしているの。でも、わたしと一緒でなければどこへも行けないのよ」グレースはそう言った。「ひとりでうろついたら、トムソン卿に撃ち殺されてしまうの。わたしはこの人を守る責任があるから、ここで一緒に働かせてもらえれば、と思って」

「体力を回復するには、パン屋で働くのがいちばんだ。そうだろ、船長？」それから妻に向かって、「教えてやれ！」

　おかみさんはロブをこね桶のところに連れていった。グレースがそこに粉を加えると、彼は手のひらの手首に近い部分でそれをこねはじめた。おかみさんがそばについてロブの仕事を見守り、こね具合を確かめた。グレースは客が入ってきたら応対できるように気を配りながら、それよりも小さな桶でクインビー・クリームの下地をすでにこねはじめていた。

この仕事はもう第二の天性のように身についていたから、ほとんど注意を払う必要はない。ウィルソン夫人の好意が身に染みて嬉しかった。ふだんから現実的でしっかりした女性だが、今日はいつにも増して頼もしく思える。おかみさんはロブが疲れてくると、すわってくるみを割らせ、自分がこねる仕事を引き継いだ。それがあまりにも自然だったので、ロブは自分の弱さを恥じるまもなかった。

グレースは深い安堵を感じた。よかったわ、彼女はクインビー・クリームをこねながら思った。わたしたちがあなたを守り、いつか無事にナンタケットに送り返してあげる。一年に三十ポンドよ、グレーシー、彼女は自分にそう言い聞かせた。それだけのお金をもらえるとあれば、たとえアメリカ人でも我慢できるはずよ。

その週と翌週、ふたりは毎日クインビー村に歩いて通った。ロブの体力が徐々に戻り、やがておかみさんとグレースがイーストを入れた粉をこねている大きな桶に粉を加えるのは、彼の仕事になった。おかみさんは少なくとも一日ひとつはできたてのパンを割り、バターをたっぷりつけて、それが大好きだというロブに端のついたパンを手渡した。最初のうち、おかみさんはロブの働き具合をそれとなく観察していたが、彼が口には出さないものの関節炎でつらい思いをしている夫の仕事を引き受け、自分の食べる分以上の働きをしているのを見て取ると、ロブ・インマンは歓迎すべき一員となった。

グレースは、ロブが生まれはともかく気持ちのうえではアメリカ人だとしても、決して怖がる必要のない人間だということを村の住人たちにわかってもらいたかった。ウィルソン夫妻は、毎日の些細（ささい）な言葉や行動からロブのやさしい人柄を知った。グレースはほかの人々にもそれを知ってほしかったが、何十年も戦っている敵国の人間を受け入れてくれと頼むのは、無理なのだろうか？

ウィルソン夫妻のあと、ロブのやさしさに敵対心を捨てることになったのは、村の子どもたちだった。が、それはすぐには起こらなかった。グレースとロブがクアールから村へ行く途中、子どもたちはよく〝汚いヤンキー！〟とか〝捕虜！　捕虜！〟と嬉しそうにはやしたてた。

ロブは愉快そうな笑みをかすかに浮かべ、平静に受けとめたものの、グレースは内心、ひとり残らずつかまえて力任せに揺すぶり、やめなさいと叱りたかった。一度など、ロブにそっと肩をつかまれ、落ち着け、となだめられたくらいだ。

「グレーシー、グレーシー、こんなことはなんでもないよ」彼は耳元に口を寄せてつぶやいた。「おまるの話を忘れたのかい？」

だが、ロブがボビー・ジェントリーにした親切な行為が子どもたちの態度を変える日がやってきた。ボビーの父親はトラファルガーで戦い、息子が生まれたことすら知らずに戦死したのだった。ロブのしたことは、ささやかな親切だった。グレースはパン屋の窓から一部始終を見守っていた。

その週は天気が悪く、激しい雨が六月終わりのデヴォン州の美しさにケチをつけていた。戦争の終わりと、ロンドンに同盟軍が到着したことを祝って州のいたるところで燃やされるはずだった焚き火のほとんどが、雨のせいで中止になった。みんなが残念がったが、とくに子どもたちはがっかりした。そしてロブにやり場のない怒りをぶつけ、泥のつぶてや小石を投げつけた。グレースが止めようとすると、ロブは首を振り、泥のつぶてが当たらないように、少し離れて歩くことを勧めた。

その日ロブは、客が店のなかに運びこんだ乾いた泥を掃きだしていた。クインビーの貧しい人々のために、前日売れ残ったパンを器に入れていたグレースがふと顔を上げると、ボビー・ジェントリーが一週間分のパンを買いに来るのが見えた。ボビーは水溜まりを身軽によけていたが、判断を誤ったと見えて、深い水溜まりに膝まで浸かってしまった。

「ボビー！」グレースは叫んだ。窓から見ていると、ボビーはポケットを確認し、泥をかきまわしている。「お金を落としたようだわ」

ロブは必死に硬貨を捜している少年を見ながら、手にした箒をカウンターに立てかけた。「すると、今週ボビーの家では、パンを食べられないのかい？」

「それに、ほかに食べるものはほとんどないはずよ」

「おれに一ペニーくれないか、グレース」ロブは涙を浮かべているボビーを見つめたまま、そう言って片手を差しだし、グレースにもらった硬貨を握って外に出ていった。

　グレースは熱いかたまりが喉をふさぐのを感じながら、ロブが大きな水溜りを迂回し、ボビーがはまっている水溜りにまっすぐ入っていくのを見守った。ロブは何も言わずにボビーを持ちあげて比較的乾いている場所に移すと、硬貨を探すように泥のなかを手探りし、やがてペニー硬貨をつかんだ手を掲げた。

　ボビーはそのペニー硬貨を見ると、泥だらけでみじめな状態であることも忘れて手をたたいた。ロブはそれをボビーに渡し、ハンカチでズボンと靴の泥を拭いてやった。グレースは彼が片方の靴を泥に取られたのを見て取った。

　ボビーも同じことに気づき、唇を震わせて泣きそうになった。するとロブはおどけた顔でふたたび泥のなかをかきまわし、勝利の声とともに靴を取りだしてボビーを笑わせた。やがてボビーが古いパンを買うために店に入ってきた。グレースは彼が差しだす一ペニーを受け取り、つり銭箱に戻した。おかみさんはクインビー・クリームを半ダースもおまけにつけてやった。ジェントリー家にとっては前代未聞の贅沢だ。

その夜ふたりがクアールに戻るときにも、泥だらけになったロブの靴はパン屋のドアの外に残っていた。「エクセターのセルウェイ弁護士にあなたの足形を送って、新しい靴を買ってもらうわ」グレースは言った。「もっとずっと前にそうすべきだったのよ」

「急ぐ必要はないさ。いまは夏だ」


朝には泥だらけの靴がなくなり、彼は裸足で歩いた。


二日後、その代わりに新しい靴がパン屋の前に置かれていた。洒落た靴ではなく、労働者がはくような頑丈な靴だ。そのなかには、まるで暗号のようなメモが入っていた。〝わしらはボビーの親父さんが好きだった〟それだけだった。ロブは長いこと両手でその靴を持っていた。それからもっと長いあいだ奥の部屋に引っこんでいた。

「ま、涙もろいったら」そうつぶやくおかみさんの目にも涙が光っていた。

クインビーの子どもたちは、彼がグレースと村に来るときにも、二度とはやしたてなくなった。誰よりも大声ではやしたてていたボビー・ジェントリーが、ロブと手をつないで歩くようになってからはとくに。

そしてレディ・アデライザ・タットがパン屋で倒れ、もう少しで不慮の死を遂げかけた日、ロブは村人の心を勝ちとった。

11

といっても、みんながアデライザ・タットを心から敬愛していたというわけではない。むしろその反対、レディ・タットはどちらかというとクインビーの嫌われ者だった。地元の肉屋として出発したいまは亡きバルナバス・タットには、土地を選ぶ天賦の才があった。彼はこの驚くべき能力を存分に生かして莫大な富を築き、莫大な借金をちゃらにしたかった摂政により、騎士の称号を与えられたのだった。そのときまで、タット夫妻は溝にたまった水と同じくらいありふれた人間だった。そしていまも中身は当時と変わらないのだが、レディ・タットは夫が〝騎士の位を授けられた〟ことを誰にも忘れさせなかった。

ボビー・ジェントリーの窮地を救い、ロブに対する村人の敵意が徐々に和らぎはじめたころ、ロブはレディ・タットについてこう言った。「なかには温かく接してくれる者もいるが、彼女はだめだな」

ウィルソン夫妻のような祖国に忠実な人々が、なぜアメリカ人を店に置いているのか想像もつかない。あの男はいわば海賊ではないか？　レディ・タットはパン屋にいるすべての客に聞こえるように大きな声で、これみよがしにこう言ったのだった。

「私掠船の船員ですわ、レディ・タット。海賊とは違います」

するとレディ・タットはじろりとグレースをにらんだ。「グレース・カーティス、あなたが〝滑り落ちた〟ことはわたしたちみんなが知っているけど、あなたのお父様が目を留めることさえなかったに違いない人間の肩を持つのは、行きすぎというものよ」

その日の帰り、グレースはこの言葉が彼の耳に入らなかったことを願い、入ったとしても理解できなかったことを願いながら、彼を慰めた。「彼女はあなたを目の仇にしているわけじゃないのよ、ロブ。虚栄心が人一倍強いだけなの。生まれつきの貴族より、爵位を与えられた人々のほうがその傾向が強いようね。あなたはたまたま格好の餌食だっただけよ」

「ああ、それはたしかだ」ロブは陽気な声で応じた。

ロブはレディ・タットの敵対心を挑戦と受け取ったのかもしれないわ。彼がレディ・タットの機嫌をとるのを見て、グレースはにやにやしながら思った。だが、ロブは、自分は誰よりもはるかに優れた人間だと思っている厳しい雇い主の辛辣なあてこすりや棘のある非難に苦しみながらも、なんとかこの仕事にしがみつこうとしているレディ・タットの冴えないコンパニオンからさえ、笑みを引きだすことができなかった。

「今度は思いきってレディ・タットを褒めてみるか？　あの……いつも着ている恐ろしい色はなんていうんだい？」

「暗褐色（ビュース）よ」グレースは小声で言った。

「不愉快な名前だな。ただの茶色（ブラウン）のほうがまだましだ」

「ええ、そうね」グレースは手を差しだし、パン型用に彼が切った生地を受け取った。「レディ・タットはフランス語のほうが好きなの」

　ロブは客に聞こえないように耳元に口を近づけた。「太った女性にしてはあまり汗をかかないですね、とでも言ってやるか？」

　グレースは噴きだしそうになって、エプロンで口を覆った。

「そんな顔をいつまでも続けていると、凍りついてしまうぞ」

「一日も早く戦争が終わって、あなたが行ってしまえばいいのに」グレースは声が出るようになるとそう言い返した。「あなたときたら、ほんとに下品で役立たずなんだから」

　ロブはにやっと笑って自分がこねていた生地のところに戻り、それを持ちあげてテーブルに思いきりたたきつけた。レディ・タットのコンパニオンがびくっと飛びあがる。が、レディ・タットは眉ひとつ動かさずにロブをにらみつけた。「なんて無作法なの。いかにもアメリカ人らしいこと」

　いつものようにレディ・タットが買うつもりのないパンまでひねりとって、味見をするのをそれとなく見守りながら、グレースはさらに三つの型にバターを塗った。イーストを取りに奥の部屋に入ったとき、息をつまらせる音が聞こえた。はっとして振り向くと、レディ・タットが喉をつかんでいるではないか。大きな顔がたちまちまだらに染まっていく。

グレースはショックのあまりその場に釘付けになったが、ロブは即座にコンパニオンに向かって叫んだ。「そこのあんた！　背中を思いきりたたくんだ！」

コンパニオンは息を呑み、恐怖に満ちた目で膝をついた雇い主を見た。「そんなことできないわ！　たたいたりしたら、推薦状なしで追いだされるもの！」

「ばかな、彼女が死んでも同じことになるぞ」ロブが低い声で毒づく。

店にいるほかの客も、レディ・タットの怒りを恐れてか、ショックのせいか、グレースと同じように動けずにいた。誰も何もしようとしない。グレースはカウンターに近づいた。

「きみたちは決してこの戦いには勝てないな」ロブはそうつぶやき、片手を突いてカウンターを飛び越えると、コンパニオンを脇に押しやり、レディ・タットの太めの胴をつかんで鋭く背中をたたきながら、同時に肋骨の下をぎゅっとつかんだ。

何も起こらなかった。気の弱いコンパニオンが、主人がこのうえなく乱暴に扱われているのを見て気を失い、滑るように床に崩れ落ちただけだ。ロブはもう一度レディ・タットをたたいた。するとぽんという音をたて、盗み食いをしたパンがレディ・タットの口から飛びだし、窓辺の猫のすぐ横に落ちた。猫が背中を丸めてふうっという声を発し、倒れているコンパニオンの上に飛びおりる。グレースは猫を追い払い、コンパニオンが息を吹き返すまで、鼻の下で芳香塩を振った。

ロブはレディ・タットをしっかりつかんで命じた。「ゆっくり呼吸するんだ」

「わたしは、ちゃんと、自分で、立てますよ。放して、ちょうだい、この、ろくでなし！」レディ・タットはあえぎながら答えた。

ロブは何も言わずにレディ・タットをどすんと床に落とした。「レディ・タット、金も払わずにあちこちのパンをつまみ食いするから、こういうことになるんですよ」彼はそう言ってさっさと自分の仕事に戻った。

ほかの客が大急ぎでその場を離れていく。この一件は三分もすれば本通り中に広まるわ。グレースはそう思いながらコンパニオンが立つのに手を貸し、それからまだ店の真ん中にすわりこんで、パン生地をこねるロブの背中を、穴が空きそうなほど鋭い目でにらみつけているレディ・タットに注意を戻した。

恐ろしい危機が去ったいま、グレースは笑みを隠してこう思った。認めなさいな、レディ・タット、骨の上にまた肉がついた彼の肩は、とてもすてきだってことを。

レディ・タットがまるで女王のように片手を伸ばし、グレースはその手をつかんで彼女が立ちあがるのを助けた。コンパニオンは何もせずに、ただ突っ立って見つめている。グレースは深く息を吸いこんだ。彼女も村のほかの人々と同じように、昔からレディ・タットを少しばかり恐れていたのだ。

「レディ・タットト、お帰りになって横になったほうがいいですわ」グレースはそう言った。ありがたいことに、レディ・タットは役立たずのコンパニオンに合図した。「パラソルを取ってちょうだい」その声はふだんほど威嚇的ではなかったが、コンパニオンはあえぐような声をもらした。


「これまでの努力も水の泡ね。あの人からお礼の言葉を聞けるとは思えないわ」その日の午後、クアールへ帰る道すがら、そう言いながらグレースが笑い声をあげると、ロブは足を止めて両手を腰に当て、かすかに首を傾けた。

「で、何がそんなにおかしいんだい？」

「苦しい思いをしたレディ・タットには申し訳ないけれど、あのとき、あの人の背中を思いきりたたきたがっている人たちの顔がいくつも浮かんだの」

「グレース、きみは血も涙もないんだな！」

ふたりは、村から村へとゆっくり移動する荷車を待つために、錆(さ)びたベンチが置いてある十字路に差しかかった。ロブはグレースの手を取り、そのベンチにすわった。

「きみに訊(き)きたいと思っていたことがあるんだ。この前、レディ・タットはきみが〝滑り落ちた〟ことについて何か言っていたが」ロブは目を合わせようとせずに尋ねた。「あれはどういう意味だい？」

「あなたに話す必要はないわ」グレースは怒って言い返した。

「たしかに」ロブはうなずき、グレースの手を取った。「おれには関係のないことだ。だが、なんとなくわかる気がする。つまり、きみの言葉はとても上品だからな」彼はそう言ってくすくす笑った。「話してみろよ、おれほどひどい身の上じゃないだろう？」

グレースが手のひらを返すと、ロブはすぐさまそれを離した。なんて無神経な男なの。なぜ彼によく思われたいのか見当もつかない。それから、これまで自分の身の上は、誰にも話していなかったことに気づいた。ウィルソン夫妻にすら、すっかり話したわけではない。

このまま黙っていれば、何カ月かしたらこの国を出ていき、二度と会わない男に、わたしがこうむった社会的な不名誉をすっかり知られることはない。でも、勇気を出して話すこともできるわ。ロブがしたように。わたしにはそれだけの勇気がないの？

「ひどくはないわ。ただ屈辱的なだけよ」グレースはとうとう口を開いた。「父は男爵で、美しい邸宅は何から何まで借金のかたになっていたの。経費削減という言葉は、父の辞書にはなかったのよ。もっと早く屋敷を人手に渡していれば、借金を清算したあとのお金でバースに移り、静かに暮らすこともできたでしょうに」

ロブはグレースの肩を抱いた。「きみにはあらゆる危険信号が見えたのに、お父さんにはひとつも見えなかったんだね」

グレースはうなずき、エプロンで目を拭いて、そこに染みついているイーストとシナモンのいいにおいを吸いこんだ。「わたしが節約の方法を口にするたびに、父は傷ついたような顔で見たものだったわ」

彼に抱かれているのが突然気になって、グレースはロブを見た。だが、ハンサムな顔に浮かんでいるのは気遣いだけだった。「母は、父より何年も前に亡くなったの。亡くなったときには、ほっとしたかもしれないわね……」

「言ってしまえよ、グレース」ロブはやさしい目で言った。「きみの未来を少しも考えてくれないお父さんを憎いと思ったこともあったんだろう?」

「ええ、あったわ!」グレースは口走った。「父が亡くなれば、厳しく節約して、なんとか家名を汚さずにすむのに、と何度思ったことか。そうすればせめて住む家は残り……」

グレースはあふれる涙を拭った。「結婚することもできたかもしれない……」つい口が滑り、はっとして口をつぐんだ。よりによって、男性に打ち明けるようなことではない。

ロブは黙って肩を抱いている。日頃抱えている重荷を誰かの足もとに投げだすことができたら、どんなに気が楽になるだろう、グレースはほんの一瞬だけそう思った。

最後の言葉が腑に落ちなかったらしく、ロブが訊いてきた。「結婚できないのかい?こんな美しいのに、もったいないことだ」

グレースは気をよくしてちらっと彼を見た。母はきれいだと言ってくれたが、母親は誰でも娘にそう言うものだ。

「いいこと、ロブ、わたしが属していた階級の男性は、誰ひとりわたしと結婚する気にはならないわ。レディ・タットがあからさまに指摘したように、わたしは〝滑り落ちた〟女だもの。それに村の男の人たちは貴族だった女性に求婚しようなどとは考えもしない」

「なんとなくわかったような気がするよ」ロブはしばらく考えたあとでそう言った。「アメリカのほうが、はるかに結婚を申しこまれる可能性があるな」

「ロブ、わたしは二十八歳よ。ここでも、アメリカでも！」グレースは笑いながら彼の愚かしい主張を否定した。

彼はわざとらしく額をたたいた。「アンティークだ！　おれとしたことが何を考えていたのかな？」

ロブはそう言ったかと思うと、思いがけない行動に出た。前置きもなしにグレースにキスし、グレースがキスしたことすら確信が持てないほどすばやく唇を離した。

「うむ。心配はいらない。この唇ならじゅうぶん結婚できる」

「やめてちょうだい！」グレースは真っ赤になって抗議した。

「男爵令嬢には、少々野蛮すぎたかな？」ロブは急いで言った。「以後は気をつけるよ」

グレースは居心地の悪い思いで、内心ため息をついた。キスを取り繕うにはどうすればいいの？「信じられるもんですか」彼女は軽い調子を保ちながら尋ねた。「アメリカの何がそんなにとくべつなの？」

「ロンドンの波止場で育った悲惨な境遇の子どもが、あるいは年季奉公の子どもが、航海長になって自分の家を持てる場所がほかにあったら、教えてもらいたいね」彼はそう言ってかすかに哀愁のにじむ笑みを浮かべた。「おれは実質的に奴隷だったんだぞ！　そういう境遇の男が、この国で商人の娘と結婚できるかい？」

「エレインは商人のお嬢さんだったの？」

「アイ」ロブは肩を落とした。「おれを見初めてくれたんだ。すばらしい女性だったよ」

たったこれだけの素朴な表現だったが、亡き妻に対する愛情がにじみでていた。

ふたりはときどき肩を触れ合いながら、クアールまでの残りの道を黙って歩いた。

パン屋から持ち帰ったロールパンとスープだけの質素な夕食のあいだも、この沈黙は続いた。一緒にテーブルに着いているエメリーを見て、グレースは多少の満足を感じた。ええ、たしかにわたしは滑り落ちたわ、レディ・タット。でも、わたしが雇ったために、この老人は救貧院へ行かずにすんだのよ。

トムソン卿（きょう）が表の扉を杖（つえ）でたたき、せっかくの静かな夜を台無しにした。

グレースは玄関の扉を開けた。「トムソン卿？」

「ああ、わたしだ」

　なかに招く気にはなれなかったが、彼はさっさと入ってきて前置きなしでいきなり尋ねた。「伯父の婚外子(バスタード)はどこだ?」

「ここにいるとも」ロブがやってきてグレースのすぐ横に立った。

　トムソン卿は背筋を伸ばした。「ほとんどの人々が〝閣下〟と呼ぶぞ。パン屋で働く人間の屑(くず)でさえも」

「おれにそう呼べというなら、ずいぶん待つことになるだろうな」ロブは言い返した。「それにこの人は屑ではない」

　やめて。グレースはロブに警告したかった。だが、彼は微動だにせず、侯爵が目をそらすまで彼を真正面から見おろしていた。

　しばらく沈黙が続いたあと、トムソン卿は内ポケットに手を入れた。「少し前、クインビー最大の成りあがり者であるレディ・タットの使いが、館の玄関にこの手紙を置いていった。どうやらあの女は、わたしが自分と同じ屋根の下にろくでなし(バスタード)をかくまっていると勘違いをしているようだ」

　ロブは侯爵のぶしつけな言葉に顔をしかめた。「レディの前ですよ」

「ここにはレディなどいるものか」トムソン卿は手紙を開いた。「どうやらあの成りあがり女は、明日の午後、きみに自宅まで足を運んでもらいたいらしい。命を救ってくれた礼が言いたいそうだ」トムソン卿は問いかけるようにロブを見た。「そのばかげた茶番のことは、執事から聞いた。あんな女を救う必要があったのかね？　きみが何もせずにいれば、この先何年もあの気取った老雌鳥（めんどり）に我慢せずにすんだものを」

彼は婚外子とはいえ、自分の親戚である男を怒らせようとしているのだ。だが、ロブは無視した。「おれは婚外子かもしれないが、ほかの人間宛の手紙を読んだことはないな」

軽い口調だったが、グレースはその下に隠された鋼のような強さを感じた。明らかにトムソン卿も感じたと見えて、ロブに向かって手紙を投げつけると、きびすを返して立ち去った。いや、入ってきたときに開けたままだった扉が話しているあいだに静かに閉まっていなければ、立ち去っていたに違いない。彼は勢いよく扉にぶつかり、しりもちをついた。

「好きなだけいるといい。ここはあなたの家だ」ロブは賢くも笑みひとつ見せずに手紙を拾い、《ヤンキー・ドゥードル》を口笛で吹きながらキッチンに戻っていった。

トムソン卿はぱっと立ちあがり、ベストの裾を引きおろして、震える手で血が滴りはじめた鼻を押さえると、血を見たとたんにうめくような声をもらし乱暴に取っ手をひねった。

「いつかこれが起こらなかったことを願う日が来るぞ」彼は憎しみのこもった声で言うと、大きな音をたてて扉を閉めた。

「もうとっくにそう願っているわ、トムソン卿」グレースは馬車寄せを遠ざかる足音を聞きながらつぶやいた。

12

　あれは侯爵の別れの言葉だったに違いない。彼とその妻は翌日ロンドンに発った。トムソン卿が発つことを教えてくれたエメリーによれば、あとに残ったのはほんのひと握りの使用人だけだという。「わしには情報源があるのさ」得意そうに片目をつぶるエメリーを見て、グレースは思わず笑いそうになった。

「これはいいことか？　悪いことか？」ロブは馬車寄せに立って彼らの馬車を見ながら、首を振った。「おれがかないそうもない相手にけんかを売りそうになるたびに、キャメロン船長は〝熊を突くな〟と言ったもんだ」

「突いたのは向こうよ」グレースは言い返した。

「ああいうばかな男にとっては同じことなのさ。さて、出かけるまでにまだ間があるな。何をして時間をつぶそうか？」

　ふたりは顔を見合わせた。「その髪を切る必要があるわね」グレースはそう言った。

　ロブがにやっと笑った。「如才なく話題を切り替えたな、グレーシー！」彼は手を伸ばして、眉間のしわに触れた。「おれのためにそんなに怖がる必要はないよ。年に三十ポンドぽっちで、こんなに心配するのは割に合わない。きみが髪を切ってくれたら、おれはきれいに靴を磨く。そして仕事のあと、ふたりでレディ・タットを訪ねるとしよう」

急に内気になってグレースはうなずいた。「エクセターのセルウェイ弁護士に、トムソン卿にどう対処すべきか相談したほうがいいかもしれないわね」

「そういえば、セルウェイから連絡がないなと思っていたところだ。まず整髪して、レディ・タットを訪ね、まだ心配なようであれば、セルウェイを訪ねてもいいな」

彼の髪を切るのはこの前よりもずっと簡単だった。髪そのものが変わったわけではないが、グレースは彼に体が触れるほど近づくことに慣れていた。ふたりは今度も勝手口の外の菜園脇の芝生に出た。グレースは左右が揃っていることを確かめるという名目の下に、彼の顔をじっくり見る願ってもない機会を楽しみながら、すばやくはさみを使った。長さを揃えるために耳のそばの髪を手に取って切っていると、彼が言った。「女性が耳のそばで鋭い刃物を使っているときは、動かないことにしているんだ」

グレースははさみの柄で彼の頬を突きながらからかった。「あら、何度もあったの？」

「残念ながら、飽きるほど頻繁だったとは言えないな」彼はグレースの手を取ろうとして……考え直した。「昨日の話が中途半端なままだよ。ウィルソン夫妻のところには、自分から出かけていって働きたいと言ったのかい？」

グレースは椅子のそばにある低い石垣に腰をおろし、はさみを膝に置いた。「弁護士が遺言書を読みあげ、その直後に屋敷を売ったの。家具一切に土地もつけて、バルト諸国から海軍の備品を輸入してひと財産築いた男がそっくり買い取ったの。そしてわたしには住む家がなくなった」

「親戚は？」

グレースは首を振った。「母は、父と結婚したときに勘当されたのよ。母は伯爵の娘だったの。母方からは誰ひとり、わたしに関して何ひとつ尋ねてこなかったわ」

ロブは椅子を傾けた。「身ひとつで放りだされるのは男でもたいへんなことだ。きみはまだ十八だったんだろう？」

グレースはうなずき、肩をすくめた。「付近の裕福な貴族の誰かに、置いてくれと懇願しようかとも思ったけれど、できなかった。ウィルソン夫妻はいつも親切にしてくれたわ。だからあのお店に行って、父の借金がなくなるまでただで働かせてくれと頼んだの」

「つまり、自分から年季奉公を望んだわけだ」

グレースは驚いて彼を見た。「そういう言い方もできるわね。二年働いたあと、ウィルソンが借金は清算されたと言って、ありがたいことに、引きつづき雇ってくれたのよ」

「自分であの店に行って、彼らと交渉したのかい？」

グレースはロブの視線を受けとめ、青い目の輝きに魅せられた。そこには知性ばかりでなく、たくましく生き抜く知恵もある。「船長の靴を磨くためにデッキに這いつくばるほどドラマチックではないけれど、同じような絶望にかられていたから……」

「つまり、どっちもだめでもともとだった、ってことだな」ロブがそう結論づけた。

グレースは彼が差しだした手を取りながら、またしても重荷をおろしたような気がした。これは奇妙なことだ。ロブ・インマンはグレース自身と同じように、いえ、ある意味ではもっと無力なのだから。彼のやさしさに甘えてはだめよ、グレース。彼女は自分にそう言い聞かせた。ロブがここにいるのは和平協定が結ばれるまでなのよ。

ふたりはほとんど黙ってクインビー村へと歩いていった。村まであと半分のところまで来ると、突然ロブが手を取り、グレースの心臓はたちまち早鐘のように打ちはじめた。

「告白することがあるんだ、グレーシー。パン屋で働きはじめてから、おれはどうすればきみの目を盗んで逃げだし、プリマスへ行かれるか、それればかり考えていた」

グレースはロブを見つめた。彼は手を離した。

「本当だよ。この国とは一刻も早くおさらばしたくてたまらなかった。ダートムアできみに選ばれたとき、逃げだすチャンスがつかめるのはわかっていた。自由を阻んでいるのがきみと、よぼよぼの老人と、おれをハンサムだと思っている母屋のメイドだけだとわかったあとはなおさらだ」

グレースはごくりとつばを呑みこんだ。たしかにそのとおりだ。

「だが、逃げだすことはできない。おれが逃げたら、トムソン卿は容赦なくきみの人生を台無しにするだろう。きみがもらうはずの年に三十ポンドの報酬はもちろんのこと……」

「それはいずれにせよ失うことになりそうだわ」

「ああ、その可能性はあるな」ロブは誰も見ていないことを確かめ、グレースの肩をつかんだ。「絶対に逃げないという約束はできない。これから何が起こるか誰にわかる？　だが、きみはおれを選んだんだ。何事もなければ、戦争が終わるまでここにいるよ」

ロブはグレースがいやがるのを恐れるように、そっと彼女を引き寄せた。グレースはほんの一瞬ためらったものの、彼の胸にもたれ、安らぎを感じた。

「おれがいるあいだは頼りにしてくれ。きみは長いことひとりで戦ってきた。そろそろ仲間が欲しいころだろう？　この戦争が終わるまで、おれがその仲間になる。どうだい？」

グレースは目を閉じてさっぱりしたシャツの香りを吸いこんだ。「いいわ」

「それに、もう二度とキスしないと約束する。なんと言ってもきみは男爵令嬢なんだし、おれがどんな生まれかはきみも知ってるはずだ」

でも、戦争が終わったら、どうやって〝仲間〟を忘れればいいの？　グレースはその日ロブと並んで働きながらそう自問せずにはいられなかった。ロブは真剣な顔で生地をこね、いつもより激しく板にたたきつけてはときどき難しい顔で彼女のほうを見てくる。ロブは善良でやさしい人だわ。わたしは誰にも頼らずにやっていけることをわかってもらわなくては。アメリカへ帰ったあとは、わたしのことを心配する必要などないことを。アメリカ。グレースはパン生地に手を突っこんだまま思った。そこで一から始めることが本当にできるだろうか？　ナンタケットにはパン屋があるのかしら？　グレースは頭に浮かんだ問いをどうにか呑みこんだ。

最後に焼いたパンが冷えるころ、グレースはエプロンを取っておかみさんに自分とロブがレディ・タットの家に招かれたことを告げた。「招かれたのはロブだけだけど、わたしは彼に付き添わなくてはならないの」

「あの高貴なレディが、これまでパンを盗み食いしていたことに良心の呵責を感じているようなら、お金を払ってくれるようにあの人の多少とも善良な性質に訴えとくれ」おかみさんはそう言いながらさっさと行けというように手を振った。「さあ、行った行った！待たせたら、それこそ何時間でもぐちをこぼされるよ」

ロブは黙ってエプロンをはずし、両手で髪を梳かした。

「そのままでもとてもすてきよ」グレースはからかった。

「彼女の遺言書に加えてもらえることを願ってるのさ」彼はそう言い返し、指をなめて眉毛をなで、グレースを笑わせた。「さもなければ、ときどき雑用に雇ってもらうとか」

「それはだめね。あなたはわたしのものだから」

ロブはにやっと笑い、首を振った。「グレーシー、エレインですらそんなことは言わなかったぞ」


「妻のことで冗談を言ったのは初めてだ」タット邸に向かいながら、ロブは言った。「とても気分がいいよ。愛する者を失うのはそういうものかもしれないな。最初は名前を口にすることすらつらすぎる。ダートムアにいるとき、エレインの瞳の色を急に思いだせなくなってショックを受けたことがあったよ。もちろん、忘れたわけじゃなかったが。いまは……」彼は足を止めてグレースの腕を軽くたたいた。「つらい思いをせずに、楽しい思い出をなつかしむことができる」

　あまりに個人的な打ち明け話だったが、グレースはロブのあけっぴろげな性格に慣れはじめていた。「いつか父のことも、そんなふうに考えられるようになりたいわ」

「なるさ。明日でも、二、三年先でもないかもしれないが」

「あまりにも激しい怒りを抱えていると、心がそれに染まってしまうのね」グレースはふたたび歩きだしながら言った。

「そうかもしれない」ロブが手を取ったが、グレースは逆らう理由を思いつけなかった。

「おれたちは奇妙な取り合わせだな。男爵令嬢が働いて借金を返したいとパン屋に頼むのは、たいへんな勇気がいることだ。それがわかるのは、デッキを這いずりまわった人間だけなのかもしれない」

グレースは涙を抑えようと瞬(まばた)きしながらうなずいた。ロブが肩を抱きながら低い声で笑った。「気に入ったよ。きみには野心がある。おれをだしにして一年に三十ポンド稼いでいることさえ、気にならないくらいだ。きみにとっておれはそれだけの価値があるわけだから」

「そんなやり方で稼ぐなんて無神経かしら？」グレースは申し訳ないような気持ちで尋ねた。

「野心が無神経？　とんでもない！　あの店をいつか買い取りたいんだろう？　もっと力を持てるように」

グレースは彼の手を取った。ロブはわかっているんだわ、彼女は興奮して思った。「ええ、たくさんアイディアがあるのよ！　もっと甘いものやいろいろな味のパンを作りたいの」

「干(ほ)し葡萄(ぶどう)入りのシナモンパンはどう？　試したことがあるかい？」

グレースは首を振った。

「やれやれ、ここはまったく楽しみに欠けた島国だな。驚いたよ」

　グレースはこらえきれずに笑いだした。こんなふうに笑うのは何年ぶりだろう。何年もの心配と、疲れと、怒りが煙となって吹き飛ばされていくようだった。グレースはロブを見つめ、彼も笑いだすのを見て、また笑った。

　まもなくふたりは道端で背中合わせにすわり、たがいに寄りかかって笑っていた。しだいにそれがおさまり、発作のような断続的な笑いになって、最後はどちらもただ肩を震わせるだけになった。

「ばかみたい」グレースはようやくそう言った。「なぜ笑っているのかもわからないわ」

「シナモンパンよりいいものがある。明日試してみよう」

「明日はエクセターへ行くのよ。セルウェイ弁護士を捜しに」

「だったら明後日（あさって）だ。ウィルソン夫妻はひと財産作れるぞ」

　グレースは肩越しにロブを見た。ロブも振り向き、ふたりの頬が触れ合った。彼はこんなに近くにいて、シナモンとイーストのいいにおいがする。グレースは衝動的にロブの頬にキスをしていた。「どうやらシナモンの香りにそそられるみたい」そうつぶやくと、ロブがまた笑った。

　彼は立ちあがってグレースが立つのに手を貸した。「やれやれ、グレース。行儀をよくして、レディ・タットを訪問しようじゃないか」

　彼女は真っ赤になった。愚かな真似（まね）を見ている村人が通りにいないのがありがたい。

「誰にも見られなくてよかった」

ロブは急に真剣な顔になって、その言葉を否定した。「それはどうだか。話したかな、常に誰かに見られているような気がする、ってことを?」

13

　グレースは目を見開いてあたりを見まわした。「ほんと？　誰が？　どうして何も言わなかったの？」

　まだ笑ったあとの赤みが残る顔に真剣な表情を浮かべて、ロブは肩をすくめた。「見てるのはエメリーだよ。黙っていたのはばかげて聞こえるからさ」

「どうしてエメリーがそんなことをするの？」

「おれたちがあの丘にいたとき、向こう側で待ち伏せていたトムソン卿の使用人のことを覚えているかい？」ロブは歩きだしながら言った。「あの醜い男を」

「ええ、侯爵は執事だと言っていたけれど、ここだけの話、執事というより道路人夫みたいだわ」

　ロブもうなずいた。「おれたちがクインビーにいるときには、あいつがいつもまわりをうろうろしてる」

「それはわかるわ。でも、エメリーは？」

「たぶんおれたちを見張ってるあいつを見張っているんだろうよ」

「だったら感謝しなくては！」グレースはそう言いながらタット邸のノッカーに手に伸ばした。

ふたりはとっておきの客間に通された。そこが最も上等な部屋であることを執事が教えてくれたのだ。

「これは驚いた」ロブはエジプト風の家具が所狭しと置かれた部屋を見まわしながらささやいた。

「しいっ。それよりずいぶん珍しい壁紙だこと」羊飼いの男と、跳ねまわるには重すぎるように見える羊飼いの女がたわむれているイタリアの村が描かれている。

「なんてこった」ロブはあきれてくるりと目を回した。

一度にたくさんの蛾を捕らえた蜘蛛のような得々とした顔で、レディ・タットが急ぎ足に入ってきた。「その壁紙が気に入って？」

「言葉もありません」ロブが如才なく答える。

「あなたの国には、こういうものはないでしょう？」レディ・タットはあからさまに喜びながら言った。

「見たことがありませんね。ボストン、ニューヨーク、フィラデルフィア、ボルティモア、チャールストンにも行ったことがあるが……。もっともおれはナンタケットの貧しい一般市民ですからね。こういう……上等なものはあまり目にしません」

　レディ・タットは部屋の入り方と同じように、よく練習した仕草で軽くうなずき、椅子を示した。すぐに廊下からかたかたという音がして、メイドが大きなワゴンを押し、苦労して入ってきた。

「レディ・タット、あなたは接待の作法をよくご存じだ」ロブは大きな笑みを浮かべ、心から感心しているように言った。「それはまさかエクレアじゃないでしょうね？」

　レディ・タットは答える前にグレースをにらんだ。「彼は少しばかり痩せすぎよ、グレース。アメリカの船では粗末なものしか食べられなかったことを考えて、たっぷり食べ物を与えるだけの思いやりもないなんて。捕まったあとはこの国の最も進んだ刑務所のひとつにいたそうだけど、船上で失った体重を取り戻すほど長くはいなかったのね」

　こんな愚かな思いこみに、どう答えればいいのだろう？　グレースは言葉に窮して、壁紙に関して当意即妙に取り繕ったロブに任せることにした。

　だが、ロブの如才のなさには、かぎりがあったようだ。

「レディ・タット、船上では、たらふくご馳走を食べるというわけにはいかないが、オロンテス号ではじゅうぶんに食べていましたよ。痩せたのはダートムアのせいです。あそこはこの国の人々がひとり残らず恥じるべき場所です」

レディ・タットは顔をしかめた。「まさか！　つい先週、あの刑務所の所長がわたしたちの集まりで話してくださったのよ。わたしたちはときどき慈善活動をするの。ダートムアはまだ新しく、あらゆる意味で近代的な施設だと言っておられたわ」

「しかし、おれはそこに一年いたんですからね、間違うはずがない」ロブは謝罪と共感をこめて言った。「亡きトムソン卿が仮釈放の手続きを取ってくれなければ、いまごろはまず間違いなく飢え死にしていたでしょうね」

レディ・タットはまだ懐疑的だったが、ロブの反対意見を寛大に見過ごすことにしたらしく、お茶のワゴンに並んでいるケーキを示した。「お好きなものを召しあがれ、船長」

ロブは遠慮なく皿を山盛りにすると、さっそくエクレアを口に入れた。「すばらしい！　エクレアが食べられるのなら、いつでも命を助けますよ」

レディ・タットはくすくす笑った。「何がつまったのか、想像もつかないわ」

盗み食いしたパンよ。グレースは自分もエクレアを選びながら意地悪くそう思った。

お茶のお代わりを注ぎながらしつこいほど感謝するレディ・タットの言葉に慎ましくうなずき、ロブはティーワゴンに並んだケーキを次々に皿に取っては食べていく。まもなくレディ・タットはメイドにエクレアのお代わりを急いで取ってくるように言いつけた。

レディ・タットはケーキを食べおえると、膝に手を置き、カラメルをたっぷりかけたビスケットを見つけ、むしゃむしゃ食べているロブに言った。「さてと、あなたがあんなにすばやく機転を利かせて、窒息して死にかけているわたしを救ってくれた——」

「ええ、たしかに」ロブが熱心にうなずくのを見て、グレースは口にナプキンを押しつけ、笑い声がもれるのをこらえた。

「……わけだから」レディ・タットは彼の言葉を無視して続けた。「せめてお茶に招き、いきなりこの国の船を襲うというアメリカの残酷な裏切り行為に対して、どんな反感も持っていないことを示したいと思ったのよ」

グレースはさらにきつくナプキンを押しつけ、ちらっとロブを見た。

「いや、レディ・タット、それは逆です」彼はカラメルクッキーを好ましそうに見てから言った。「その話もダートムアの所長から聞いたんですか？」

「とんでもない！　これは海軍省に務める高官から聞いたのよ。祖国がどんな状態にあるかを知っておくのは、善意ある社会人の義務ですからね。少なくとも、レディが知ることを許されている範囲では」

「アイ、実際のところ、この国の海軍こそ、アメリカの水兵を問答無用でひっさらい、強制徴募しているんです」

「国王陛下の海軍がそんなことをするわけがないわ」レディ・タットは彼の言葉をこれっぽっちも信じる様子はなかった。「海軍省は、どういうわけかアメリカで入り混じってしまったこの国の人間が、祖国に戻る手伝いをしているだけよ」彼女はなだめるように軽くロブの手をたたいた。「あなたは混乱しているんだわ」

ロブは引きさがろうとはしなかった。「それに、この国の毛皮商人たちが、国境沿いのアメリカの居住地を焼き、略奪し、頭の皮を剥げと先住民をそそのかしているという問題もあります」

「あら、そんなものはただの噂ですよ。あなたたちの大統領ときたら、何かというと突っかかるのが好きで困るわ」

レディ・タットの偏見を取り去ろうとするのは、海の波に満ち干をやめろと促すようなものだ。グレースは笑いをこらえてふたりを見守った。

「マディソン大統領には批判も多いが、癇癪持ちだと言われたことはあまりありませんよ」ロブはそう言った。だが、次々に間違った情報を口にするレディ・タットに、どうやら熱意を失いかけているらしく、気分を切り替える時間を稼ぐためにお茶のカップを口元に運んだ。「いずれにせよ、あなたを救うことができてよかった。その点ではふたりとも同意できる」

「ええ、そうですとも、ダンカン船長」レディ・タットは自分の得た情報が正しいと確信したまま、取りすました声で応じ、グレースに向かってこくんとうなずいた。「グレース、今日ここに来るのに、船長に付き添ってくる必要はなかったのに。あなたを招待した覚えはないわ」

グレースは顔が赤くなるのを感じ、どうにかこう答えた。「ええ、わたしは招待されませんでした」

「しかし、それが仮釈放の条件なんです」ロブが急いで口をはさんだ。その声にまぎれもない怒りがこめられているのをグレースは聞き逃さなかった。「グレース・カーティスと一緒でなければ、トムソン卿の敷地を出ることができないんですよ。したがって、どこへ行くにもグレース・カーティスが必要だ」

「愚かな条件だこと。海軍大臣に手紙を書くわ。あなたをこのわたしの保護の下に置くように」

ロブは首を振った。「残念ながら、この条件は変えられない。それに英国が間違っている可能性を、あなたは受け入れようとしないが――」

「この国は間違ってなどいませんよ」

「うむ。では、クインビーの人々にアメリカの共和制を押しつけたりしないことを誓って、そろそろ失礼します」彼はグレースを見た。「暗くなる前に帰らないと、おれは狼男になるんでね」

グレースはぎゅっと唇を結んで笑みひとつ浮かべずにこの屋敷の主を見た。レディ・タットも瞬きすらせずに片手を差しだす。ロブはアメリカ人らしくしっかりとそれを握った。

「親愛なる船長、あなたは心得違いをしているけれど、困ったことがあれば、いつでも喜んで力になるつもりよ」レディ・タットはそう言って太った体が許すかぎりの優雅さで立ちあがり、ふたりを部屋のドア口まで送った。「なにせ命の恩人だもの。ごきげんよう、グレース」

「レディ・タットはおれが言った言葉をまったく聞いていなかったな」急ぎ足でクアールへ戻る途中、彼はあきれて口を尖らせた。そしてグレースがこぶしでたたくと、首をすくめた。「なんだい？　本当に狼になれるかもしれないぞ。まだ試してみたことはないが」それからふたたび首を振った。「彼女がきみにあんな無礼なことを言うなんて」

　グレースは肩をすくめた。「いまだに慣れないけれど、だんだん気にならなくなっていくわ」

　ロブはグレースの手を取った。「きみは嘘がへただな。すごく気にしているくせに！」そしてふたたび首を振り、「あと一分あそこにいたら、頭がどうにかなっていたよ！」

「さもなければ、お腹のほうがね」グレースはからかった。「いったいいくつエクレアを食べたの？　途中で数えるのをやめてしまったけど」

「賢い娘だ」

　ロブは二度ばかりグレースの腕をつかんで足を止め、ふたりを尾けてくる人間の足音に耳をすました。「醜い執事だ」ロブは二度ともそう言った。「いつまでもこんな呼び方をしていられないな」トムソン卿の敷地内に入り、司祭の果樹園を通り抜けると、彼は付け加えた。

「わたしは気に入ったけど」

「おっと、きみは意地悪だな」ロブはからかった。「なぜ気づかなかったんだろう?」

「食べるものを見つけるので忙しかったからでしょう」

夕食の用意が終わったとき、エメリーがキッチンに入ってきた。遅れた言い訳をしようともしない。進んで醜い執事の見張り役を引き受け、しかもそれを吹聴(ふいちょう)しない謙虚さに心を動かされ、グレースはにっこり笑いかけた。誰でも、人生にちょっとしたドラマがあるほうが楽しいのかもしれない、グレースはテーブルの用意を始めるエメリーを見ながらそう思った。

「エメリー、あなたは執事になるべきだったかもしれないわね。とても向いているわ」

エメリーがゆっくり片目をつぶるのを見て、グレースは笑った。

「手伝いましょうか?」

彼は首を振った。「いいや、皿をいくつか拭くより、すわって船長の相手をしたほうがいい」

恥ずかしく思うべきかもしれないが、体裁を繕ってみたところで仕方がない。「エメリー、あなたは年も取っているけれど、それを上回る知恵があるのね」

ロブは家の前の石段に腰をおろしていた。居間の椅子より、そこのほうが好きなようだ。父が見たらなんと言うかしら？ そんな彼を見て、ふとグレースは思った。父の意見が気になる？

「ナンタケットでもこうやって外の階段にすわっていたの？」

「椅子を置いた居心地のいいポーチがあるんだ。そこで湾の向こうに日が沈むのを見るのが好きだった。エレインは編み物をして、おれはポーチの手すりに両脚を上げて、道を通る隣人に挨拶したもんだ」彼はため息をついた。「だがあまり家にいたことがなかった」

「いまは誰が住んでいるの？」

ロブは肩をすくめた。「誰もいない。いるのは蜘蛛と鼠ぐらいかな。エレインの父親に任せてあるから、誰かに貸しているかもしれないが。わが家に帰りたいよ」

ロブの声にやり場のない苛立ちとせつない焦がれを聞きとり、グレースはふと思った。わたしはクインビーを離れたら、こんなにここが恋しくなるかしら？ だが、そんなことは考えるだけ無駄だ。自分はここにいるのだし、その状況は変わらない。それでも……。

「ロブ、誰かがアメリカに移住したいと思ったら、その人が……英国の人間だったら拒否されるかしら？」

彼は少し考え、首を振った。「ナンタケットにもレディ・タットのような人間はいるよ。だが、役に立つ技術を持っている者は歓迎される。おれたちはたがいに助け合うんだ」ロブは一段下にすわったグレースの横に並んだ。「きみでも、誰でも、ゼロから始めて、ひとかどの人間になることができる。おれのように」

グレースは自分にうんざりして首を振った。「どうしてこんなことを訊いたのかしら？」

ロブは彼女の肩にそっともたれ、笑みを浮かべた。「変わるときが来たのかもしれないぞ、グレース。きみか、きみの知っている誰かさんが」

グレースは寝間着姿でベッドにあぐらをかき、髪を梳かして編みながら、さっきロブが言ったことを考えていた。夏の盛りとあって、部屋のなかは暑いくらいだ。風が入ってくることを願って窓を開けているが、外では木の葉すら動かない。

ロブの語るナンタケットのような完璧な場所など存在するはずがない。ロブは故郷が恋しくて、わが家のある小さな島を美化しているのだ。それはわかっているが、グレースの心はそこを自分の目で見たいと願っていた。砂浜や、灰色の屋根の家や、かもめを。

ドアをノックする音に、どきっとして居住まいを正した。エメリーは一時間も前に自分の部屋に引き取っている。グレースは寝間着をきちんと直し、ショールに手を伸ばした。

「はい？」

「入ってもいいかい？」

彼はまだ服を着たままだったが、シャツの裾をズボンから引きだし、靴を脱いでいた。彼はドアを閉め、椅子をベッドのそばに引いてきた。

「グレース、エクセターへ行くとしたら、必ず醜い執事がついてくるぞ」

「どうして？」

ロブは肩をすくめた。「知るもんか。仮釈放の書類を忘れずに持っていくんだ。トムソン卿はおれを撃ちたがっているんだからな。少なくとも、ダートムアへ戻したがっている。おれはどっちのシナリオもごめんだ」

寝間着姿を見られる心配などする必要はなかった、と思いながらグレースは膝にブランチを置いた。ロブは明日の外出のことしか頭にない。「だったらこうしましょう。この前ベンチにすわった十字路のところに荷車が止まるの。いちばん早いのは夜明け前に来るはずよ。それでエクセターへ行きましょう」

「エメリーには黙っていよう」それからグレースの表情に気づき、両手を振りあげた。

「だってそうだろ、知らないほうが危険な目に遭わせずにすむ」

「たしかに。それは考えなかったわ。夜中の泥棒のように、足音をしのばせて家を出ればいいわ」

「ああ、そうしよう」ロブはうなずいて顔をしかめた。「だがおれは馬車代を払えない」

「セルウェイ弁護士から、いくらか預かっているお金があるの。たいした額じゃないけれど、ふたりでエクセターまで往復し、お昼にソーセージを買うぐらいはあるわ。会ったときにまた少しもらえばいいもの」

ロブはうなずいた。「きみはしっかり者だな。それにその寝間着姿はとても魅力的だ」

グレースは彼をにらんだ。

「おれもセルウェイに会いたいと思っていたんだ。醜い執事に尾けまわされるのはうんざりだし、トムソン卿がいつまた戻ってこないともかぎらない。戦争の情報も知りたいし」

グレースは笑った。「レディ・タットの情報ではじゅうぶんじゃない、ってこと？」

ロブはくるりと目を回し、それから片手を差しのべた。「ブラシを貸してごらん、背中に編み残した髪が残ってる」

母がここにいたら泡を吹いて倒れるに違いないが、グレースはブラシを彼に渡し、指で梳かしながら編んだ髪をほどいた。ロブの言うとおりだ。背中にひとつかみの編み残しがあった。

「そのほうがいい」

グレースはベッドにすわったロブに黙って背を向け、誰かに髪を梳かしてもらう心地よさを味わった。母が死んで以来の贅沢だ。「母が梳かしてくれたときはじっとしていられなかったものよ」彼女は自分が息を弾ませているのに気づいて驚いた。「よくブラシで頭をたたかれ、じっとしていないとナポレオンにさらわれますよ、と怒られたものだった」

ロブは笑って母のように軽くたたいた。「マサチューセッツの人々は、先住民が来るぞ、と子どもを脅すんだ」彼は髪が静電気でぱりぱりするほど念入りに梳かした。「とてもきれいな髪だね、グレーシー」

グレースはそのままいつまでも梳かしつづけていてもらいたかった。「ただの褐色だわ。美しいのはあなたの髪よ」

彼はたくみに髪を編んでいく……その昔、妻のエレインにしたように。そう思うと、ずきんと胸が痛んだ。そういう夜はどんなふうに終わったのか？　エレインにキスをしたのだろうか？　そしてそれから……？　もしもキスされたら、わたしはどうするだろう？　うなじに温かい息がかかるのを感じたが、それだけだった。「きれいに編めたよ、グレーシー」彼がおやすみを言って部屋を出ていったあと、グレースは、何も起こらなくてよかった、ほっとしたわ、と自分に言い聞かせた。そしてベッドに横になったあと、ハンサムな男がナンタケットのポーチで両脚を手すりに上げて夕陽を眺め、隣人たちと挨拶を交わすところを想像した。そのかたわらで編み物をする愛らしい妻を。

「それがわたしならよかったのに」彼がとても手際よく編んだ髪に手をやり、暗がりのなかでそっとつぶやいた。

14

グレースは夜明け前に目を覚まし、ごうつくばりのトムソン卿がダウアハウスの家具調度を運びだしたときにうっかり持ちだしそこねた、小さな時計に目をやった。四時半だ。彼女はきしむ板を避け、足音をしのばせてドアへ向かった。

ロブの部屋に入ると、彼は穏やかな寝息をたてていた。つかのま、それに耳を傾け、親密な音を楽しみながら、何年も住んでいた屋根裏の小部屋のことを思った。ウィルソン夫妻の部屋は二階だったから、誰の寝息も聞こえなかった。思えばずいぶん長いことひとりで生きてきたものだわ、そのあいだ、ずっと父に腹を立てていた。ロブの言うとおりだ。もう怒りを抱えて生きるのはやめよう。

それはともかく、いまはロブを起こす時間だ。だが、かがみこんで肩をたたこうとすると、手首をつかまれ、小さくあえいで裸の胸に手をついた。

「起きてるよ」彼がささやいた。「きみの寿命を十年も縮めるつもりはなかった」

グレースは驚いて口走った。「エメリーは寝間着を用意するのを忘れたの？　何か見つけなくては」

ロブはくすくす笑った。「何に使うんだい？」

「寝るときに着るのよ」グレースは愚かしく思いながら答えた。

「そんなもの、着たことないよ」ロブが起きあがる音がしたが、彼女はまだ温かい肩に手を置いたままだった。「目を閉じるか部屋を出るか、どちらかを選ぶんだな。さもなければ、目を開けて見ていてもいいよ。おれの裸を見て馬が驚いたことはまだ一度もない」

グレースは真っ赤になった。部屋が暗くてロブに見えないのがありがたい。「失礼ね！　静かに出ていくわ！」

「立派な選択だ。玄関の外で会おう。横のドアはキッチンに近すぎるから、エメリーに気づかれるかもしれない」

グレースは暗がりで着替え、セルウェイから渡された仮釈放許可証を捜すときだけ蝋燭（ろうそく）をつけた。この書類は自分の部屋の、エプロンの下に隠した袋に入れて置くのがいちばん安全だと判断したのだ。その袋を首にかけ、服の下に隠した。

グレースが静かに表の扉を開けると、ロブは例によって階段に腰をおろしていた。月明かりでかろうじて黒い輪郭が見える。

「行くかい？」彼はささやいた。

そしてグレースを抱きあげ、小石を敷いた馬車寄せを横切って、芝生の上におろした。「このほうが静かだろ?」そう言って手を取る。「芝生の上を歩こう」

母屋の二階にひとつだけ明かりが見えた。「醜い執事は早起きね」グレースはささやいた。

「さもなければ暗がりが怖いか」

グレースは笑いだしそうになってあわてて口を押さえた。ロブは十字路に達するまで手を握っていた。そこには女性がひとりと鶏の檻がふたつ荷車を待っていた。トムソン卿の小作人の妻だ。

グレースが声をかけると、小作人の妻が今日はエクセターで市が立つ日だと教えてくれた。

そのせいか、エクセターへ行く荷車は、売りたいものを運んでいく人々ですでにいっぱいだった。「若いの、かみさんは膝にのせるしかないぞ」御者がふたりを見てロブに言い、気のよさそうな笑い声をあげた。「エクセターで売る必要はないがね!」

「そんなことは夢にも思うもんか」ロブはこのあたりの訛りを上手に真似て答えた。「もっとも、おいらのかみさんはいちごのタルトみたいに甘いけど」

この言葉にみんなが笑う。グレースは真っ赤になった。ロブは鶏の檻を膝にのせた小作人の妻と、豚を一匹運んでいく男のあいだにどうにか入りこみ、膝をたたいた。グレースはそこに腰をおろし、腕の置き場が見つからずに、仕方なく彼の首に巻きつけた。彼は両手をグレースの腰に回した。

「グレース、きみは絶え間ない誘惑だな」彼はささやいた。

「わたしもあなたの魅力に頭がおかしくなりそうよ」そう言い返すと、ロブが笑った。

混み合った荷車のほかの乗客がにやにやしながらグレースを見る。ロブの隣にすわっている男が彼のあばらをこづいた。「かみさんは垂涎（すいぜん）ものだな」その声の大きさに豚がきーきー声をあげる。

「そりゃあもう」ロブが答えると、二羽のがちょうが羽をばたつかせた。

「どうしてもこれをわたしの稼いだいちばん難しい三十ポンドにするつもりらしいわね」

グレースはがちょうの鳴き声にまぎらせてロブの耳元でささやいた。

「グレーシー、耳に息を吹きこまないでくれ。この姿勢だけでも一年もダートムアにいた男には拷問にひとしいんだぞ」

このへんで勘弁してあげるとしよう。とはいえ、三カ月あまりたっぷり食べてきたロブ・インマンはすわり心地のよい男になっていた。彼のシャツからはシナモンとイーストのにおいが立ちのぼり、太陽と洗いたての髪とロブ独特の好ましいにおいがそれに混じる。

グレースが黙りこんでしまったことに気が引けたのか、今度はロブが耳のなかに言った。

「からかっただけさ」

「だから、調子を合わせてるのよ、わたしだってそれくらいできるわ」グレースはため息をついて彼の胸に頭を預け、目を閉じた。ロブの手の力が少しゆるみ、彼もグレースに頭を寄せてくる。荷車に揺られているうちに、グレースはいつしか眠っていた。

かもめの鳴き声に、まだ半分夢を見ているような気分でグレースは身を起こした。

「ここが市場に違いない。ナンタケットの港と同じくらい騒々しいな。おれたちもここで降りるのかい？」

グレースはうなずいた。彼がため息をつき、頭のてっぺんにキスして彼女を驚かせた。

「脚が完全にしびれた。帰りはきみの膝にのることにするよ」

グレースは笑って、ほかの乗客がささやかな商いをするために、鶏やがちょうや、驚くほどあざやかな色をしたオウムをおろすのを待った。頭上にはエクセター大聖堂がそびえている。その向こうには、法廷弁護士や事務弁護士が執務を行うこの町の官庁街（チャンセリー・レーン）があるのだ。

わたしもここに来た目的を果たさなくては。ロブの居心地のいい膝をおりて、セルウェイ弁護士を捜すとしよう。グレースは荷車を降りると、スカートを振ってしわを伸ばし、大聖堂を眺めた。この国でも有数の美しい建物だ。「ナンタケットにも、これに匹敵するものはないと思うわ」

ロブはうなずいた。「あれを見るために来たんじゃないことはわかってるが、なかに入る時間はあるかい？」

あんぐり口を開けて大聖堂を眺めているロブを見て、グレースは胸が温かくなった。彼は頭上の精巧な骨組みに心を奪われ、くるりと回りながら称賛の目で見ていく。

「すごいな。おれは湾に近い小さな教会に通ってたんだ。ときどき合唱の声がかもめより大きくなることもあったが、たいていはかもめのほうが元気がいい」

彼らは壮麗な天井を見上げながらさらに奥に進んだ。

「そこのふたり！　ここから離れろ！　行け！」

グレースが驚いて振り向くと、まるで聖堂からふたりを掃きだすように両手を動かしながら、司祭のひとりが近づいてきた。ロブがグレースを守るように急いでそばに戻ってくる。警戒を浮かべた顔には、たとえ司祭であろうと彼女に手を出したら容赦はしない、という決意が見て取れた。

グレースは彼の腕を押さえて、前に進みでた。「彼がエクセター大聖堂を見たことがなかったのものですから、つい――」

「行きなさい！」司祭は叫んだ。「あと一時間でおまえたちよりもはるかに尊い人々の結婚式があるんだ。さあ、行った、行った！」

ロブはしばらく司祭をにらみつけたあと、きびすを返してグレースを従え、大聖堂をあとにした。体の脇で手を握りしめ、そのまま階段をおり、大股に芝生のところまで達してようやく足を止めた。

「ナンタケットの灰色のこけら板の教会のほうがはるかにましだ」ようやく言葉が出るようになると、吐きだすようにそう言い、片手を上げてグレースを制した。「いいや、あんなやつらのために謝るのはよせ！　いまの言動には弁解の余地がない！」

彼の言うとおりだった。自分たちの服装が貧しいということ以外、いまの司祭の態度には弁解の余地がない。グレースはロブの傷ついた表情を見ていられずに目をそらした。そうやって、すっかり恥じて立っていると、ふともうひとつの思いが頭に浮かび、たったいま受けた侮辱の痛みを多少とも取り去ってくれた。これが一年前なら、司祭の無礼などなんとも思わなかったに違いない。自分が〝滑り落ち〟、もはや上流社会に属していないことを恥じていたからだ。いまこうして屈辱を感じているのは、ロブの目を通して見ているからだった。ロブは戦争捕虜で、つい数カ月前までダートムアの囚人だったかもしれない。でも、彼はあの無礼な司祭と自分が平等だということを、いや、むしろマナーに関しては自分のほうが上だということを知っている。どんな不当な仕打ちも、彼がアメリカ人である事実を捨てさせる力はないのだ。

この思いを言葉で表現できずに目を上げると、傷ついてはいるが、少しも自分を恥じていないロブがそこにいた。グレースはその手に軽く触れた。

「セルウェイ弁護士を捜しましょう」

彼らは黙って芝生を横切った。怒りが静まるにつれ、ロブの歩みは落ち着いてきた。彼はまもなくグレースが追いつこうと小走りになっていることに気づいた。

「早くナンタケットに帰りたいよ」

「セルウェイがよい情報を持っているかもしれないわ」

セルウェイが戦争に関する情報を持っているのは間違いないが、不思議なことに、官庁街の誰ひとり、セルウェイという名前すら聞いたことがなかった。

グレースは父が死に至る病で床につくほんの数カ月前に、この兎の巣のような入り組んだ通りに来たことがあった。屋敷を売りに出す相談をするため、事務弁護士に会うよう父を説得したのだった。ところが、グレースの父であるヘンリー卿は、その弁護士のオフィスに近づくと、こう叫んだ。「グレース、わたしは男爵だぞ！」まるでその事実がみずからもたらした破産からグレースは言うにおよばず、自分のことも免除するかのように。

グレースはまずそのオフィスへ行き、へりくだりすぎない礼儀正しい口調で、フィリップ・セルウェイ弁護士のオフィスがどこか教えてもらいたい、と頼んだ。

事務員はひとしきりグレースをじろじろ見たあと、ようやく机にある人名簿を開くことに同意した。「エクセターにはその名前で登録されている弁護士はいないね」グレースを追い払うためにそこにないものが現れるのを願っているのか、彼はページに目を据えたままそう言った。「ここにいない人間を捜すことはできんね」

グレースは背を向けた。大聖堂で受けた無礼な仕打ちのあととあって、外で待っていたロブは、グレースが首を振るのを見て眉をひそめた。

「名前がないって？」

「どこにもないようだわ。受付の事務員はここに登録されている弁護士や判事の人名簿に目を通したの。エクセターにはセルウェイという名前の弁護士はひとりもいなかった」

ふたりは通りを歩きだした。しばらくしてロブが言った。「どうやら迷ったらしい。この町にはまっすぐの通りはひとつもないのかい？」

「たぶんね。市場に戻りましょう。お腹がすいているんじゃない？　ほら、昔から言うでしょう。食べて憂さを晴らせ、って」

彼らはソーセージが油のなかで弾けている屋台を見つけ、ソーセージを三本と油の染みでた菓子パンの包みを買って、エクセ川の土手の低い石壁に腰をおろして黙って食べた。

「だまされたんだな」しばらくして、草で手を拭きながらロブが言った。「セルウェイ弁護士はクインビーの商人たちが請求書を送る住所を渡さなかったのかい？」

グレースはそのことをすっかり忘れていた。「渡してくれたわ。明日、村の店に行って、支払いはどうなっているか訊いてみたほうがいいかしら？」

「ああ」ロブがあまり確信のない声で言った。「だが、まだ支払われていないとすれば、たまったつけの金額はかなりになる。いまごろは店の親父が何か言ってくるはずだ」

グレースはうなずいた。「とにかく訊いてみるわ。それに手紙も書いたほうがいいかもしれない。彼宛の手紙はエクセターの私書箱十五番、フィリップ・セルウェイ殿で書くように、と言われたの。セルウェイ弁護士は――」

「さもなければ、そう名乗った誰かさんは――」

「自分で郵便物を取りに来るに違いないけれど、彼が実際はどこにいるのかわたしたちには見当もつかない。なんだか不安になるわね」

「アイ。きみの聞き間違いじゃないのかい？　彼がいるのはエクセターじゃないとか」

「いいえ、エクセターよ、ロブ」夏の温かい太陽の下にいるというのに、体が震えた。

「どういうことなのか、わたしにはさっぱりわからない。彼はトムソン卿の遺言書を作成し、葬儀のあとにそれを読んだ。そしてあなたを……少なくとも、ダンカン船長を引き取りにダートムアへ行く手配をしたわ。ダウアハウスで預かるという条件で……」

「そのあと、すべてをきみに押しつけて姿をくらました」ロブはその先を続けながら、グレースの食べかけのパンに目をやった。「こんなことを言うのは、エクセター大聖堂の司祭と同じくらい無作法だが、きみがいらないなら、そのパンを食べてもいいかな？」

ロブはグレースのパンを食べおえ、ふたたび手を拭った。

「クインビーに戻ってセルウェイだか誰だかに手紙を書こう」彼はグレースを自分と一緒

に立たせた。「一ペニーか二ペニー余分にあれば、新聞を探してきたいんだが」

グレースは手提げ袋（レティキュール）のなかを見て……何かが現れるのを期待するかのようにもう一度見た。「ごみ箱の新聞を探したほうがよさそうね。実は、セルウェイ弁護士に会ったら、少しもらうつもりでいたの。残っているのは帰りの馬車賃だけなのよ」

彼はにやっと笑った。「おれはこれでも機転が利くんだ。新聞は簡単に見つかると思う。この戦争に関するレディ・タットの解釈はまったく信じられない。ここで待っててくれ」

グレースはうなずき、低い石壁に腰をおろして、エクセ川を見おろした。だが、ロブ・インマンを自分の目の届かないところに行かせるのは危険だと気づき、ぱっと立ちあがって市場を横切っていく彼のあとを追った。

「ひとりにはできないわ！」ようやく追いつくと、息を弾ませて告げた。

「もうおれを信頼してくれてもよさそうなもんじゃないか？」ロブは穏やかにからかった。

グレースは彼の袖をつかんで一気にまくしたてた。「そうじゃないの！　醜い執事が尾っけてきたとしたら？　あなたのそばをいっときでも離れるわけにはいかないわ。誰かが心配しなくてはね。本人はこんなにのん気なんだもの！」

ロブはグレースの肩をつかんだ。「おいおい、落ち着けよ、グレーシー！　尾けてきた者なんか、誰もいなかったじゃないか」

こらえようとしても涙がこみあげた。「あなたが捕まって引きずっていかれるか、撃たれたりしたら、わたしはとても耐えられないわ」

市場にはたくさんの人がいたが、ロブはかまわずグレースを抱き寄せた。「グレース、おれは大丈夫だ。ほらほら、ヤンキーの航海長のために泣くことはないぞ！」

グレースはすすり泣いて、彼にしがみついた。

「ああ、グレーシー」ロブはやさしい声で言った。「だったら一緒に来いよ。そんなに怖がることはないさ」彼はグレースのあごに手を置いた。「泣く必要もない。国籍がどうあれ、女の涙に逆らえる男はひとりもいないな」彼は肩をつかんだ手に力をこめて歩きだした。「あの救貧院の裏に行こう。グレース、ごみ箱をあされるように。大聖堂の司祭がおれたちを逮捕させるかもしれないぞ。グレース、きみは見さげ果てた男と付き合っているんだ」

「違うわ！」グレースはかっとなって言い返した。

「いや、そうさ」彼はそう言って路地の奥へと向かった。「ここで待っててくれ……ここならちゃんとおれが見える！」

グレースは路地の入り口からロブが手近なごみ箱をあさり、次に移るのを見守った。まもなく彼は新聞を取りだし、パン屑らしきものを払い落とした。

「あった。レディ・タットが何を言わなかったか見てみよう」

荷車を待つあいだ、彼はいやなにおいのする新聞に目を通した。

「今日は何日だったっけ、保護監察官」

「七月二十五日よ。わたしは保護監察官じゃないわ」

「それじゃ、警官か?」ロブはからかいながら新聞をたたんで自分の横に置いた。「六週間前の記事じゃ、レディ・タットの情報とたいして変わらないな」

「悪いニュース?」

「おれたちはこの戦いに準備ができていなかった」ロブは言った。「ナポレオンがエルバ島に囚われてからというもの、英国はアメリカに全力を投入している」彼は新聞をにらんだ。「いまや英国兵は大西洋岸に襲いかかり、町を焼き、略奪し、女を暴行してる。少なくとも、六週間前まではね。今日の遠出はあまり楽しいものじゃなかったな」

　グレースはうなずいた。

「おれは今日、エクセター大聖堂に入れるような人間じゃないことがわかったし、セルウエイは存在せず、アメリカはやられ放題だとわかった」ロブは近づいてくる荷車に目をやった。「きみはどうだい? 何か学んだかい、親愛なるグレーシー・カーティス?」

　親愛なるグレーシー・カーティス。彼女は目を閉じ、彼が自分をからかわないでくれることを願った。「いったいどうなっているのか、それが知りたいわ」バッグのなかから荷車の御者に払うお金を取りだしながら言った。「それにあなたがナンタケットのわが家にいればよかったのにと思うわ」

　できればわたしも一緒にそこにいたかった。そう心のなかで付け加える。

15

帰りの荷車はがら空きだった。グレースは黙って記憶を探った。セルウェイ弁護士に関して、ほかに思いだせることはないか？　だが、思いだすことができたのは、温厚な印象の男がダンカン船長の世話をするのはたやすいことだし、相応の見返りもある仕事だと言ったことだけだった。

たやすいどころか、こんな厄介な仕事はない。でも、ほかにどうすればいいの？　眠っているロブを見ながら、グレースは自分に問いかけた。わたしがあきらめてひとりでパン屋に戻ったら、ロブはすぐさまダートムアに送り返されてしまう。

彼女は目をそらした。ロブ・インマンのこともナンタケットのことも、二度と考えずにすめば、そのほうがありがたいくらいだ。彼女は荷車に積まれた荷物に寄りかかって、目を閉じた。レディ・タットの言うとおり、わたしは本当の意味で〝滑り落ちた〟のかもしれない。社会的な地位が落ちたことよりも、父の死とともに希望も死んだことが致命的だった。非公式に戦争捕虜の身元引受人になったことが、希望のよみがえりとどうつながるのか見当もつかないが、ロブは希望をもたらした。でも、希望は場合によっては社会的な下落よりも厄介なものになる。鉛を呑んだように重い心が、もしもふたたび希望を失うようなことがあれば、二度と取り戻せないと告げていた。

彼女はロブを見た。彼は目を開けていた。

「世界中の重荷を背負っているみたいな顔をしてるぞ」

「どうすればいいかわからないの」グレースは正直に答えた。

ロブは彼女の手を取って、キスをしたそうな目でそれを見た。「きみは今日までおれを守ってくれた。仕事もくれた。おれはそのお返しを何ひとつしていない」

グレースは握られた手を引っこめ、突然すべてを投げだしたくなって、彼から離れ荷車の縁に身を寄せた。「ロブ、ダニエル船長、わたしがこんなふうに自分の運命に大きな不満を持つようになったのはあなたのせいよ！」

彼は目をそらした。「そんなつもりじゃなかったんだ」

「でも、そうなった」グレースは声の震えを抑えようとしながら続けた。「わたしはお情けでダウアハウスに住み、毎年三十ポンドもらうために心配事を山ほど抱えこんだ。それなのに、あなたが口にするのはナンタケットがどんなにすばらしい場所かという話ばかり。ひっぱたいてやりたいくらいだわ！」

「ひっぱたけよ」彼は低い声で言って近づき、肩を差しだした。

グレースはうんざりしてわっと泣きだし、両手で顔を覆いながら荷車の上で体を縮めた。ロブが手を伸ばしたが、その腕を思いきりたたいた。もう一度たたく。

「恥を知りなさい、ロブ・インマン！」自分でも驚くほど激しい怒りにかられて、グレースは叫んだ。「わたしは一生懸命働いてあのパン屋を買い、もっと一生懸命働くつもりだった。それ以上の望みは抱いていなかったわ」

「何が起こったんだい？」

グレースはまたしても彼をひっぱたいた。「ほんの一瞬にせよ、あなたがそれだけでは足りないという気持ちにさせたのよ」涙が止まってくれることを願いながら、目を拭う。「誰も昔のわたしを思いださずに、ありのまま受け入れてくれる場所がある、と」口をつぐむべきなのはわかっていたが、言葉が転がりでてくる。「もしかしたら、誰かが結婚してくれる可能性さえある、と」

「ほぼ間違いなくあるよ」

「やめて！」グレースは両手で耳をふさいだ。「あなたは戦争捕虜で……ただの航海長よ！　あなたに何がわかるの？　ロンドンの波止場育ちのくせに！　わたしは男爵の娘なのよ！」

口から飛びだしたひどい言葉に、グレースは息を呑んだ。ロブが深く傷ついているのは明らかだ。グレースはわれながらぞっとして、ようやく口をつぐんだ。

荷車が止まり、今朝の旅が始まった十字路のところでふたりを降ろした。あたりは暗くなっていた。あまりにも狼狽して、グレースは御者が降ろしてくれるのを待たずに飛びおり、走りだした。これほどたくさんの涙を流したのは初めてだ。これほど傲慢な言葉を口にしたのも初めてだった。そんな言葉に見合うものは何ひとつ残っていないのに。ウィルソン夫妻をのぞけば、友人と呼べるたったひとりの人間を侮辱するとは。

わたしはばかだわ。街道沿いの歩道を走りながら、グレースは自分を罵った。ベッドに身を投げ、泣き崩れる前に、謎に満ちたセルウェイ弁護士に、これ以上彼のお守りはできない、と手紙で知らせたほうがいいかもしれない。「ほかの誰かを見つけてもらうしかないわ」グレースはつぶやいた。「これ以上彼とはいられない。わたしの最悪の面を引きだすような男とは」

だが、この非難は的はずれだ。彼は希望を失っていたグレースに、意図していたわけではないにせよ、希望を持て、何もあきらめる必要はない、と知らせてくれた。それなのに、あんなにひどく傷つけるとは。自分を鞭打ちたいような気持ちでグレースは思った。いったい何を考えていたの？

ロブを十字路に残してきたことに気づき、グレースは出し抜けに足を止めた。あそこはトムソン卿の敷地の外だ。彼女は不安にかられ、引き返しはじめた。

すると彼の姿が見えた。うなだれて、足を引きずるようにして歩道をこちらに向かってくる。自分が彼に当たり散らしたことを恥じて、グレースは近づいてくる彼を見守った。ロブは一刻も早く離れたくてたまらない国に留められ、自分が嫌悪し、軽蔑している男の敷地に戻り、人を見下す資格などない無礼な女にあしざまに罵られても、その慈悲にすがらなくてはならないのだ。グレースは顔から火が出るほど恥ずかしかった。

ロブが歩道に立っている自分に気づくまでのわずかなあいだに、彼女のなかで何かが起こった。説明も理解もできない何かが。ロブ・インマンは戦争が終わるまで手助けすることをしぶしぶ承知した人間ではなく、生涯にただひとり愛する男になった。愛はこのとき突然生まれたのではなく、しだいに育っていたのかもしれない。いつも忙しくて、愚かな空想をたくましくする余裕のないグレースにはよくわからなかった。でも、だいぶ肉をつけたとはいえまだ痩せすぎているロブ、衝動的に下した自分の決断で思いがけず何カ月か一緒に過ごすようになった男を、彼女は愛していた。

ロブが何も気づいていないのは明らかだが、彼女は自分の気持ちに気づいた。でも、何もかも今日でおしまいだ。愚かにも、彼を怒りの捌け口にしたせいで。いくら寛容な男でもあんなにひどい言葉を許してくれるはずがない。

自分に訪れるとは思わなかった愛に胸を満たされ、グレースは歩道に立ち尽くした。あのやさしい男に投げつけた罵りを打ち消し、彼が受けた傷を拭い去るのにじゅうぶんな言葉が存在するものだろうか？

「ごめんなさい」彼がすぐそばに来ると、グレースは小さな声で謝った。「あなたが祖国をなつかしがるのも、この国から離れたがるのも、あたりまえのことだわ。あんなことは言うべきではなかった。弁解の余地はないわ」

顔を上げたロブの目に涙が光っているのを見て、グレースはショックを受けた。

「あなたに八つ当たりすべきではなかったの。ごめんなさい、ロブ」

彼がそのまま自分のそばを通り過ぎたとしても、グレースは驚かなかっただろう。ひと言も口をきいてくれなくても、仕方がないと思った。だが、ロブはそっと肩に手を置いて、彼女を抱き寄せた。グレースはまたしても泣きながら彼にしがみついた。

「グレーシー、きみはたったひとりの友だちだ」彼は自分のみじめな気持ちを隠そうともせずにそう言った。「頼むからもうあんなことは言わないでくれ」

友だち。それで満足しなくては。その必要があるもの。ああ、ロブ、あなたはあんなひどい言葉をどうして許せるの？

グレースは何も言わなかった。ロブは彼女の肩を抱き、一緒に歩きはじめた。

ふたりは黙って侯爵邸の母屋を通り過ぎた。そこには今朝よりも多くの明かりがともり、街道を見張っている醜い執事のシルエットが窓に映っている。

「今回はきさまを出し抜いたぞ」ロブはそう言って大胆にも手を振った。グレースはそれを見て突然恐怖にかられた。窓辺にいた男はすばやく向きを変え、離れていく。「おっと、怒らせたかな。くわばら、くわばら」

グレースは不安と心配を浮かべて彼を見た。「挑発するのはやめたほうがいいわ」

「たぶんね。ダートムアへ送り返されるかもしれない」

「冗談でもそんなことを言わないで！」

彼はグレースの肩をぎゅっとつかんだ。「ついさっきはおれを十字路に置き去りにしたくせに」

「一年に三十ポンドもらうためよ。野心のため」彼女がそう言うと、ロブは笑い、グレースをほっとさせた。わたしは愛が育つチャンスをつぶした。でも、彼がそれを知る必要はないわ。


エメリーは笑っていなかった。グレースはこれほど傷ついた表情を見たことはなかった。ふたりのことが心配だったというよりも、なんの相談も受けなかったことに苛立っているようだ。が、これは考えすぎだろう。

「いったいどこへ行っていたんだね？」彼は威厳を保とうとしながらキッチンを示した。

「セルウェイ弁護士を捜しにエクセターへ行ったの」グレースは器をテーブルに置くエメリーにそう言った。

「で、弁護士はなんだって？」自分の器を手に腰をおろしながら、エメリーが尋ねる。

「見つからなかったの。誰も彼のことを知らなかったわ」

グレースは食べながらエメリーの向こうにすわっているロブをちらっと見た。彼はほとんどわからぬほどかすかに首を振っている。

「セルウェイ弁護士には手紙を書くことにするわ」彼女はそう言って自分が昨日作った肉と野菜のシチュー、ラグーに目を落とした。ロブの心配は理解できる。細かいことを知らせないほうが、かえってエメリーのためかもしれない。そのぶん、醜い執事がこの老人を痛めつける心配もなくなる。

「あの男の名前を知ってる?」グレースはエメリーに尋ねた。「わたしたちは醜い執事と呼んでいるんだけど、あなたはトムソン卿の下で働いていたんですもの、名前を知っているでしょう?」

「醜い執事?」元庭師は嬉しそうに答えた。「そいつはいい。あの男はたしかナホム・スマザーズだ」

ロブは顔をしかめた。「ひどい名前だな。ニューイングランドの連中の名前を思いだすよ。どれも聖書の、さもなければ〝徳〟のある名前ばかりだ」

ロブはいつもの彼に戻ったようだった。彼女が与えた侮辱を大目に見てくれたと考えるのは虫がよすぎるが、そうしたがっている。「どういう意味?」

「エレインの妹は忍耐(ペイシエンス)という名前なんだが」彼は声を落として付け加えた。「ちっとも忍耐強くないけどね。それに隣人のひとりは、潮汐波（タイダル・ウエーヴ）というんだ。息子が生まれる直前に父親が潮の満ち干に関する夢を見たらしい」

　グレースは笑った。「ほんとの話？」

「おれたちは略してタイディと呼んでいた」ロブはエメリーを見てにやっと笑った。「だから、ナホム書を書いた預言者の名前も恐れるに足りないね。おれとしちゃ醜い執事（アグリー・バトラー）のほうが好きだが」

　エメリーがロブの器をラグーで満たし、ロブが礼を言ってふたたび食べはじめた。「スマザーズは今朝、この家の前を何度も行ったり来たりしとった」エメリーが言った。「そのあと、村に行ったと思ったが、見失った」

「驚いたな、エメリー、やつのあとを尾（つ）けたのか？　ロンドンの警官みたいに？」

エメリーがこんなに年をとった男にしては、驚くほど恥ずかしそうな顔をして慎（つつ）ましく目を伏せる。グレースはつい口元に浮かんだ笑みを見られないように顔をそむけた。

「尾行にかけちゃ、かなり腕を上げとるよ。木立にまぎれて、相手の視覚のすぐ外を滑るように移動するのがコツだな」

　いきなり席を立ったら、エメリーに恥ずかしい思いをさせるわ。グレースはそう思ったが、青白い顔のエメリーが、よたよたと楡（にれ）の木立に入っていく光景が目の前に浮かび、噴きだす前に立ちあがった。「おやすみなさい！」

いつものように髪を編んだあと、頭の下で手を組み、ジョージ王朝の初期に造られた天井の渦巻きを見上げていると、昼間の心配が戻った。さっそく明日にもセルウェイに手紙を書こう。でも、何を尋ねるの？　傾いたりんごのような渦巻きに向かって、そう問いかける。「どこにいるか尋ねるの？　醜い執事のことが心配だと告げるの？　もう少しお金が必要だと要求するの？」

彼女は枕をたたき、こんなにでこぼこでなければいいのに、と思った。お金はあったほうがいい。不毛に終わったエクセターへの遠出で、使い果たしてしまったんだもの。グレースはそう決めてうつぶせになり、こみあげてきた笑いを消した。エメリーがスマザーズを見張っていてくれるのはありがたい。どんどん難しくなる仕事の報酬である三十ポンドの一部をあげたいくらいだ。

自分がロブに与えた愚かな苦痛を悔やみ、そのことで胸を痛めながら、グレースは家のなかが静かになるのを聞いていた。それからロブが階段を上がってくる足音がした。この部屋の前を通り過ぎないで。グレースは突然そう思った。ノックして、入ってきて。

息を止めていると、彼はノックした。

「どうぞ」いまの願いが通じたのだろうか？　グレースは驚きながらそう思った。

ロブは靴を脱いでいた。ドアを静かに閉め、つかのまためらったあとベッドの裾にあぐらをかいてすわる。グレースは黙って彼を見守った。カーテンを開けたままの部屋のなかは、まだ外の光で明るく、ロブの姿は皮肉な表情まではっきりと見える。

「ラグーを食べすぎた。こんな台詞を口にする日が来るとは思ったこともなかったが。胃のもたれを解消できるものがあるかい?」

「ペパーミントティーがいいわ」少しでも彼の役に立てることを喜びながら、グレースは上掛けをめくった。「淹れてきてあげる」

彼は足に手を置いた。「あとで頼む」ロブが手を離し、グレースは上掛けをかけた。

「心配で仕方がないんだ。それに効くものもあるかい?」

「わたしも心配よ。でも、特効薬はないわ」あなたが今日のわたしの無礼を大目に見てくれれば、わたしもそうするわ。グレースは思った。

ロブはベッドのフットボードにもたれ、らくな姿勢になった。「きっとダンカン船長のほうがロブ・インマンよりも面倒を見やすかったな」彼はそう言ってほほえんだ。「船長は何事も成り行きに任せるタイプだった。オロンテス号では、おれはちょうどきみのようにいつも心配して風の向きや強さを調べ、どうしておれ以外には誰も細かいことを気にしないのかと苛々していた」

「あなたのほうが船長みたい」

ロブは真剣な顔でうなずいた。「ダンの養父だったキャメロン船長が、死ぬ前におれにダンを頼むと言ったんだ。そして必要なときは行動させろ、と」

「そうしたの？」

「アイ、しょっちゅうね」

グレースは膝を引き寄せ、あごをのせた。「あなたがそうしたければ、エメリーとスマザーズの心配はあなたに任せるわ」グレースはつかのまためらった。ロブに手を差しのべたかったが、怖かった。「わたしを許してくれる？」

「何を許すんだい？」皮肉な表情があきらめに近いものに変わった。「正直に言うと、今日の午後、新聞を探してくると言ったとき、逃げるつもりだった」

「ロブ！　逃げないと約束したわ！」

「わかってる」彼はため息をついた。「だが、港に東インド会社の商船が二隻入っているのを見たとたん、思ったんだ。そのうちのひとつにもぐりこんで……」

「……インドに行くの？」

「少なくとも、ここを出ることはできる。そしてどこかの港に入れば、そこでアメリカに向かう船に乗り換えられる」

「たとえあなたが逃げても、大声で警官を呼んだりはしなかったと思うわ。どうして逃げなかったの？」

ロブは頭をかいた。皮肉な表情が戻った。

「少し待ってくれれば、ペパーミントティーを淹れてこられるわ」

「問題はそういうことじゃない。もっと微妙なことだ」

「クインビー・クリームが恋しくなるから?」グレースはからかい、両手を振りあげた。

「ロブ、全然見当がつかないわ」

「エクセターを逃げたら、きみに会えなくなることに気づいたのさ」

ロブの声があまりにも静かだったので、グレースは聞き間違えたのだと思った。「なんですって?」

「聞こえたくせに」彼はふたたびくるぶしに手を置いた。「ダンカン船長のおかげでここに滞在しているうちに、おれの気持ちは奇妙な曲がり角を迎えたようだ」

16

　さまざまな思いが乱れる顔ですわっていてよかった、とグレースは思った。彼女が足を動かすと、ロブは謝罪の言葉をつぶやいて手を離した。

「かわいそうに」心臓が胸を破りそうなほど激しく打っていたが、グレースはやさしくそう言った。「亡くなった奥さんが恋しいのね。わたしは奥さんに似ているの？」

　ロブは首を振った。「まるで似ていない。それがおかしな点なんだよ。エレインは争い事の嫌いな穏やかな女性で、声を荒らげたことなど一度もなかった。きみは心配性で、人を管理したがるし、平気であれこれ命令する」そう言ってにやっと笑う。「ダニエル・ダンカンが飼っていた、強情で一度噛(か)んだら放そうとしないラット・テリアにそっくりだ」

「あら、いやだ。するとあなたは頭がどうかしたんだわ」グレースはからかった。「中身はともかく、外見が似ているのかしら？　なにせあなたはホームシックなんだもの」

　ロブはまたしても首を振った。「気性も外見も、これほど見事に正反対の人間は想像できないくらいだ。エレインの髪はブロンドの巻き毛だし、体つきは小柄でふくよかだった。

こんなことを言っちゃ悪いが、パン生地をこねる仕事を長年してきたせいか、きみは肩幅が広いし、身長もほぼおれと同じくらいある。もちろん、腰はおれが知っている誰よりも細いが」

「それに髪はストレートで目は褐色よ」グレースは赤くなりながら思いきって言った。「ロブ・インマン、あなたは女に飢えているのよ！　男みたいな口をきいてごめんなさい。でも、そうとしか考えられないわ」ええ、そうですとも。グレースはほっとしたような悲しいような気持ちでそう思った。

「思ったことを口にしてかまわないよ。きみはそういう人だ。それに悪気がないことはわかってる。おれのほうも率直に言うと、たしかに四年前に妻が死んで以来、女性と楽しんだことはない。だが、違うんだよ、グレース。しばらく前からいろいろと考えてきた。きみの魅力の一部は、あくまでも一部だが、きみがどれほど自分が美しいかまったく気づいていないように見える点だ」

グレースは驚きのあまり、とっさに気の利いた答えを口にできなかった。しばらくしてためらいがちにつぶやく。「母はわたしがきれいだと言ってくれたわ」

「お母さんの言うとおりだ。それにきみは頑固だし、自分の意見に固執する。おれは妻を愛していたよ。だが、エレインは自分の意見というものを持ったことがなかった。少しのあいだ黙って聞いてくれないか」彼はグレースをちらっと見た。「思うに、きみとおれには共通点があるんだ。これまではそういう女性に会ったことはなかったが、まあ、船乗りはあまり女性のそばにはいないからな。案外、きみのような女性は星の数ほどいるのかもしれない」

グレースは片足で彼を突き、促した。「何を言いたいの、ロブ・インマン。そろそろ忍耐が切れかけているわよ」ええ、その調子。冗談にまぎらしてしまいなさい。

「エレインなら、決してそんなことは言わなかっただろうな。妹と違って、彼女は忍耐のかたまりだったから」

シーツの上からくるぶしをつかまれ、グレースは笑った。それからエメリーがキッチンのそばの使用人の部屋にいるのを思いだして口を覆った。

ロブはくるぶしを離し、片方の肘を膝に突いてグレースを見た。「グレース、きみはいわば起業家だ」

「なんですって？」グレースはくるりと目を回した。

「ちゃんと聞こえたはずだし、意味もわかっているはずだぞ。きみは思いつきを実行し、成功させる」

グレースは彼ににじり寄り、腕をつかんで揺すぶった。「ばかなことを言わないで。わたしはパン屋の助手にすぎないわ。店を買うだけのお金を集めることができなければ、一生助手のまま終わる」そう言って強調するように腕を振った。「ここに来る前は、パン屋た。

のひと部屋に住んでいたのよ」

彼女はロブの両腕をつかみ、理解させようとして……この状況のばかばかしさに気づいた。

「あなたの言うとおりね。わたしは大きな声を出す。それに率直だし、自分の意見に固執するわ。そのどれが耐えがたいほど魅力的なのかしら？」グレースはそう言って笑いだした。

「ああ、グレース、きみには想像もつかないよ」ロブも笑いながら言い返す。

「神に誓って、あのお店が自分のものになったら、いくつか改善するわ」

「ほらね？　そう言うと思った」彼は勝ち誇って宣言した。

「何が〝ほら〟よ？」

「つまりこういうことさ。グレース、いつか、ナンタケットから来た戦争捕虜のほかにも、誰かがきみのなかのその魅力に気づく日が来る」ロブは説明した。「そいつはずいぶん運のいい男だろうな。たとえ世界がばらばらになっても、きみに任せておけば、なんの心配もいらないんだから」

「何を言っているのか、さっぱりわからないわ」グレースはさらに近づき、ためらった。彼が欲しくてたまらないが、ロブのほうはそんなことを思ってもいないようだ。

「おれもどっちかというと起業家だ。だからわかるんだよ。パン屋のひと部屋に住んでいるのがどうした。きみがいつか愛するかもしれない男に何かが起こっても、きみはしっかりと歩みつづけ、繁栄する。その幸運な男は、自分の子どもが路頭に迷う心配をする必要はない」ロブはおさげを引っ張った。「わからないのかい？　これは男にとっては大きな魅力なんだぞ」

「あなたはベツレヘム病院にいるべきね」グレースはようやく笑いやんで、どうにか声を絞りだした。

「とんでもない。おれの頭はしっかりしてるよ。実際、これほどしっかりしていたことなどないくらいだ。きみはおれを養い、おれの心配をし、退屈をまぎらすために仕事を見つけてくれた。そのあいだ、おれはじっくりきみを研究していたんだ。最初は弱りすぎて動けず、ほかに何もすることがなかったからだが、そのうちきみがとても興味深い素材だと気づいて、注意深く観察しはじめた」

なるほど、それは自然の成り行きかもしれない。「で、たくましい生命力が、いつか気の毒な殿方にとって、わたしをたまらなく魅力的にしてくれるのね」

「そのとおり」

「喜ばしいこと」彼の軽い調子にほっとして、グレースは調子を合わせた。「でも、もっと重要な問題があるわ。あなたもわかっているはずよ。わたしたちはセルウェイ弁護士を見つけられなかった。それに誰ひとり信頼できない」

「ウィルソン夫妻は信頼できる。それにきみも」

信頼してくれないほうが、わたしの心のためにはいいのに。「それにトムソン卿はなんとかしてあなたをダートムアに送り返す方法を見つけようとしている」

「ああ、そうだろうな」

グレースの目がうるむのを見て、ロブは指先で涙を払った。

「あまり心配するなよ、グレース」彼は低い声で言った。「いつかそのうち、おれはたんなる記憶になる。きみはパン屋とすばらしい男を手に入れる」

わたしが欲しいのはあなただけよ。そう思うと涙がこぼれた。

ロブは大きな音をたてて濡れた頬にキスし、グレースを笑わせた。「教えてくれないか、どうしておれを選んだんだい？」

この問いに、ダートムアの刑務所と、死にかけている船長と、それをとりまくひげだらけの骸骨のような男たちが目に浮かんだ。わたしはなぜロブを選んだの？　あれから何度自分でもそう思ったことか。「それは……」

「考えるんだ。きみはダンカン船長のそばに膝をついていた。彼が何か言ったのかい？」

「静かにして！　考えているところよ！」

グレースははっと身を起こした。あのときのことがつい昨日のようにあざやかに浮かんでくる。死にかけた男、あの不潔きわまりない、悪臭に満ちた恐ろしい牢獄。でも、そこには何かがあった。どうしてこれまで気づかなかったのか。

グレースはゆっくりと言った。「あなたは気づいていなかったと思う。わたしもはっきり意識していたわけじゃないの。でも、船長の代わりを選ぶために見まわすと、ほかの人たちがほんの少しあなたから離れたのよ。まるで、あなたを見てくれというように。だからわたしはあなたを見て、あなたを選んだ。ええ、それに間違いないわ」

今度はロブの目に涙があふれた。こんなことをしてはいけないと思いながらも、グレースは少しでも慰めたくて彼の顔に手を置いた。

「オロンテス号の乗組員は、明らかにあなたを買っていたようね」

「買っている、だ。過去形じゃない。彼らはまだ生きている。ああ、どうか生きていてくれ。おれにできることがあれば、なんでもするのに」

「彼らもそれがわかっていた……いるのよ。ああ、ロブ、わたしたちはどうすればいいの？」

「〝わたしたち〟かい？」

「もちろんよ」グレースは事務的な調子で言った。たとえロブ・インマンのことをこれまでの何よりも、誰よりも欲しいとしても、それを気づかれてはならない。「戦争は永遠には続かないわ」

グレースは彼を見た。ハンサムで健康的な、自分とほぼ同い年の男。生き延びたいという意志を全身で示しながら川に入り、クレソンを噛んでいた彼の姿が目に浮かぶ。できることなら、自分の人生を思いどおりに歩むに違いないが、状況が変わるまでは、たとえ彼にどんな感情を持っていようと、彼を助け、守らねばならない。

「できるかぎりの手助けはするわ。でも、逃げるのはやめて。どうか、そんなことは考えるのもやめてちょうだい」グレースはそう言ってぶるっと体を震わせた。

ロブがうなずくのを見て手を離すと、彼は顔をしかめ、指を動かした。「すごい握力だ。日頃パン生地をこねているせいだな」彼はドア口から投げキスをした。「明日はドーナツの日だぞ」

「なんの日ですって?」急にそう言われ、グレースは驚いて聞き返した。

「ドーナツだ。ウィルソン夫妻がひと財産作る手伝いをするのさ。言ったはずだぞ、アイディアにあふれているのはきみだけじゃない」

「ドーナツ?」グレースは疑いを隠そうとした。

「そうだ。ナンタケットの隣人はこう言うだろうな。そういう顔をするのはやめたほうがいいぞ! そんな顔の女と結婚したがる男はひとりもいないからな!」

「かまわないわ」グレースは閉まったドアに向かってささやいた。「あなたを愛しているのに、どうしてほかの人と結婚できるの?」

「ふたりがおれの気まぐれを大目に見てるのはわかってる」翌朝ロブはパン生地の桶の前で、へらを使ってイーストを小麦粉のなかに練りこみながら小声で言った。「ありがたいことだ」

「ふたりともあなたが好きなのよ」クインビー・クリームの生地をかき混ぜながらささやき返す。「あんなに大量のラードを頼んでも、ウィルソンは瞬きもしなかったけど、いまごろは何に使うのか好奇心ではちきれんばかりのはずよ。わたしもだけど」

「もうすぐわかるさ。これまで食べたこともないほどうまいものができる」

ロブは口笛を吹きながら砂糖を加えた。「そのナツメグとおろし金を取ってくれないか」

彼は香りのよいスパイスを少しすりおろし、おかみさんがちょうどよい温度に温めた牛乳を加えた。そしてボールを覆い、一歩さがった。「あとは醗酵するのを待つだけだ」

一時間後、ロブは膨らんだ生地を延ばし、テーブルで休ませた。「ナンタケットのパン屋は真ん中に丸い穴が開いてる丸いブリキの型を使う」ロブはそう言って、ウィルソンが鉄鍋に入れたラードをちらっと見た。「だが、そのカッターはここにはないから、小さくちぎって、それを転がして縄状にする。ほら、こんなふうに。そして両端をくっつける」

彼は手早く十あまりの輪を作り、熱くなったラードのなかに慎重にそれを入れた。生地がじゅうじゅういい、ナツメグのにおいがぱっとあがる。彼女が長い柄がついたフォークを渡すと、ロブはそれを振りまわし、フェンシングのポーズで突き刺してふたりの少年を笑わせた。「そろそろひっくり返すぞ。そしてこっちも金色になるまで焼く」彼はおかみさんに言った。「奥さん、この器に砂糖を入れてくれませんか？　グレース、その布を広げてくれ」

まもなくこんがり焼けて、つやつやと光ったドーナツが布の上に並んだ。まだ温かいうちに、ロブはひとつずつ器にさっとくぐらせて砂糖をまぶし、それを皿にのせた。みんながドーナツを見るために集まってきた。

いったいどんな味がするのか？　誰もが待ちきれずに見つめるなか、ドーナツが食べられる温度に冷えてきた。ロブは皿を回した。

「まあ、ロ……ダンカン船長！」グレースはまだ呑みこまないうちにそう言った。

彼も自分のドーナツを食べ、うなずいた。「ああ、だいたいこんな味だ」そしてみんなの顔を見まわした。「どうかな？」

グレースは最初のひと口を呑みこみ、もうひと口食べた。外側はかりかりで、温かくてなめらかな内側はかすかにナツメグの味がする。目を閉じて味わっていると、ロブが肘でこづき、ささやいた。「ウィルソンを見てごらん」

彼のなんともいえぬ幸せそうな顔を見て、グレースはもう少しで噴きだしそうになった。

「これで、この店の年季奉公は戦争が終わるまで確保されたわね」グレースはささやき返し、皿に残ったドーナツを見ながら自分の分をたいらげた。

ふたつめに手を伸ばしたのは、ウィルソンのほうが早かった。「こんなにうまいものは、食べたことがない」

「これがうまいと思うなら、コーヒーに浸して食べてみるんですね。牛乳でもいいが、おれはコーヒーのほうが好きです」ロブはウィルソンに近づいた。「本通りのはずれにある喫茶店で、毎朝これをひと生地分売ることができますよ。最初の日だけはただで食べさせる。そうすれば、間違いなく一週間分の注文が取れるはずだ」

「どこでドーナツ作りを覚えたの？」グレースはふたつめに手を伸ばしたが、ロブがさっとかすめ取った。

「キスをしてくれなきゃ、これはやれないな」

おかみさんがロブに歩み寄り、シャツの前をつかんで唇にキスした。「イルマ！」夫が笑いながら非難する。

ロブはカウンターを回りこみ、戸口に立っている子どもたちの手が届かないように、お皿を高くあげて、通りをさっと見渡した。「グレース、ちょっと来てくれ」

彼女はすぐ横に立って、ナツメグのかすかな香りを吸いこんだ。

「あそこにいるのは醜い執事じゃないか？」

「スマザーズ？」グレースは顔をしかめ、ため息をついた。「エメリーもいるわ」

「ふたりにドーナツを持っていくとしよう。だからきみも一緒に来たほうがいいぞ」

「そのドーナツの半分をくれたらね」

「キスをしなきゃだめだと言ったろう」

グレースが頬にキスすると、彼はドーナツをちぎって半分をグレースの口に入れ、残りを自分で食べながら通りを横切り、蝋燭職人の戸口へと向かった。そこではスマザーズがロンドン・タイムズを読んでいた。

「ドーナツをいかがです、ミスター・スマザーズ」ロブは陽気な声で言った。「昨日はエクセターへ行ったんですよ。あなたも誘ったほうがよかったかな?」

スマザーズは無表情な顔でドーナツをひとつ取り、ロブから目を離さずにむしゃむしゃ食べた。「もっとうまいものを食べたことがある」

「どこで?」

どうやらスマザーズは、そんなことを言うつもりではなかったらしく、自分の失言を恥じたように顔を赤くして、新聞をふたつに折り、蝋燭職人の店に入っていった。

ロブはまたしてもグレースをこづいた。「ごらん、エメリーだ。スマザーズを見張ってくれてる」

ロブはグレースを従えて三軒先の食料品店に行き、エメリーにドーナツの皿を差しだしてにこやかに言った。「きみの分だ。スマザーズはあまり礼儀正しい反応を示さなかったが」

　エメリーはドーナツを食べ、感極まって叫んだ。「うまい！　あんたが作ったのかね？」

「死んだ妻のレシピだ」ロブは謙遜した。「彼女の母親がニューヨーク出身のドイツ系移民でね。どうだい？」

「たいへん結構」エメリーはそう言ったあと声をひそめた。「グレース、あんたのために食料品店で訊いてきたんだが」

「わたしは何も……」

「わかってるさ。とにかくわしは訊いてみた。するとエクセターの私書箱気付けでセルウェイ宛に送った請求書は、きちんと支払われているとさ」彼は首を振った。「セルウェイ弁護士があんたに居所を話そうとしないのは、よからぬたくらみがあるからだとしか思えないが……」

「彼に手紙を書いて、もう少しお金をもらおうと思っているの」グレースはそう言って、ロブにほほえみかけた。「ナツメグとラードを買うための運転資金が必要だもの」

「じゅうぶんかつ満足できる金額を送ってくれるだろうよ」

「じゅうぶんかつ満足できる、だって？　エメリー、きみは庭師かもしれないが、どんどん執事みたいな話し方になっていくぞ！」

「わかってるとも。すばらしいことだ」彼は優雅に頭をさげた。「さてと、それじゃスマザーズの見張りに戻るとしよう」

彼らは笑い、通りを渡って、最後のひとつをたまたま来ていたレディ・タットと鼠のようなコンパニオンに差しだした。そしてレディ・タットが喜びの声をあげると、にっこり笑った。

彼はパン屋の前で立ち止まり、店の表を見上げた。「この店にはキャンバス布があるかな?」

「たぶん」

「ペンキは?」

「あるわ。何をするつもり?」

彼は足を少し開いて立ち、両手を広げた。「旗を作るんだ。ヤンキー・ドゥードル・ドーナツ、というのはどうだい?」

「そのうち誇大妄想でベツレヘム病院に入ることになりそうね」グレースは真面目くさって言おうとしたが、抑えきれない興奮がこみあげて途中から笑っていた。「クインビーの人たちは、慎ましいことに誇りを持っているのよ!」

「誇大妄想でウィルソン夫妻が少しばかり品を落としても、彼らが金持ちになるほうがはるかにいいさ。これは、おれたちの最初の合同作品だ。ほかの店もそのうちドーナツを作りはじめるかもしれないぞ」

「平和協定が結ばれるのに時間がかかればね」

「そのとおり」ロブはグレースの肩をつかみ、顔を近づけた。「これほど楽しかったのはいつのことか、教えてもらいたいな」

「そういうときがあったと言えば嘘になるでしょうね」グレースは静かに答えた。愛、友情、呼び方はどうあれ、彼女はみぞおちのなかでその魔法を感じた。ひょっとすると、ラードをたっぷり吸ったドーナツで胸焼けがするだけかもしれない。でも、グレースには、それが希望のように思えた。

17

　旗は翌日の午前中にはできあがった。ウィルソンは喫茶店に二ダースのドーナツを持っていき、戻ったときには、日曜日をのぞき、毎日二ダースの注文を持ち帰った。

「そしてみんなにやって見せたんだ。どうやってコーヒーにつけて食べるかを。地主のミスター・レッドは感激して泣かんばかりだったよ」

「どうして？」

「きみの国が独立を宣言したとき、彼はニューヨーク市に駐屯していたんだ」ウィルソンは説明した。「ドイツ人のコックが同行するのを拒否したときは、連隊全体が打ちひしがれてそこをあとにしたそうだ」

　ロブは笑った。よかった。彼は楽しんでいる。そんな彼を見ていると、グレースは自分の胸まで膨らむようだった。

　旗のおかげだろうか？　それとも昨日の子どもたちの？　レディ・タットの？　理由は

どうあれ、まもなく新しい製品の味見にやってきた客で店はいっぱいになった。

「ありがとうございます、奥さん。気に入ったらお友だちに勧めてください」ロブはみずからパン屋に足を運んだ司祭夫人のために、ナツメグ味のドーナツを油紙のなかに六個ばかり入れ愛想よく言った。「友だちがいれば、だが」高慢ちきな司祭夫人が見下すように彼を見て店を出ていったあと、そう付け加えた。「しかし、噂が広まるのはナンタケットと同じくらい速いな。ナンタケットでも、オレンジ通りのはずれで起きたことは、あっというまに丘の上の製粉所まで達してるんだ！」

ドーナツはお昼前に売り切れていた。ロブはもう一回分こねて、醗酵するのを待つあいだにグレースとふたりでブリキ職人の店を訪れ、ドーナツの型をふたつ作ってくれと頼み、炭を使って職人の作業台に型の形をざっと描いてみせた。彼がたったひとつ残ったドーナツを差しだすと、職人はそれをふた口食べて、明朝までに作ると約束してくれた。

職人は作業台に描かれた簡単な図を眺めた。「真ん中の生地はどうするんだね」

ロブは黙って唇をなめた。職人の顔を見ながらグレースは心のなかで大いに笑った。

「ドーナツの穴は、おそらくいちばんうまい場所だろうな。それがひとつかみと、コップ一杯の牛乳があれば、誓って言うがその日は大いに満足して過ごせるね」

職人と航海長は声を揃えて笑った。これもみんなドーナツのおかげね、グレースは満面の笑みでふたりを見守ったが、店を出て通りの向かいで腕組みしているスマザーズが目に入ると、笑みが消えた。

「エメリーはどこだい？」ロブがいたずらっぽく目をきらめかせた。「あそこだ。楡の陰に隠れようとしている。もう少し楡に似ていれば、うまく身を隠せるんだが」

ロブは苦虫を噛みつぶしたような顔のスマザーズに向かって陽気に手を振った。

「あいつは癇癪持ちだな」ロブはつぶやいた。「おれがクアールにいるのがなぜトムソン卿をそれほど苛立たせるのかわかればいいんだが。あの男がここにいる理由がそれだとしたらね」ロブは通りを渡りはじめた。「彼に訊いてみよう」

グレースは彼の腕をつかんだ。「ロブ……ダンカン船長、ばかなことはやめて」

「なんだよ、つまらない」彼は抗議したものの、口元には笑みが浮かんでいた。「頼むと言っても、おれの言いなりにはなってくれないだろうし、醜い執事を少しばかりからかうのも許してくれない。そんなにまでして、一年に三十ポンド稼ぐ必要があるのかい？」

「エレインはいったいどうして我慢できたのかしら？」

すると彼は遠くを見るような目でグレースの肩に触れた。「おれを愛していたからさ、グレーシー」

わたしもよ、グレースは思った。「いまは醜い執事を怒らせないほうがいいわ」

彼はため息をついたものの、スマザーズに手を振り、エメリーには親指をぐいとそらした。エメリーはふたりが楡の木を通過するときに親指を立てて合図を返してきた。グレースは目を閉じ、十数えた。

その夜、店の鎧戸と鍵が閉まったあと、店の者は全員が十以上数えることになった。ウィルソンは両手をこすり合わせ、おかみさんがカウンターの現金箱を注意深く空にするのを上機嫌で見守った。「わしらは金持ちだぞ!」彼は、ペニーと半ペニーと、ときどき混じっているシリングを数えているグレースにそう宣言し、満足な男を絵に描いたように鼻歌を歌いながら、グレースの分を取り分けてキャンバス地で作った小袋に入れ、ロブの前にも分け前を置いた。「これはあんたのだよ、若いの。もっと渡すべきだろうが……」

ロブは首を振った。「ありがとう、これでじゅうぶんです。おれはただ思いつきを行動に移しただけで、材料を提供したのはあなたですから」彼は小さな山をもてあそびながらおかみさんに目をやり、投げキッスをした。「そしてあなたはその奥さんだ」

驚いたことに、しっかり者のおかみさんが赤くなってにっこり笑った。ウィルソン夫人が赤くなるなんて、グレースがここで働きだしてから初めてのことだ。暗い道を帰る途中で彼女はロブにそう言った。

「彼女が最初にああやってにっこりしてくれたあとは、すべてがうまくいくとわかったのよ」グレースはそう言って彼を軽く押した。「でも、それには一年以上もかかったのよ!

あなたはおかみさんにヤンキーの魔法を使っているに違いないわ」

「やきもちを焼いてるのかい、グレーシー？」

「いいえ、とても嬉しいだけ。ロブ、あなたはできるだけたくさんの味方が必要よ。とくにスマザーズがまるで悪臭みたいに張りついているんですもの」


夕食はいまやキッチンでするのがあたりまえになっていた。グレースはスマザーズの見張りをしているエメリーとそのことを笑いながら、油で炒め、少量の水でとろとろと煮込んだあと、質素な食事をテーブルに並べた。

「わしは自分にこう言い聞かせてるんだ。〝なんでもいいからあの醜い男を見張れ〟とな。やつはわしから隠れていられると思ってるようだが、とんでもない話だ」

「まるで鬼ごっこね。おかみさんが言ってたわ。どっちがどっちを見張っているんだかわからない、って！」

エメリーは笑いながら首を振った。「ウィルソンのかみさんは鈍いからな」

「おい、それは少し言いすぎじゃないか、エメリー」ロブが彼に向かって顔をしかめた。

「きみがそんなことを言うとはね」

庭師から執事に昇格したエメリーは首を振った。「残念ながら、あのかみさんの評価は未定でね。もちろん、不公平なことはわかってる。かみさんは、あんたのヤンキー・ドゥードル・ドーナツをすばらしい思いつきだと思ったんだからな。そうだろ?」

「そのとおりだ」ロブはにやっと笑った。「正直に言えよ。自分で思いつけばよかったと思ってるんだろう?」

「ああ、そのとおり。あんたはわしらをアメリカ人にできるかもしれんな!」

翌日は、グレースが覚えているかぎり初めて、開店十五分前から行列ができた。無駄になるかもしれないと思いながらも、セルウェイ弁護士に書いた手紙を投函して戻ってくると、店に入ろうとする人々に後ろから押し倒されずに細く開けた隙間から入りこむのに苦労した。

「ごらん、みんなが時計を確かめてる」かまどの火を調節していたウィルソンがちらっと顔を上げて言った。「かみさんが店を開けるのがちっとでも遅れたら、たいへんな騒ぎになるだろうな。バスティーユのときみたいに!」

「アイ。ブリキ職人が型を持ってきた。あの男を入れてやりましょう」

「あなたは奇跡を起こしているわ」グレースは何時間もあと、裏の小部屋で靴を脱ぎ、靴下だけの足を同じオットマンにのせているロブに言った。一日中ドーナツを作るためにめまぐるしく働きつづけ、ようやくひと息入れたところだった。「ウィルソンの義理の息子がどこかの湖のそばで戦死したあと、あのふたりはとても落ちこんでいたの。湖の名前は……たしかエリー湖だったわ。この発音でいいの？」

ロブはうなずいた。「激しい戦いだったそうだ。両陣営で多くの血が流れた」ロブが自分のドーナツを差しだすと、グレースは首を振った。「それでウィルソン夫妻は、おれをここで使うのをなんとなくしぶったのか」疲れた顔に満足の笑みを浮かべ、彼は椅子を傾けた。「この成功はきらめく機転と性格のよさと、ヤンキーの処世術のおかげだな」

ロブ独特の冗談だが、実際そのとおりだ。「あなたはわたしたちとは違うわね。しかもよいほうに」彼女は衝動的にそう言った。「つまり……よくわからないけど……」

「だが、この国の政府は、英国に生まれた人間は何があろうと英国人だと言ってるぞ。きみもそう思うかい？」ロブは静かに言った。

「昔は思っていたわ。アメリカ人と知り合う前は」グレースは彼にもたれた。「たとえ英国生まれでも……あなたはまったく新しい人間だわ。率直で、誠実で、ちっとも堅苦しくなくて……」

「それに？」ロブがあまりにも近くにいるので、ともすれば彼の手に触れたくなる。

「自尊心が強くて、自信たっぷり」ロブの物憂い笑みが浮かぶのを見て、グレースは彼を抱きしめたくなった。

「きみの目にはおれはそう見えるのかい？」

グレースはうなずいたものの、ためらった。言いたいことはたくさんある。無力な戦争捕虜で、昔の自分なら完全に無視したに違いない生い立ちなのに、どうしてそんなに前向きに生きていられるのか？　彼女は立ちあがり、ふたたび靴を捜しながら、あとから思いついたようにつぶやいた。「民主主義はとても大きな平等をもたらすに違いないわね」

「アイ、グレーシー。一度でもそれを味わったらやみつきになる」

ありがたいことに、クインビー村の人々はロブのドーナツがすっかり気に入った。

「あれを見て」おかみさんがひとつ、ふたつ、それから一度に十個もドーナツを売るのを見て、グレースはささやいた。ドーナツ依存症は驚くほどの速さで浸透している。

「おれとしては、謙虚に――」

グレースはさえぎった。「いいえ、これは成功としか呼びようのない現象よ！」

ロブはにやっと笑い、新たな友である客たちに注意を戻した。

グレースは人々に気さくに声をかけ、軽口をたたきながらドーナツを売るロブを見守った。彼はどんな客にも必ず言葉をかけている。

グレースも客にドーナツを売りながら思った。これほどの魅力があれば、ナンタケットの住民全員の心をつかむこともできるわね。グレースはがっしりした肩をほれぼれと見た。現にわたしの心をつかんでしまった。

秋の訪れを告げる冷たい風のなかで、グレースは彼がお手製のヤンキー・ドゥードル・

ドーナツの旗をおろすのを手伝った。それを見ていた村人がちょっとしたパニックに陥り、ついに不安にかられた地主がみずからいつもの列を肩で押しやり、先頭に出てきて尋ねた。

「旗をおろすのはドーナツの販売をやめるからかね？」

「ご心配なく」ロブは片手を上げて誓い、彼を安心させた。「この旗がクインビーの品位を落としてはいけないと思ったんですよ。ドーナツはちゃんとあります」

列に並んでいる人々が一斉に安堵のため息をもらすのを聞いて、グレースは笑みを隠した。クインビーの住民はいそいそとドーナツを買って帰っていった。

だが、ひとりだけはべつだ。グレースはカウンター越しに、思わず一歩さがった。スマザーズが店に入ってきたのは初めてだった。

醜い執事というあだ名は必ずしも正しくないかもしれない。たしかにつるつる頭にあばた面だが、石壁のようにがっしりした体つきで、憎い敵だというのにグレースは筋肉の盛りあがった肩につい目を奪われていた。無意識にあとずさりしたのは、昔、漁師の網にかかったのを見たことがある大きな魚のような、表情のない目のせいかもしれない。

「い……いらっしゃい」

思わず口ごもる彼女に首を振り、スマザーズはテーブルの向こう側で生地を切っているロブに目をやった。

「どこへも行かないのは、ドーナツだけではないぞ」

スマザーズはそう言うなり新聞でぴしゃりとカウンターをたたいた。グレースはびくっとして飛びあがり、スカートの裾にすり寄っていた猫を驚かせた。

彼は新聞を開き、上段の記事を示した。「きさまの貴重な首都を焼いたぞ、ダンカン。きさまはアメリカ人か？　だが、アメリカはもうすぐなくなる」

それだけ言って、スマザーズは立ち去った。青ざめたロブがテーブルを回り、新聞をひったくるようにつかんで、黙ってその記事を読みはじめた。グレースが見ていると、ハンサムな顔にはまず疑い、次いでショック、絶望、最後に悲しみが浮かんだ。

「英国軍が首都のワシントンに火を放った」しばらくしてロブが言った。

彼はひどくわびしい顔でグレースが慰めようと腕に置いた手を払いのけ、新聞から顔を上げた。店に背を向けて通りを渡りながら、醜い執事が笑う声が聞こえてくる。

「なんてやつだ」ロブは怒りをこめた低い声でつぶやいた。それから、もっと低い声でこう付け加えた。「英国人のくそったれが」

グレースはかっとなったものの、怒りを呑みこんだ。ロブは自分の命を狙っている敵からひどい知らせを受け取ったばかりなのだ。スマザーズはいつものように蝋燭職人の店の前で外壁にもたれ、パン屋のふたりをふたたび見張りはじめた。

それが目に入ると、せっかく静まった怒りがまた燃えあがった。ただ……スマザーズの目のなかの何かが引っかかった。あの表情は……ただの敵意だろうか？

18

クアールへ戻る道すがら、ロブはひと言も口をきかず、顔をそむけてスマザーズが上階の窓から見張っている侯爵邸の母屋を通り過ぎた。ダウアハウスに着くと、彼はうなだれてのろのろと階段を上がった。

キッチンではエメリーがやはりこの知らせを悲しんでいた。「この調子だと、合衆国は短命に終わるかもしれんな」

「彼の前では、そんな気の重い見通しを口にしないほうがいいわ」グレースは助言した。

「しかし、事実に直面する必要があるかもしれんぞ」

キッチンも二階も憂鬱な雰囲気だ。「そんな、あまりにもかわいそうだわ」グレースは鋭く言い返した。

「わしだって気の毒だとは思うさ。しかし、ときには……」エメリーはまた首を振った。

ロブはしばらくひとりにしておいたほうがよさそうだ。グレースは自分にそう言い聞かせキッチンで繕い物を手に取った。いまは英国人の顔は見たくないかもしれない。だが、この決心はロブの靴下をひとつ縫うあいだだけしか続かなかった。グレースはウィルソン夫妻が寝室に上がったあと、かまどの裏でひとり寂しく過ごした時間のことを思いだした。誰かに一緒にいてほしいと思ったことを。あれだけ人の好きなロブのことだ、ひとりでいればいっそう気が滅入るに違いない。

そこでまだ温かいシチューを器に入れ、大きなコップにお茶を入れて、ロブのドアをノックした。

「放っておいてくれ」

「世話がやける人ね」彼女はつぶやきながらさっさと入り、ベッド脇の小テーブルにトレーを置いた。ロブは仰向けに寝て天井をにらんでいたが、泣いていたらしく、グレースが入っていくと腕で目を覆った。

「放っておいてくれと言ったろう」

「無視することにしたの」彼女はくしゃくしゃになって床に落ちている新聞を拾い、椅子にすわってらくな姿勢を取った。

問題の記事はたしかに憂うべきものだった。ロス将軍が〝軍隊もどき〟をブレイデンバーグで総崩れにさせたあと、その知らせを送ってきたとある。〝われわれはアメリカ軍の逃げ足の速さに感銘を受けた。敗北した敵に寛大になり、この戦いをブレイデンバーグ・レースと呼ぶことにしよう〟

グレースはしだいに苛立ちながら、ロスと配下の将校たちが〝ジェミー・マディソン大統領官邸〟で、大統領が逃げたあと彼のために用意されていた夕食のテーブルに着いたくだりを読んだ。〝礼を失することになるが、われわれは官邸に火をつけ、食い逃げ同然にそこを出た。なんという思いやりに欠ける客であろうか〟無礼なうえに嫌味な男だ。まもなくその地域全体が火の海となり、英国軍はボルティモアに進軍するとある。

それ以上読みつづけることができずに、グレースは新聞を置いた。

「ひどいと思うだろう？」

グレースはうなずき、新聞をふたたびくしゃくしゃにして、火のない暖炉のなかに投げた。

「ええ。思うわ」彼女は低い声で言った。「でも……少し前は、平和協定を結ぶために、英国もアメリカもベルギーで話し合うことになっていたんじゃなかった？」

「アイ」ロブは腕を顔に戻し、くぐもった声で答えた。「英国はそのために優位な立場に立とうとしているんだ」

「アメリカ人は降伏するかしら？」

「その可能性はないな。開拓地が燃え、海岸沿いの町は破壊されて、政府がどこにあるかもわからない状態だろうが、降伏はありえない。民主主義を投げ捨てるわけにはいかないんだ。だが、それを守るのは産みの苦しみだ。しかも、これは六週間も前のニュースだ！

おれの国がまだ存在しているのかどうかさえわからない」

彼は鼻梁を押さえ、嗚咽を止めようとした。

グレースは自分の目にも涙があふれるのを感じながら彼を見守った。今朝はあんなに陽気に海へ戻る計画や、いつか自分の船を持ち、アメリカの品物を世界に運ぶ夢を語っていたのに。村の人々は彼の冗談に笑い、敵の捕虜とはいえ彼を好きになった。信頼してさえいるかもしれない。ところがスマザーズがいきなり店に入ってきて、この新聞をカウンターにたたきつけ、すべてを変えてしまった。

ロブの嗚咽を聞いていると、胸が張り裂けそうになった。彼はここに拘束され、祖国のために何ひとつできずにいる。ロブは全身でその苛立ちを表していた。

「もう泣かないで」グレースは靴を脱ぎ、エプロンをはずして彼のかたわらに横になった。ロブの反応は見当もつかなかったが、ただすわって彼の嘆きを見ているのは耐えがたかった。あとになれば愚かな真似だと思うだろうが、グレースはロブに腕を回し、彼を自分に引き寄せた。

ロブは体をかたくした。が、それは最初の何秒かだけで、すぐにグレースに腕を回してしがみついてきた。グレースは柔らかい胸にロブの頭を押しつけ、彼の涙が止まるまでやさしく慰めつづけた。

ロブはグレースがベッドの端にいるのに気づいたらしく、しっかりと抱いたまま真ん中に引き寄せた。グレースは逆らわずに彼の背中を、痩せていてもたくましい筋肉をなでた。

「ひとりで苦しむ必要はないのよ。悲しみは薄れるわ」彼女はささやいた。

さらに引き寄せられると、グレースはもう何も言わず、ただ背中を、髪をなでた。

部屋のなかが暗くなり、冷えこんできた。秋が深まっていくのだ。「アメリカで起きているることが、すぐにわかったらどんなにいいかしら」

「ばかな願いだ」

「そうね。少し眠るといいわ」

グレースが口にした単純な不満に心がなごんだのか、まもなくロブは体の力を抜いて、深く呼吸していた。

彼が寝入ったことを知ると、グレースは起きあがり、シャツのボタンをはずして、ベルトもはずし、裾を引きだした。靴はすでに脱いである。ズボンの前のボタンをはずしていると、ロブが動き、グレースの手をそこに閉じこめた。が、グレースが真っ赤になったのを見て低く毒づき、横向きになってグレースの手を離した。

あとずさりしてベッドをおりようとすると、彼が手首をつかんだ。「グレース、ここにいてくれ。頼む」

「いいわ。でも、あなたが礼儀正しく頼んだからよ」グレースはふたたび横になり、ロブがぐっすり眠るのを待って、袖口からハンカチを取りだし、目のまわりと頬の涙の跡をそっと拭った。

翌朝、ロブは少し元気が出たようだった。グレースは彼が腿まで持ちあがっていたスカートの裾をおろしているのを感じて目が覚めた。

「眠っていると思ったのに」彼は自分の手を示した。「ゆうべ、きみがおれの枕によだれをたらしているときに、いやらしいことをしていたと思われたくなかったんだ」

夜のあいだに彼が上掛けをかけてくれたようだった。部屋のなかは寒く、温かいベッドから起きる気になれない。グレースの頭は彼の腕にのっていた。「わたしはよだれなんかたらさないわ。でも、腕がしびれたわね」

「アイ」

「頭をおろすべきね」そう言ったものの、グレースは動かなかった。

「そうしてもいいが、きみは頭を上げたら、腕をどけろと言うだろう？　そうしたくないんだ。きみの髪に触れていたい」

グレースは気の利いた答えを思いつけずに、毛布にもぐりこんだ。「働くのはいやじゃないけれど、朝早く起きるのは嫌い」

「いつかまた、昔のようにゆったりと暮らせるさ」

「ええ、豚に翼が生えたらね」

「グレース、きみならそのうちすばらしい相手が見つかると言ったろう？　きみ自身の企業家が」

「豚に翼が生えたらね」グレースは繰り返した。

ロブは寄り添って横たわり、髪のにおいを吸いこんだ。「どうしてかな、きみはまだシナモンの香りがする」

彼が低い声をもらし、いきなりうなじに軽く歯を立てた。グレースは悲鳴をあげてベッドを飛びだし、笑いながら裸足(はだし)のままドアのところに立った。ロブはほほえみ、仰向けに寝て目を閉じた。

「今日は村に行かないよ。客にあざ笑われるのは、考えただけで耐えられない」

グレースはベッドに戻り、彼を揺すぶった。「あなたの不運を喜ぶ人などいないわ。そんなことを考えているなら、ばかなのはあなたよ。わたしは行ってドーナツを作るわ。ひとりで残していくほどあなたを信用できないから、一緒に来るのよ。逃げだすに決まってるもの」

「ああ。逃げるかもしれないな」彼は暗い声で言った。

「逃げないと約束したでしょう。わたしがちゃんと見張っているわ。そのために毎晩この部屋で眠る必要があれば、そうするわ」グレースは厳格な調子を保とうとしたが、愚かな気がしただけだった。

「きみは頑固だな」彼はあきれたように言った。「それに、がみがみうるさい！　エレインはおれを怒らす前に泣き崩れたもんだ」

「わたしはエレインじゃないし、エレインには決してならないわ」

いまの言葉にロブが傷つかなかったことを願いながら、グレースはベッドを離れた。エクセターに遠出した日のことはいまでも心にかかっている。ロブはうんざりした顔で体を起こし、考えこむようにグレースを見つめた。

「ひと足先にキッチンに行くわ」彼女は静かにそう言ってドアを閉め、つかのまそこにもたれた。わたしはいつもあなたと一緒よ、グレースは思った。でも、あなたにそれを知らせる必要はない。


朝食のテーブルは静かだった。お粥をたっぷり食べたあと、ふたりはクインビーへ向かった。クアールのどこかで落ち葉を燃やしているらしく、そのにおいを冷たい風が運んでくる。秋はグレースのいちばん好きな季節だ。「ナンタケットには、楡の木がたくさんあるの？」この問いが何かを仄めかしているように聞こえることを恐れ、彼女はためらいがちに尋ねた。でも、まさかそんなふうには取らないはずよ。

「アイ、グレース。楡を恋しがることはないよ」彼は急いで付け加えた。「向こうに住むことになったとしても、だが。しかし、すばらしいのは楓だ。いまごろは真っ赤に色づく。わが家の前庭にも楓の木があるんだよ」

ロブの言葉も同じことを仄めかしているように聞こえ、グレースは急に恥ずかしくて彼を見ることができなくなった。彼女は足を止めた。「ロブ……」

ロブがすばやく振り向いて、何も言わずにグレースを抱きしめ、唇を重ねた。

あたりまえかもしれないが、彼はグレースよりもキスが上手だった。ふたりの唇が離れるとグレースはつぶやいた。「上手にできないわ」

「自分で思っているよりもうまいよ。もう一度試してみよう」

今度はグレースのほうが先に唇を離し、ロブはわれに返ったように急いでグレースから離れた。「おれは何を考えていたんだ？」

グレースはもっと欲しいとねだりたい気持ちを抑えた。「言ったでしょう、女性に飢えているのよ」

彼はそっと額を合わせ、一歩さがった。「まったくそのとおりだ」

もう二度とキスをしてもらえないとしても、この思い出は残るわ。グレースはのろのろとクインビーに入りながら思った。少なくとも、愛する人とのキスをあれこれ想像しなくてもすむ。

ドーナツの旗を捨てようとするロブを、ウィルソンが止めた。

「店の奥の壁に貼ろう。そうすりゃ、クインビーが気取った村じゃないことがわかる」ウィルソンはロブが壁に留めるあいだ、旗を押さえながら言った。「ドーナツがどこにあるかもわかる。これまでより控えめに自慢すればいいのさ」

店を開ける前の何時間か、ロブはドーナツの生地をこね、型を抜きながら暗い声で言った。「村の半分は、アメリカの窮状をほくそえみにやってくるぞ」

だが、これはとんでもない間違いだった。レディ・タットは愚かしいターバンの羽根を怒りで震わせて、おとなしいコンパニオンを従え、真っ先に店に入ってきた。

「ほら来た」ロブは唇を動かさずにそう言った。

驚いたことに彼女はウィルソン夫妻に断りもなくカウンターを上げ、生地をこねているロブの前に立って、手にしたパラソルでばしっと台をたたき、それを振りたてた。

「見てらっしゃい、ダンカン船長！　あなたの新しい国はきっと盛り返すわ！」そう言うと、くるりと向きを変え、できたてのパンをこっそりちぎりもせずに店を出て、蝋燭(ろうそく)職人の店へと通りを横切っていった。店のドアが閉まっているせいで何も聞こえなかったが、スマザーズのぎょっとした顔を見るかぎり、彼の昨日の行動を非難しているに違いない。

「驚いたな！　なんと愛すべき人だ！」ロブが叫んだ。

その日は一日中、同じようなことが続いた。店の客はひとり残らずいつものようにドーナツを買いに来て、ロブとともにアメリカの窮状を嘆き、彼を慰めた。彼らの口調はぎこちなかったが、どの言葉にも善意がこもっていた。一度か二度ロブは目をうるませ、その日が終わるころには本物の笑みを浮かべていた。


「ときには間違っているのがありがたいこともあるな」その夜、ロブは自分の部屋の戸柱にもたれながら言った。「おれが逃げないように、今夜もここで見張るつもりかい？」

「それはいい考えかしら？」グレースは自分の部屋のドア口で言った。

「もちろん、よくないさ。だが、おれは昔からひとりで寝るのが嫌いなんだ。いやらしいことをしないと約束したら、一緒に寝てくれるかい？」

「約束できるの？」グレースはついそう言い返し、舌を噛んだ。

「きみはどうだ？」ロブはいたずらっぽく目をきらめかせた。

「もちろん、できるわ」グレースは真っ赤になりながらそっけなく答えた。

「約束するよ、グレース。一緒に寝てくれ」

グレースは深く息を吸いこんだあと、良心の呵責をまったく感じずに服を脱ぎ、シュミーズの裾を引っ張り、少しでも脚を隠したい衝動にかられながらも、ロブのやさしい抱擁に身をゆだねた。

「おれがそばにいて熱くなりすぎたら、押しやってくれ」彼は付け加えた。「子どものころは、ダンと一緒に寝ていたんだ。彼のほうがずっと年上だったけどね。だからベッドが狭いのは慣れてる」彼はグレースの肩にあごをのせ、うなじにキスした。

「やめて！」グレースはささやいた。「ダンカン船長にもキスしたの？」

「そんな真似をしたら、ぶちのめされたさ」ロブはため息をつき、眠そうな声で言った。

「今夜は逃げないことにするよ」

19

グレースはその週の終わりまでロブと一緒に眠り、彼のぬくもりと、自分に押しつけられる体の感触にすっかり慣れた。母がこの取り決めを知ったらどう思うか、見当もつかない。

ロブを愛しているから、彼のかたわらで眠るのが嬉(うれ)しいのだろうか？　自分だけの相手が欲しくてたまらないからか？　いいえ、違う。じっくり考えたあと彼女は結論を下した。これほどの喜びを感じるのは、ほかの男性が決して与えてくれないものをロブが与えてくれるからだ。グレースは村人にとって高嶺(たかね)の花、貴族階級にとっては滑り落ちた女だ。

そんなときに、ロブ・インマンが彼女の人生に入ってきた。グレースにとってはまったく知らない国の戦争捕虜だったが、彼の話でマサチューセッツ州にある、この国よりもはるかに小さな島のことを知った。ホームシックにかかり、祖国を恋しがっているロブが実際以上に美化しているとしても、アメリカは好ましい国のようだった。

夜遅く、彼の腕のなかで、グレースはロブが卑しい身の上にもかかわらず、ひとかどの人間になったことと、親が先を見通せず、娘がこんな境遇に落ちることを防げなかった自分の不幸を比べてみた。泥棒だったロブ・インマンの父親のほうが、亡きヘンリー・カーティス卿よりも子どもの将来を思っていたというのはなんという皮肉だろう。

ある晩、ロブが耳元でささやいた。「眠れないのかい？」

彼のやさしい声にグレースは自分が感じた失望のすべてを吐きだしていた。そしてシーツで涙を拭きながら泣き言を聞かせたことを謝った。「あなたは忍耐力のある人ね」

「きみもさ」ロブは笑いを含んだ声で言った。「おれと裏の部屋でひと休みしているとき、おかみさんが話してくれたんだ。きみはまるで五月の朝のように穏やかな表情で、店に入ってきて雇ってくれと言ったそうじゃないか。おれはまだそういう面は一度も見たことがないな！　いて！」

グレースはもう一度ロブの腕をたたいた。「いつもは穏やかで従順なのよ」にやにや笑うロブに強調する。「あなたときたら、わたしの最悪の面を引きだすんだから！」

ロブは笑った。「おかみさんはきみはとても勇気があったと言ってたよ。〝一度だってぐちをこぼしたことがない〟とね」

「ぐちをこぼしてなんになるの？」

「さすがはレディだ」ロブの声が眠そうになってきた。「だが、きみも知ってのとおり、おれは紳士じゃない」

荷車のなかの暴言を恥じているグレースはこの言葉にたじろぎ、部屋が暗いことに感謝した。でも、ロブは真の意味で紳士だ。自分が一緒に眠ることで、彼の寛大な心が少しでも安らぐなら、彼が立ち去ったあとも耐えていけるような気がする。グレースは目を閉じて、レディだと思わずにわたしを抱いてくれればいいのに、と思いながら眠った。

レディ・アデライザ・タットはありがたいことに、グレースほどレディではなかった。アメリカから最悪の知らせがもたらされた二週間後、彼女は朝早くからパン屋にやってきて、パラソルでドアをたたいた。グレースはパン生地をこねていた台から目を上げた。ロブが提案したシナモンとくるみ入りの葡萄(ぶどう)パンが、着実に売れているのだ。

グレースは時計を見た。店を開ける時間まではあと三十分あるが、レディ・タットはパラソルでドアをたたきつづけている。グレースは両手が粉だらけだったから、裏の部屋でウィルソン夫妻と朝食をとりながら、のんびり話しこんでいるロブを呼んだ。

「なんの用事か知らないけれど、わたしはドアが開けられないの」彼女は裏から出てきたロブに言った。「もしかすると、彼女の時計がおかしくなっているのかもしれないわ」

彼は笑みを浮かべて気のいい挨拶を口にしながらドアを開け、あわててあとずさりした。レディ・タットはターバンの羽根を旗のように揺らし、すごい勢いで入ってきた。「レディ・タット?」

「これを読んで！　いますぐ読んで！」彼女は脇にはさんだ新聞を差しだし、いつもの調子で命令した。「新聞を読むなんてレディらしからぬことだけど、この二週間は毎朝、お国のニュースを読んでいたのよ」彼女は劇的な効果を狙って間を置いた。「あなたのために！」

「あとじゃいけませんか？」ロブは顔をこわばらせながら新聞を開いた。

ロブが読むあいだ、レディ・タットは興奮した子どものように、そわそわとまわりを歩きまわっていた。やがてロブはゆっくりと笑みを浮かべ、ウィルソン夫妻が驚いて裏の部屋から出てくるほどの歓声をあげて、レディ・タットを抱きあげた。そして赤くなってあらゆる恐ろしい脅しを口にする彼女をくるくる回し、大きな音をたてて唇にキスした。

グレースは好奇心を刺激され、彼が落とした新聞を拾った。「ボルティモアというのはどこ？」

「メリーランド州だ。首都の近くだよ」ロブは興奮に体を震わせ、レディ・タットをおろした。「見てください、ウィルソン。あなたの軍隊はボルティモアを占領できず、チェサピーク湾を撤退した！」

「わしの軍隊ではないよ、若いの」ウィルソンが穏やかな声で訂正した。「きみのヤンキー・ドゥードル・ドーナツは、わしらみんなを熱烈な急進主義者にしてしまったんだ」

「これはいい知らせだと思ったの。あなたにすぐにも知らせる必要があると思ったのよ」

レディ・タットが薔薇色に頬を染め、胸をたたいた。「船長、夫が死んでからというもの、あまりキスの経験はないけど……」彼女は言葉を切り、われに返って店のなかを見まわした。「船長！　あなたはろくでなしね！」

ロブは彼女の腰をつかんで引き寄せ、今度は頬にさっきよりもやさしくキスした。「では、もうひとつ受けてください。あなたはおれを幸せな男にしてくれた」

グレースは嬉しそうに記事全体に目を通すロブを見守り、安堵のため息をついた。昨夜ふたりは、朝には忘れてしまったほどつまらないことで言い争った。ワシントンが燃えているという知らせと、スマザーズの監視に、ロブがまいっていたせいだ。

そのけんかのあと、グレースは自分の部屋に戻り、長い夜を過ごした。何度も寝返りを打ち、ロブ・インマンなど地獄に落ちろと願うそばから、彼の国のことを案じ、まだダートムアにいる男たちを案じ、ナンタケットの状態を案じて過ごした。エメリーがスマザーズをつけまわしていることも心配の種だった。夜が明けるころには頭が痛くなり、朝食のテーブルで厚かましくも眉間のしわをなでた彼に嚙みついた。そして、「しわができるぞ」という彼の言葉に、若い娘のようにわっと泣きだし、キッチンを走りでた。

村へ来る途中で、ふたりはたがいに謝ったものの、会話は湿りがちだった。「よくなるか悪化するか、いずれにしろ遠からずわかる」まだ鎧戸のおりている店に着いたとき、ロブはそう言った。

レディ・タットが店に飛んできてくれたおかげで、事態は好転したことがわかった。

「ほかには何が書いてあるの？」グレースは彼の腕の外側からのぞきこんだ。

彼はグレースの腰に手を回そうとして、自分がどこにいるか思いだした。「大英艦隊はチェサピーク湾を撤退し、南に向かっているそうだ」

グレースは問いかけるようにロブを見た。

「おそらくニューオーリンズ港を目指しているんだろう。チャールストンは大きな町だし、酒みたいにねっとりとした空気や、黄熱病にかかるのが気にならなければ、すばらしいところだ。食べ物もうまい」ロブはためらい、首を振った。

「どうかしたの？」グレースは心配そうに顔をくもらせた。

ロブは彼女の目のなかにそれを読んだに違いない。いまやウィルソンが冷ますためにカウンターに置いた葡萄パンにすっかり目を引かれているレディ・タットをちらっと見た。

「ニューオーリンズを支配する軍隊は、ミシシッピ川を支配する。もしもニューオーリンズが落ちれば、おれたちはかごのなかの蟹（かに）のように囲まれることになる」

「アメリカ軍はそこにはいないの？」

ロブは肩をすくめた。「あそこにいるのは、ほとんどがクレオールと奴隷と海賊なんだ。英国軍が到着したときに、迎え撃つ軍隊がいるといいんだが」彼はウィルソンを見た。

「今日は何日です？」

「十二月十四日だ」ウィルソンは葡萄パンのかたまりを包み、レディ・タットに差しだした。「これをどうぞ。こんなよい知らせを持ってきてくれたんだ。報酬を受ける価値がある」

「レディ・タットはそういう人間なのよ、アダム・ウィルソン」彼女はすまして答えた。

ウィルソンはほほえんだ。「あんたがアデライザ・ジェンキンスのころから、あんたのことはよく知ってるよ、男爵未亡人！」

「アダム・ウィルソン、あなたは無作法な人ね！」レディ・タットは彼をにらんだ。

ウィルソンはうなずいた。「ああ、そうとも」

その日の午後、クアールへと戻りながら、ロブはグレースの手を取った。「戦争はまだ続きそうだな。なんで均衡が崩れるかわからない」

エメリーもすでにこの知らせを聞いていた。「ダンカン船長、わしがあんたのためにスマザーズを監視しとるのを忘れたのかね？」

「忘れるもんか。あいつは不機嫌だったかい？」

エメリーはうなずき、つかのま真剣な表情になった。「クアールまで尾けて戻り……」

「ぶなの木から木へと隠れて？」

「ああ、そうとも。この数カ月で森のことはずいぶんと詳しくなった」彼はふたりと同じくらいこの冗談を楽しんでいるように、穏やかな口調で応じた。

「エメリー、この家には密輸業者が隠したワインはないのか？　ボルティモアのことを祝いたいんだ」彼は上機嫌でグレースを見た。「ボルティモアの蟹ケーキはうまいぞ」

「ダンカン船長、あなたはどこの港でも真っ先に名物を食べたようね」グレースは打って変わってくつろいでいる彼を見てほっとしながら軽口をたたいた。「ボストンの豆に、わたしには発音できないニューオーリンズの名物……」

「エテュフェだ」

「ボルティモアの蟹ケーキ……」

「それにジョージアのブランズウィック・シチュー。エレインが死んだあと、女を断って食べることに集中したのさ」

「あらまあ」

「船乗りには楽しみが必要なんだよ」ロブは満面の笑みを浮かべた。

グレースが必死に笑いをこらえていると、エメリーが悲しい知らせをもたらした。ダウアハウスにはアルコールの類はひとつもない。「念入りに探したんだが。それに、これはたったひとつの勝利だ。祝うのはまだ早すぎないかね？」

ロブは椅子の背にゆったりともたれ、顔をしかめてエメリーを見た。「水を差すのはやめろよ、エメリー。そういう意見が聞きたければ、スマザーズの部屋をノックするさ」

グレースはエメリーがおやすみを言い、ロブが二階に上がったあとも、明日の夕食の支度を口実にひとりでキッチンに残った。それから重い腰を上げ、鍋を洗った。キッチンは深い影のなかに沈んでいた。居所のわからないセルウェイ弁護士からいつお金が送られてくるかめどが立たないとあって、蝋燭を節約するようになっていたのだ。

わたしは心配しすぎるわ。彼女はそう思いながらテーブルに戻り、腕に頭をやすめた。

自分でも気づかぬうちに眠ってしまったに違いない。目を開けたときには、蝋燭が燃えつき、向かいにロブが座っていた。彼はエメリーが見つけてきた寝間着を着て、じっとグレースを見ていた。

「驚いたわ」グレースは震える声で言った。

彼はテーブル越しに手を伸ばし、腕に置いた。「ひと晩中ここで心配しているつもりだったのかい？」

「ええ、自分がそうしたければね」

ロブは立ちあがったものの、グレースの手を離そうとしない。彼女も仕方なく立ちあがった。

「いいわ」

彼はテーブルのはずれまで一緒に歩き、邪魔者がなくなると、手を離してグレースを抱き寄せた。「こんな状態には、もう耐えられない」彼は低い声で言いながらキッチンを出て階段を上がりはじめた。「今日こそは戦争が終わるんじゃないか、明日こそは、と毎日思うんだ。こんな宙ぶらりんの状態で一生無駄にするはめになったら？　トムソン卿に仮釈放を取り消され、ダートムアへ送り返されたら？」

グレースはぶるっと震え、ロブに抱きしめられた。階段を上がり、二階の廊下に達すると、彼はそこで足を止めた。

「きみはおれを選んだ。おれはここにいるよ」

グレースはうなずき、彼の腕から抜けだして、自分の部屋に向かった。彼のあからさまな招きを受け入れなかった自分に腹が立った。でも、戦争が終わり、彼が出ていけば、またひとりぼっちになってしまうのだ。「おやすみ、ロブ。見通しはずっとよくなったわ。もうわたしがいなくても眠れるわね」

ロブは考えこむような顔でじっと見てくる。グレースは自分の決心が熱い鉄板の上の水のように蒸発するのを感じた。

もう行って。いえ、行かないで。「おやすみ、ロブ」

彼は黙って部屋に入り、ドアを閉めた。その夜は眠りが訪れるまでに何時間もかかった。

20

　ボルティモアに関するよい知らせで、いや、グレースがロブを拒否したことで、何かが変わった。変わったのはわたし？　グレースはクリスマスが近づく日々のなかで、自分に問いかけた。それともロブ？

　翌日ロブはスマザーズにすらほほえみかけ、そのあとで醜い執事がほほえみ返したと驚いていた。

「本物の笑顔に見えたぞ」彼はスマザーズがなんと一ダースもドーナツを買って店を出ていったあとで、こっそりグレースにささやいた。「心配したほうがいいかな？」

　グレースはあきれて目をくるっと回した。ロブはレディ・タットのためにやはり一ダースのドーナツを油紙に包みながら、コンパニオンに言葉をかけた。地味でおとなしいコンパニオンは、やさしくからかわれて赤くなり、美しくさえ見えた。ロブはそうやって女心をくすぐるのが上手なのだ。

もうナンタケットに戻ったつもりでいるに違いないわ。靴を脱いで居間のソファでくつろぎ、何かを読みながら、ときどきうとうとしている彼を見て、グレースは思った。それがボルティモアの知らせのおかげだとしたら、こんなありがたいことはない。

その週いっぱいかかって、グレースは平和協定が結ばれる見通しが、ロブ・インマンを変えたことをようやく認めた。彼とウィルソンは裏の小部屋で小袋に小麦粉をすくい入れながら、戦争が終わったら商船の商売がどうなるかを声高に話していた。ナンタケットに戻ったあとのロブの計画を聞いていると、彼の頭のなかで回っている歯車が見えるような気がした。その日が遠からずやってくることは避けがたい事実だ。グレースは自分の気持ちを鋼のような意志で抑えたが、胸を刺す痛みは少しも和らがなかった。

ロブが手放しで喜ぶのも当然、ついに誰の保護も必要としなくなるときが来るのだ。彼が自由になるときが。グレースは、いつか船を持ちたい、オロンテス号の乗組員全員を雇いたい、と目を輝かせて語るロブの言葉ににこやかに耳を傾けた。

その週のなかごろ、彼女はおかみさんについ本音をもらした。「もうすぐわたしたちは、彼にとっては遠い記憶でしかなくなってしまうのね」

おかみさんの目に浮かんだ表情を見て、グレースは頰が染まるのを止められなかった。ふだんに似合わないやさしさがいっそう耐えがたかった。まるでグレースの乱れる心の内を読みとったように。

彼女は夜を恐れはじめた。ふたりはまだ一緒に二階へ行き、ロブはたいていふざけた調子で投げキスをする。添い寝のために彼の部屋に戻る話はもうどちらも口にしなかった。グレースの貞節は危険にさらされてはいない。さらされたことは一度もなかった。ワシントンが焼かれたという恐ろしい知らせのあと、彼は慰めを必要としていた。ボルティモアがそれを変えたのだ。

わたしは小さな丘をそびえる山と間違えていたのよ、グレースはそう自分に言い聞かせた。ロブ・インマンは実際に彼女を必要としていたわけではない。これはつらいことだが、真実だ。ナンタケットのことをできるだけ頭から追い払えば、戦争が終わり、ロブがいなくなっても立ち直れるだろう。ロブがその島の静かな通りについて、これほど頻繁に話さないでくれれば。湾からうねるように入ってくる霧や、灰色の服を着たクエーカー教徒たちが日曜日の集会に歩いていく光景をあれほどあざやかに描写しないでくれれば。

店が忙しいのはありがたかった。いつものパンや、ロールパンのほかに、いまではビスケットやドーナツ、クリスマス用のフルーツをたっぷり入れたパンも焼かねばならない。たがいに言葉を交わす暇もないくらい忙しかった。いつものクリスマスと同じで、グレースはお金持ちから下々まで、村人が贈り物を買い、パーティを計画し、たがいに笑い合うのを見守った。屋根裏に住んでいたときは、家族や友人たちが集うのをカーテンの細い隙間からのぞくために、村をあちこち歩きまわったものだった。他人の家の秘密を嗅ぎまわったり、スパイしたりするつもりはない。そんなふうには育てられなかった。通りがかりにちらっと団欒(だんらん)を見るだけだ。

少なくとも毎晩クアールに帰るときにロブ・インマンが一緒なのはありがたかった。彼は自分の計画を話すのに夢中で、グレースの沈黙にも、彼女が通り過ぎる家々にちらっと物欲しそうな目を向けることにも気づいていないようだった。

クリスマスの三日前、彼らはふだんよりも何時間も遅く店を閉めた。グレースは背中が痛み、一刻も早く靴を脱いで横になりたかったが、それでも、クアールとの境を示す木立や草地の手前までは無意識に歩みが遅くなった。

今夜は村とその周辺の弁護士たちが首席弁護士の家に集まる日で、家のカーテンは開け放たれていた。グレースがためらいがちに庭に入ると、パンチのグラスを手に宿り木の下で恋人たちが語らい、笑っていた。

突然ロブが彼女の手をつかんで足を止め、グレースの視線をたどって静かに尋ねた。

「自分もあそこにいるところを想像しているのかい？」

ロブが気づいたことに驚きながら彼女はうなずいた。「地主の奥様は毎年体重が増えるみたい。見て、あれはホールデン夫妻よ。一カ月前に結婚したばかり。覚えてる？　おかみさんとわたしでウエディングケーキを作ったでしょう。派手なベストを着ているのはジョサイア・ブラムリー。彼はまだ愛を見つけられないらしく、毎年ひとりで来るわ」

自分の言葉がどれほど物欲しそうに聞こえるか気づいて、グレースは口をつぐんだ。

「いつもふたつしかドーナツを買わない男だな。変なやつだ」ロブはグレースに気づまりな思いをさせないために、言葉を続けた。「治安判事の長男をとろんとした目で見ているのは、メリンダ・コールドウェルかい？」

グレースはぶるっと身を震わせた。「ここは寒すぎるわね。外に立ってなかを見ているのは」

ロブはうなずいて、ふたたび歩きはじめた。「物事が違っていたら、きみはああいう集まりに呼ばれていたのかな？」

「呼ばれたこともあったわ」でももう決して仲間には入れない。

「寒すぎるだけじゃなく、少しつらいな」彼はグレースの肩に回した手に力をこめ、頭のてっぺんにキスした。「おれも昔、よく二階の踊り場にうつぶせになって、階下のパーティを眺めたものさ。船長や中国かインドの派手なシルクで仕立てたドレス姿の夫人たちを」

雪が降りはじめたのを見て、彼は森のなかで足を止めた。

「ナンタケットのほうが雪は多いんだよ。いつかおれもあんなパーティをするぞ、と思ったもんだ」

「エレインはすてきなホステスになったでしょうね」

「そうだな」ロブは雪のなかでグレースを抱き寄せた。「おれは自分の計画や目標のことばかり話していたな。きみは忍耐強く聞いてくれた。今度おれが同じことをしたら、遠慮なくそう言ってくれ。自惚(うぬぼ)れは最大の敵だ、とナンタケットの牧師はいつも言ってる」

「夢を語るのはいいことよ」グレースの声は彼のコートでくぐもった。司祭館の貧しい人々に配る衣類のなかからウィルソンが見つけてきたのだ。

　彼は長いこと黙っていた。「きみがそのなかにいなければ、実のない殻でしかないよ」いつも自信たっぷりのロブには珍しく、まるでその言葉を試すように口にした。「来年はナンタケットでパーティを開こうじゃないか」

　グレースは声が出なかった。彼が真剣だと望むだけでも恐れ多い気がする。

「きっといいパーティになるぞ。おれたちのパーティだ」ロブはまた黙りこみ、すまなそうに付け加えた。「おれがきみの夢の男じゃないことはわかってるが、望みを持つくらいはいいだろう？」

　グレースは泣きだした。ほかの人々のクリスマスケーキを焼きすぎて疲れ、寂しくて、ロブの言葉を信じたい、それにすがりたい、と心から思った。長いこと希望を持たずに生きてきたせいで、それを感じてもわかるかどうか自信がなかった。

「しいっ、グレース。泣かれるのが怖かったんだ」彼はやさしい声でささやいた。

「あなたはばかよ！」グレースはすすりあげた。

「わかってる」ロブはグレースの肩をつかみ、彼女をともなって歩きだした。「いま言ったことは忘れてくれ。きみはもう自分の欲しいものはわかっているんだろう？」

グレースはさっきより激しく泣いた。秘めた気持ちを口にするのは恥ずかしすぎる。

ロブは笑って、額にキスした。「ああ、グレーシー」彼はかすれた声で言った。「とにかくクリスマスを祝おうじゃないか！」

クリスマスイヴの日、ウィルソン夫妻は、夫を亡くした娘と、ロープ職人の妻となった娘の家族とクリスマスを過ごすために、大急ぎでプリマスに旅立った。

スマザーズが通りの向かいのいつもの場所にいないのを見て、ロブは最後のドーナツを喫茶店の店主に売りながら、こね桶の生地をそぎ落としているグレースに言った。「トムソン卿が戻り、報告を聞きたがっているのかな。トムソン卿には、おれたちの心からの贈り物をあげるべきだぞ。古いパンなんかどうだ？　唾を吐いたプディングとか？」

「あの侯爵からはできるだけ離れているべきよ」グレースは窓の外に目をやった。「でも、エメリーはあそこにいるわ。醜い執事の不在に気づかないのかしら？　かわいそうに。肺炎にかかってしまうわ」

床をきれいに掃いて、かまどの火を注意深く消し、ウィルソン夫妻が出かけると、グレースは小さな安堵のため息をついて店の鍵を閉めてまわった。ロブが差しだす腕を取り、ゆっくり歩きながら、冷たい空気を胸いっぱいに吸いこんだ。ここしばらく疲れきって暗い道をとぼとぼと帰ったことを思うと、すでにかすかなすみれ色に変わっているとはいえ、まだ日のあるうちに帰れるのはありがたいことだ。

「どうか、これが英国で過ごす最後のクリスマスになりますように」ロブが言った。

グレースはロブと平和のことを考えるたびに喉をふさぐ熱いかたまりを呑みくだした。クアールの前を通過すると、驚いたことに母屋には煌々と明かりがともっていた。どうやらロブの推測のとおり、トムソン卿が帰ってきたようだ。

あんな男に休日を台無しにされるのはごめんだわ、とグレースは思った。もっと楽しいことを考えよう。ナンタケットの家でロブの隣で目覚めるのはどんなに幸せだろう。彼の魅力的な顔がくつろぐのを見守り、家族のために働くふつうの夫が抱える程度の心配しかせずに、穏やかな寝息をたてて彼が眠りにつくのを見守ることができたら！　でも、そんな平和な暮らしは想像もできない。

「何を考えているんだい？」ダウアハウスに入りながらロブが訊いた。

グレースは頬を染めた。黄昏(たそがれ)が深くなり、彼に気づかれずにすむのがありがたい。「平和が訪れたら、どんな気持ちがするかしらと思って」

「少しこんな感じかもしれないぞ」ロブはドアを開け、グレースを先に通した。「たとえばおれたちはたったいま、教会から戻ったばかりだと想像するんだ」彼は鼻を引くつかせた。「海の香りがするようだ」

嬉(うれ)しいことにロブはグレースを抱き寄せてくれたが、エメリーがキッチンで大きな音をたてた。

「もうおれを守る仕事に飽きたらしいな」ふたりは一緒に笑った。

わたしは決して飽きないわ。グレースは思った。

質素な食事をすませたあと、ふたたび外に出て真夜中の教会へ行くかどうかを居間で検討し、この案を却下して、ルカの書を読むだけで満足した。

しばらくすると、ロブがあくびをして体を伸ばした。「体がこちこちだ。まあ、今日はずいぶん忙しかったからな」

グレースはうなずいた。居間のランプを吹き消すと、図書室で蝋燭(ろうそく)がちらついているのが見えた。好奇心にかられてなかに入ると、がたつくテーブルに封筒がのっていた。なかには一ポンド札が何枚かと、〝クリスマスおめでとう、S〟と書かれた紙が入っていた。

グレースは様子を見に来たロブに、黙ってそのメモとお金を見せた。「驚いたな、謎のセルウェイ弁護士現る、か。それにしても、誰がどうやってここに置いたんだ?」

「見当もつかないわ。明日の朝、エメリーに訊いてみましょうか」

「いや、エメリーが知っていたら、食事のときに何か言ったはずだ」ロブは不安を隠そうともしなかった。「おれたちのほかにこの家の鍵を持ってるのは?」

「トムソン卿? 醜い執事も持っているかもしれないわ」グレースは急に鳥肌が立って腕をこすった。

「そいつは笑えるな」ロブはにやっと笑った。「明日スマザーズにクリスマスの挨拶をして、この金の礼を言うとするか」

「ばかなことを言わないで」グレースはたしなめた。「セルウェイ弁護士にまた会いたいものだわ」

ロブは封筒と金を机に戻し、メモを見つめた。「ふたりともセルウェイと何日か一緒に過ごしていなければ、そんな男は存在しないんじゃないかと思うところだ」

これは心を乱す考えだった。用事があるというロブを図書室に残し、グレースはひとりで階段を上がった。

そして長いことベッドにすわり、彼の足音に耳をすませていた。ロブの姿を常に視界に留めておく習慣がついて、小さな家の階下と二階に分かれているだけでも寂しくなる。引き寄せた膝にあごをのせ、グレースは考えた。もうすぐ新しい年が来る。ロブが彼女の人生に入ってくるまでは、楽しみに待つようなことは何もなかった。まったく変わりばえのしない一年が過ぎて、まったく同じ一年が始まった。彼がいなくなれば、またその繰り返しになる。グレースはため息をついた。平和協定が結ばれ、仮釈放が終わる日に備えて、ささやかな思い出を蓄えはじめるべきかもしれない。

ロブが階段を上がってきて、自分の部屋の前で立ちどまると、彼女は息を止めた。ノックしてほしい、と願ったが、彼はしばらくすると狭い廊下を横切り、自分の部屋に向かった。

「鍵はかかっていないのに」ロブの部屋のドアが閉まると、グレースは低い声で言った。「愛するあなた、クリスマスおめでとう」

21

クリスマスは朝寝坊という贅沢から始まった。グレースがまだろくに目を開けずにいると、ロブが最後の石炭を暖炉にくべる音がした。彼はすでにカーテンを開けていた。外は静かに雪が降っている。

「クリスマスおめでとう、グレーシー」彼はベッドに近づいてきて、腰をおろした。

グレースは意表を衝かれ、口ごもった。「あの……あなたも」

ロブは頬をすり寄せた。「今日はひげを剃るべきだな。仕事が休みで、みんなを感心させる必要がなくても」

「あら、わたしを感心させなくていいの？」

「いや、きみにはとくにそんな必要はないさ」彼はまるで世界がぶつかるのを覚悟するかのように深く息を吸いこみ、上着の内ポケットに手を入れた。「クリスマスおめでとう、グレース」そして今度は唇にキスして、折りたたんだ紙をグレースの膝に落とし、入ってきたときと同じように静かに出ていった。

「居間におりて、わたしのささやかなプレゼントを膝に落とすまで待ってくれればよかったのに」グレースは不満をもらし、彼のために編んだ靴下のことを思った。

だが、その紙を開くと、思いがけない贈り物に思わず息を吸いこんだ。そこには正式な公証印も押してある。ほとんど一日中一緒にいるのに、こんな重要なものを用意する時間をどこで見つけたのだろう。

「なんてばかだったの、グレース」彼女は声に出してそう言うと、すすり泣きながら上掛けをめくり、蝶番(ちょうつがい)がはずれかねないほど勢いよくドアを引き開けた。階段を見おろしていたロブが振り返り、泣きながら自分の腕に飛びこんでくるグレースを驚いて受けとめる。彼に抱きあげられ、グレースは両脚を彼に巻きつけてしがみついた。

古い寝間着はほとんど透けるようだし、おろした髪が顔のまわりで乱れている。寝間着の裾が腿まで持ちあがったが、グレースは少しも気にならなかった。

「あれは受け取れないわ」ロブの肩に向かってグレースは叫んだ。

「受け取れるさ」彼は耳にキスしながら言った。「きみに受け取ってほしいんだ。おれに何かあったら……」

「何も起こるもんですか！」グレースは夢中で叫び、彼の口に手を置いた。「そんなことを言わないで！」

ロブはグレースの部屋へと彼女を運んでいった。「おれもそう願ってるよ。だが、あの書類があれば、おれの家はきみのものだ。グレース、泣かないでくれ」

彼はグレースをベッドにおろしたが、グレースはしがみついて離れようとしなかった。ロブはかたわらに横になり、グレースを引き寄せた。

「立派な家だよ、グレーシー、二階に部屋が三つか四つある。子どもがたくさんできても大丈夫だ。それにとても立派な居間もある。キッチンはもう少し大きくてもよかったが、裏手に建て増すことができると思う。灰色の板に赤い縁取りのある上等な羽目板の家だ。敬虔なクエーカー教徒の隣人には派手すぎると思われたかもしれないが、おれは昔からドアを赤くしたかったんだ。隣人はみんな善良な連中ばかりだ。きみもきっと好きになる」

グレースは自分の感情の激しさに驚きながら、シャツの前をつかみ、繰り返した。「あなたには何も起こらないわ！　ロブ・インマン、あなたを愛してるの！」

「そうだといいと願っていたんだ」彼は深く息を吸いこんで言った。

ロブはグレースの涙がしだいに断続的なすすり泣きに変わるまで抱きしめていた。そしてグレースが鼻をすすっていると、シャツの裾を引きだし、濡れた顔を拭いてくれた。

グレースは落ち着きを取り戻そうと深呼吸して、彼に腕を回した。「ひどい泣き虫ね」

「そうだな。それでも、男爵令嬢には変わりない。それに引き換え、おれは――」

手で口をふさぐと、彼は手のひらにキスした。

「グレーシー、きみの目がどれほど表情豊かか気づいているかい？」

彼女は首を振った。「でも、愛される資格はないわ。あんなひどいことを言ったのに」

「それはどの言葉かな?」彼は笑いながら言ってさらにきつく抱きしめた。「きみ自身の家を持っていてほしいんだ。たとえここから遠く離れたところにあっても」ロブはきらめく瞳でグレースを見つめた。「さっきのは本当かい? おれを愛してるって?」

「だからつらかったの。あなたの身に何かが起こるなんて決して言わないで!」

まだしゃくりあげながら言葉を続けようとしたが、彼はグレースのあごを両手ではさんだ。「グレース、よく聞くんだ。きみは強い女性だ。おれに何かがあれば、きみは海を渡って新しい家に行く方法をきっと見つける。おれを失望させないでくれ」

「させないわ」グレースはささやくような声で言うと、体を離してロブの目をのぞきこんだ。「でも、ちゃんとプロポーズしたほうがいいわよ。さもないと、あれは破って捨てるわ」

「やれやれ、怖い女だ」彼はやさしくぼやいてふたたびグレースを引き寄せた。「いいだろう。きみとはあまりにも身分が違うし、国も違う。それにいまは戦争捕虜だが、おれはきみを心から愛してる」ロブは首を振った。「こんなことを訊いている自分が信じられないが、結婚してくれるかい?」

「もちろんよ」グレースは即座に答えた。「あなたを愛しているわ。それに、泣きやんで着替えたら、たくさん言いたいことがあるの」

ロブは唇に人差し指を置いた。「今日だけは見逃して、おれが実際的じゃないと非難しないでくれよ。なんといってもクリスマスだからな」

そう、今日はクリスマスだ。グレースはロブをしばらく見つめ、彼を部屋から追いだした。そしてベッドにすわり、手書きの証書をしばらく見おろしていた。ダートムアでロブ・インマンを選んでから、彼女はすっかり変わった。グレースはもう実際的で、論理的で、現実的な人間ではなかった。そういう人間だったのはつらい環境のせいだったのだ。

ウィルソン夫妻の慈悲にすがりパン屋で働きはじめてから、彼女は人生に何も期待しないように自分を律してきた。でも、ダートムアで選んだロブは、彼女を選んでくれた。何もかもすり潰す戦争という残虐な機械のなかにあって、グレースはいまこの瞬間にも自分の手から取りあげられてしまうかもしれない男と恋に落ちた。とはいえ、彼女がロブを選び、愛するという大胆な一歩を踏みだしていなければ、なんとわびしい人生になることだろう。いまは何ひとつたしかとは言えないが、誰かが自分を選んでくれたというだけでグレース・カーティスにはじゅうぶんだった。行く手に待つのが胸を引き裂く痛みか信じられないほどの幸せかはわからないが、どちらにしても、ほかの誰よりも自分のことを思ってくれる男性はひとりもなかった、と嘆きながら一生を終えずにすむ。

この先何が待っているのかわかればいいのに。グレースはそう思いながら土地と家の譲渡証書に唇を押しつけた。いいえ、わからないほうがいいのかもしれない。そういえば、グレースが何も起こらず、この先も起こるあてのない不毛な人生をうっかり嘆いたとき、老侯爵はスペインの諺を教えてくれた。〝じっと耐えてカードを切れ、だよ、マイディア。行く手に何が待ち構えているかは誰にもわからんものだ〟

ロブ・インマンはわたしの何に魅力を感じたの？　彼はわたしに足りないところも欠点もすべて知っている。そしてわたしが当たり散らし、口やかましく非難しても冷静に対処してきた。それを大目に見て、面白がっているようだった。わたしの魅力は、彼にしか見えないものかもしれない。いつか訊いてみることにしよう。

かかとに重心をかけ、体を前後に動かしながら、ロブは居間に立って降る雪を眺めていた。後甲板に立っているときもこんなふうに両手を組んだり解いたりしていたのだろうか。そう思いながらグレースはささやいた。「愛しているわ」

低い声だったが、ロブは振り向き、にっこり笑った。「言っただろ、おれはオロンテス号でいちばん耳がよかったんだ」ロブはそう言って腕を広げた。

これっぽっちのためらいもなくその腕のなかに入っていこうとすると、ひとつの影が彼女を止めた。雪のなかを近づいてくるひとつの影、それからもうひとつの影が。

ロブが油断なく窓から離れた。「エメリーをドアへ行かせたほうがいいな。トムソン卿がクリスマスの挨拶に来たらしい」

「まさか」彼女はつぶやき、両手を固く握りしめているのを見て自分自身に苛立った。

ロブはつかのま自分の手で彼女の手を覆った。「きみは母猫よりも神経質だな。いまはクリスマスだ。それにおれたちは一緒にいて、トムソン卿のあらゆる条件に従っている。身元引受人と仮釈放の戦争捕虜として」

トムソン卿が居間に入ってくると、ロブは立ちあがって片手を差しだした。新侯爵はこれを無視した。すぐ後ろにいるナホム・スマザーズがふたりをにらみつけている。グレースはそれを見て寒気を感じた。

「クリスマスおめでとう、トムソン卿」ロブは手を引っこめながら静かな声で言った。「あなたと夫人にとってよき季節でありますように」

トムソン卿は苦虫を噛み潰したような顔をしていた。太い首がしだいに朱に染まっていくのを見て、グレースは不安にかられた。やがて顔から髪の薄くなった頭まで赤くなった侯爵が、グレースを見た。あるいは見ようとした。まるで彼女を守るように、ロブがふたりのあいだに立ちはだかっていたからだ。勇敢な、愚かな人。第二の天性のようなロブの勇気がグレースの心に染みた。

「グレース・カーティスに話がある」

わたしも勇敢になれるわ。グレースは思った。「閣下？」

胸のなかで小さな火花が散り、グレースは突然目の前にいる侯爵に深い軽蔑を感じた。

何を成し遂げたわけでもなく、ただ特権階級として生まれたというそれだけのことで、ほかの人々を見下している人間に。自分の才覚で騎士になった肉屋にして地主だったバルナバス・タットですら、この愚か者に比べれば、まだましだ。トムソン卿が侮蔑もあらわにグレースを見おろしたわずか数秒のあいだに、グレースはそう思った。

「申し渡しておくぞ」トムソン卿はそう言って手袋で手のひらをたたいた。「伯父の遺書が有効になって一年たつまでは、三十ポンドどころか、一ペニーすら払うつもりはない」

「ついでに新年もおめでとう」ロブが明るい声で言った。

「必要なお金はじゅうぶんありますわ、閣下」グレースは新侯爵をこれまでとは違う目で見ながら、この不愉快きわまりない男の威圧感をはね返した。あなたはきっと自分より位の高い相手には平身低頭するんでしょうね。あなたにはロブ・インマンの、それにこのわたしの十分の一の値打ちもないわ。どうしてこれまでそれがわからなかったのかしら?

その思いが顔に出たかもしれない。ロブは彼女の目は心の内を手に取るように映しだすと言っていた。でもかまうものか。トムソン卿はグレースの肩越しに壁に見た。そこにはたいしてすぐれたものではないが、肖像画がかかっていた。少なくとも、この男が運びだし、クアールの屋根裏の暗い片隅に放りこむまでは。まったくなんという了見の狭い男だ。

彼女はスマザーズの視線を受けてもびくつかずに堂々と彼を見返した。引き結んだ唇には敵意を示す表情しか浮かんでいないが、もしも彼の性格をすでに欠点だらけだと評価していなければ、彼がしぶしぶながらも自分の冷静な応対ぶりに感心していると思ったかもしれない。でも、そんなはずはない。グレースは歓迎できないふたりの客に、いますぐこの家を出ていってもらいたかった。

「この一年で最も祝福に満ちた祭日、人々がたがいに寛大になろうと努める祭日に、あなたの貴重なお時間をこれ以上無駄にしては申し訳ありませんわ」グレースは静かな声で言った。ロブがすぐ後ろにいてくれるおかげだ。ロブ・インマンが自分を選んでくれたからには、もう不安を感じる必要はない。「よろしければ玄関までお送りしますわ、閣下」

グレースはナンタケットのオレンジ通りにある自分とロブの家で、気に染まぬ客を送りだしているところを想像した。ぴかぴかに磨かれた樅(もみ)材の床、暖炉の前にある敷物、エレインのお手製クッションを置いた背もたれの高い椅子……。

ドアに向かう途中でトムソン卿がふいに振り向き、グレースは思わず一歩さがった。彼が心の底からグレースを嫌っているのは明らかだ。例の三十ポンドをもらうためにこんなにいやな思いをさせられるのは、もうたくさんだ。

グレースは勇敢にも、雇い主に従ってきびすを返したスマザーズの腕に手を置いた。

「ミスター・スマザーズ、昨日の昼間、この家に手紙を届けてくれたの？」

「そんなに難しいことではなかったよ、ミス・カーティス」スマザーズは挑むように答え、取っ手に手をかけたままグレースに向き直った。トムソン卿が彼を呼ぶ声がした。「たしかに、図書室に手紙を置いたのはわたしだ」

「あのなかにはセルウェイ弁護士からのお金が入っていたの。セルウェイ弁護士というのは――」

「何カ月か前、エクセターできみたちから見事に逃げおおせた、謎のセルウェイか？」

グレースは思わず息を呑んだ。まさか……この男はエクセターまで尾けてきたの？

スマザーズはこの思いを読んだようだった。「いくら手のこんだゲームをしても無駄だぞ。負けるのはそっちだ」ロブがすぐ後ろにいると見えて、スマザーズはグレースの肩越しに目をやり、わざとらしく頭をさげた。「クリスマスおめでとう、ふたりとも。新年に備えてひとつ助言をしてやろう」

「そいつはありがたい」ロブが応じた。

「ダンカン船長、中国にこういう諺がある。〝敵と自分を知らぬ者は、窮地に陥る〟」スマザーズはそう言うと雪のなかへと向きを変えて立ち去った。

「くそったれ」ロブは毒づいて、大きな音をさせて扉を閉めたグレースの肩に手を置いた。

グレースはほっとしてロブに身を寄せた。これからは世の醜い執事たちを恐れなくてもいいのだ。「あの男はセルウェイ弁護士のことを何か知っているみたい」

「きみを怖がらせようとしているだけさ」

だとしたらうまくいったわ。グレースは扉の鍵をかけながらそう思った。

22

四日後、グレースの世界はふたたび変わった。その週のことは、決して忘れないだろう。彼女はナンタケットのパン屋にいるところを想像しながら、人の形をした生姜入りビスケットを型抜きしていた。度を越した白昼夢のことで自分を叱るのは、とっくにあきらめていた。物事は変わったのだ。

ビスケットの型を抜いているのは彼女ひとりだったが、ひとりで作るのは心休まるものだ。裏の小部屋からはロブとおかみさんの話し声が聞こえてくる。ウィルソンは喫茶店にドーナツをおさめに行った。どうやら常連客はクリスマスのご馳走でまだお腹がいっぱいらしく、今日は珍しく暇だった。

でも、むしろそのほうがいい。裏からは、ときどきロブの笑い声が聞こえてくる。グレースはそれが嬉しかった。ここしばらくは仕事から戻ると両手をポケットに突っこんで、居間の窓辺で外の暗がりを見つめて夜を過ごすことが多かったのだ。

そして彼女が何を尋ねても、「故郷を離れてからもうずいぶんになる」と言うばかり。

彼女を抱きしめているときでも、青い目の奥にある深い悲しみは消えなかった。誰にも陽気だなどと言われたことのないおかみさんまでが、ロブの気持ちを明るくしようと努めている。

青にする？　それとも赤？　生姜入りビスケットの縁取りの色を決めかねていると、ウィルソンが息を切らして店に駆けこんできた。

「どうしたんですか？」

どこへ行くにも決して急いだことのない彼が、体をふたつに折ってしばらく苦しげに呼吸を整え、ようやく体を起こせるようになると、エクセターから届いた最も新しい新聞を差しだした。

「ベルギー」彼はあえぎながらそう言った。

「ベルギー？」グレースはわけがわからずにウィルソンが振っている新聞を受け取った。第一面のほとんどを占領している記事に目を走らせるうちに、グレースの呼吸も速くなった。ベルギー。戦争が終わり、英国と合衆国の代表がベルギーのヘントで平和協定を結んだのだ。「ロブ？」彼女は思わず叫んだ。「ロブ！」

ロブは何事かとこぶしを作り、心配そうな顔で飛んできた。

ウィルソンがしたように、グレースは彼の前で新聞を振った。彼はその手をつかみ、記事を読んだ。ハンサムな顔にゆっくりと笑みが広がっていく。読みおえると、二年間ずっと息を止めていたかのように、大きなため息をつき、グレースを抱きしめた。

グレースは喜んで彼を抱き返した。ロブの心臓はすごい速さで打っている。「終わったのよ、ロブ。終わったの」

おかみさんがロブの手からひったくった新聞をむさぼるように読みはじめる。ロブはグレースを抱いている腕を伸ばし、長いこと見つめてからキスをした。

おかみさんは勝ち誇ったような表情でふたりを見ると、平和協定のことか、キスのことかわからないような口調で、「そろそろころ合いだね」と言った。

ウィルソンも大きなため息をついた。「もうすぐわしに式の日取りを告げ、まさに女の鑑だと褒めたてろと言うんだろうな、グレーシー」彼は厳しい顔で言おうとしたが、口元がゆるんでいた。「ドーナツのレシピは持って帰るのかい、船長」

元オロンテス号の航海長はウィルソンの肩を抱いてこう答えた。「この国のヤンキー・ドゥードル・ドーナツはあなたのものですよ。同じものが作りたい人間にはお宅のドアをたたかせればいい」

通りの向かいのいつもの場所にナホム・スマザーズが立っているのを見ると、ロブはおかみさんが手にしていた新聞をつかみ、降りだした雨のなか、グレースが止めるまもなく店から走りでた。

彼女は笑みを浮かべて彼の後ろ姿を見ていたが、この村では、ひとりで一歩でも店の外に出てはいけないのを思いだし、叫びながら追いかけた。「ロ……船長、待って!」

エメリーがいつもの監視場所、何件か先の店の楡の木陰を離れ、スマザーズに達する前にロブを止めようと動く。協定調印の知らせをたたきつけようと走っていくロブに、スマザーズとエメリーが近づくあいだも、彼女は走りつづけた。

それから……何が起きたのか? ようやくロブ・インマンを仕留めるチャンスが訪れたことに興奮したスマザーズがエメリーの行く手をふさぎ、エメリーがつまずいて、ふたりとも倒れた。スマザーズが毒づきながら起きあがる。エメリーは驚いて頭をはっきりさせようと振りながら周囲を見た。

「老人に足を引っ掛けるなんて、勇敢な男だこと」グレースは嫌悪を浮かべて通りの真ん中にしりもちをついているスマザーズにそう言うと、これみよがしにロブの腕を取り、彼を店へと引き戻そうとした。

だが、ロブは静かに退場するどころか、かっかしてすわっているスマザーズの顔の前で新聞を振りたてた。「終わったんだ、スマザーズ。もうすぐおれたちは刑務所を出て、きさまのちっぽけな島をわが物顔に歩くようになるぞ」

「それはどうかな?」スマザーズは憎らしそうに叫び返した。「考え直したほうがいいぞ、愚か者」

ロブはにやっと笑った。グレースがエメリーを助け起こしているあいだに、ロブは新聞をスマザーズの膝に落とした。

「終わったんだ。そいつに慣れて、違う仕事を探すんだな。トムソン卿のほかにも、スパイが必要な人間がいるかもしれないぞ。きさまは腕がいいからな」

そしてきびすを返した。

「あの男がこれまで敵意を持っていたとしたら、いまではあなたを憎悪しているわね」グレースはスマザーズを見ながらささやいた。「あんなことをしてはいけなかったわ」

ロブは肩をすくめた。「かまうもんか。近いうちにたんなる記憶になる男だ」彼は肩越しに振り向いて、エメリーに片手を差しだした。「大丈夫か?」

「傷ついたのは自尊心だけだ」エメリーがぼやく。「スマザーズはこれで消えると思うか?」

「望むことはできるな」

戦争が終わったという知らせが広まると、村の人々はひとり残らずあれやこれやとパン屋を訪れる口実を見つけだしたようだった。レディ・タットは耳を傾ける人々に平和協定の内容について説明しようと、自分の新聞を持ってやってきた。この場合の〝現状〟とは、戦争の過程で獲得した土地や財産を戦争前の状態に復活させ、それぞれのもとに返還するという意味だ、と。

ロブはレディ・タットが差しでがましく説明するのに耳を傾け、真面目な顔でうなずいた。「それでひとつ心配が減りましたよ」

「お宅の大統領に、二度とカナダを攻撃しないように助言してはどうかしら？　そのほうが彼のためだ、とね」

「今度会ったときに、真っ先にそう言います」

レディ・タットはこの答えに満足して、上機嫌で帰っていった。

夕食のテーブルは静かだった。エメリーは足を痛めていたから、グレースはその足をエプソム塩を入れたお湯に浸けさせておいて、食事の支度をした。「憎らしいスマザーズとの災難は気の毒だったけど、おかげでセルウェイ弁護士から今後に関して連絡があるまでは、これまでどおりに用心すべきだという警告になったわ」彼女はにんじんの皮をむきながらエメリーに言った。「注意しすぎて悪いことはないもの」

「そのとおりだ」エメリーはお湯のなかで足首を動かし、顔をしかめた。「食べるあいだはエプソム塩から足を出してもいいかね？」

グレースは笑った。「レディ・タットならだめだと言うでしょうね。でも、このダウアハウスではあらゆる物事が少しばかりゆるめですもの！」

日が暮れるころには、ロブの喜びは内省的になり、グレースが編み物をするかたわらで、彼は居間の窓の外に広がる暗がりを眺めていた。「すべてを戦争前の状態に、だって？　だったら、ダンカン船長は生きているし、オロンテス号はとうきびを積みこむためにカリブ海を帆走してるよ」彼は歩きまわるのをやめて首を振った。「戦争が終わったときは、勝者と敗者のべつなく、誰もがこんな気持ちになるんだろうか？　おれはただとても悲しい」

グレースは編み物を置いた。彼は隣に腰をおろし、グレースを抱きしめると、唇を重ね、それから喉に顔をうずめた。グレースはため息をついて頭をのけぞらせた。

「ナンタケットのおれの部屋の外には、さんざしの木がある」ロブは片手をグレースの胸に置いてつぶやいた。「春になって風が吹くと、その花びらがベッドを覆うんだ」

「それとこれとどんな関連があるの？」グレースはどうにかそう言い、ロブがボタンをはずすのを見て思った。今朝は前にボタンがある服を着ることにしてよかった！

「何もない。ただふっと思いだしただけさ」彼はドレスのなかに手を入れ、やさしい指で、それから唇で胸を愛撫（あいぶ）した。「グレーシー、きみはとても柔らかい」

「ええ、それがわかってとても嬉しいわ」グレースは両方の胸を愛撫してほしくて、背中を弓なりにそらした。ロブがまだ触れてもいないのに、心地よさと同時にじれったさで脚のあいだが熱くなり、重くなる。グレースは彼に触れてほしかった。グレース、人間には手はふたつしかないのよ。彼女はそう思って、愚かな思いにほほえんだ。

ロブは目をきらめかせて彼女を見た。「何がおかしいんだい?」

いつのまにか服を腰まで押しあげられ、彼女はソファに横たわっていた。「あのインドの仏像のことを考えていたの。ほら、腕が四本ある仏像よ」

ロブは笑った。「悪い女だ」

「誰が知ってるの?」

「おれが。きみにはとても抵抗できない」ロブはズボンのボタンをはずしていた。「グレーシー、事情が許ししだいおれの妻になる愛しい人、これからすごいことが起こるぞ」彼は低く笑った。「いや、たいしたことはないかもしれないな。それが問題か?」彼ははっとしたように言葉を切った。「くそ、エメリーだ」彼は立ち上がり、ズボンのボタンを留めた。グレースも服のボタンを留めはじめた。「おれはドアに背を向けて暖炉の前で火を見つめる。男は簡単に興奮状態を隠せないからな」

グレースは真っ赤になった。少なくとも彼が顔をこすりつけていたのが自分の顔ではなく、胸だったことはありがたい。もしも顔だったら、いまごろは生えはじめたひげにこすられて赤くなっていたに違いない。それを隠すのはとても無理だ。彼女はスカートを振りおろし、部屋のなかほどに転がっていた編み物を拾った。そして熱い愛撫を受けたばかりだとは思えない落ち着いた顔で、部屋に入ってきたエメリーを迎えた。

「グレース、おや、船長。あんたがまだいたとは知らなかったよ」

彼女は息を止め、エメリーがロブをじろじろ見ないように願った。

ロブは暖炉の前に立ったままうなずいた。「時計を巻いてるだけさ。何か用かい?」

「いいや、いまんとこは何もない」エメリーはグレースに手紙を差しだした。「これが玄関の扉の下から差しこまれてたよ」彼はそう言って片目をつぶった。「ひょっとすると、ひそかにあんたを思ってる男でもいるのかな?」

グレースは手紙を受け取った。「そんな人なんかいないことはよく知ってるはずよ、エメリー」彼女は頬に手をやった。「赤くなるようなことを言わないで!」

なんの手紙か知りたいのか、エメリーはまだそこに立っている。グレースは老人の好奇心を満足させてやることに決めた。彼にはほとんど何も話さないのだから、それくらいはいいだろう。封印の蝋(ろう)は、驚いたことにまだ温かい。思わず背筋に寒気が走った。

「〝愚かな真似(まね)はするな〟」彼女は声に出して読み、それからエメリーに向かって紙を掲げた。「ここを見て。〝S〟と書いてあるわ」

「セルウェイ弁護士だろうな。どういう意味かな?」エメリーはロブに尋ねた。

ロブはソファのところにやってきて、見せてくれと片手を差しだした。「謎めいたセルウェイは、今日の午後おれたちを見ていたのかもしれないな。おれが愚かにもひとりで通りを横切ったことを」

「だったら、なぜ姿を見せないの？」常に実際的なグレースはこの推理の欠点を指摘した。

三人は顔を見合わせた。ロブは短いメモで手首をたたきながら言った。「革命のときの話を、老水夫たちから聞いたことがある。戦争は始まった直後と終わりかけたときがいちばん危険だ、と」ロブはエメリーをまっすぐに見た。「最初は決まりがないし、最後はそれが壊れるからだ」

彼はメモを手に暖炉の前に戻り、それを炎に投げこんだ。

「警告は肝に銘じるとしよう。醜い執事をしっかり監視してくれよ、エメリー」

「いつだってしてるとも」エメリーは静かに答え、ふたりに向かってこくんとうなずいて、かすかな笑みを浮かべた。「わしはそろそろ寝るとしよう。平和協定騒ぎで疲れたよ」

エメリーはドアを閉めた。ロブはグレースの腰に腕を回し、顔を近づけた。「おれが言ったことは嘘じゃない。いまは本当に危険なときなんだ。もう少し待ったほうがいい」彼は目を合わせようとはしなかったが、グレースは彼の声に失望を読みとった。

「待ちたくないわ」グレースはささやいた。

「おれもだ」彼はグレースを離しながら言った。「だが、悪魔が猛威をふるってるあいだはそうする必要がある」

彼はそう言って居間を出ていった。グレースはドアに頬を寄せてつぶやいた。「どうして待つ必要があるの？　戦争は終わったのよ」

23

ロブの結論はグレースが望んだ答えではなかったが、寝る支度をしながら、彼が正しいことに同意しないわけにはいかなかった。グレースは、ロブと結ばれるときのことを想像しながら、寒くて震えだすまで部屋の真ん中に裸で立っていた。

それが歓びをもたらすに違いないことはわかっている。パン屋で暮らしているときに、ウィルソン夫人が二階の寝室で低い声をもらすのを聞いたことがあった。それにベッドが一定のリズムできしむ音にも魅せられたものだった。自分で自分の体を愛撫したこともあるが、愛する人の愛撫を受け、彼と歓びを分かち合うのははるかに深い歓びをもたらすに違いない。

グレースは寝間着を頭からかぶると、ベッドに入って眠ろうとした。だが、まったく眠れなかった。「戦争は終わったのよ。それにわたしはロブを愛している」彼女はとうとう口に出してそう言い、起きあがった。

わたしは二十八歳よ。上掛けをめくったあとも、自分の決断の長短を秤にかけ、しばらくのあいだためらった。だが、体の奥のロブへのうずきを癒やす薬はロブしかない。それに自分の家をグレースに譲るという証書、どうしてもあれを持っていてくれと言い張ったときの差し迫った様子を思いだすと、妙に胸が騒いだ。

彼に何かが起こるかもしれない、それを思うと体の芯まで冷たくなった。いま迷ったために、尊敬し、愛する男と愛し合うこともなく生涯を終えるはめになったら？　生まれて初めて人を愛したあとで、そんな不毛の人生にはとても耐えられない。

グレースは深く息を吸いこみ、ドアを開けて……驚いた。

「ロブ？」

彼は月の淡い光が差しこむ薄暗い廊下で目をきらめかせて立っていた。

「きみも眠れないのかい？」

グレースはうなずいた。

「そんな格好じゃ、足が冷たくなるぞ」彼は低い声で言った。

「もう冷たいわ」彼女の言葉に彼は微笑した。

「おれもだ。おれの手を取ってくれ、グレーシー。おれたちは大ばか者だな」

気がつくとふたりは彼の部屋にいて、エメリーもスマザーズも、トムソン卿や恐ろしいダートムアも、グレースがこの十年に耐えねばならなかったあらゆる軽視や冷ややかさも、締めだしていた。

ロブは彼女をベッドへと導き、そこにすわってグレースが寝間着のボタンをはずし、それを肩から滑らせるのを真剣な顔で見守った。胸と下腹部を彼の目から隠したかったが、その気持ちをどうにかこらえ、グレースは彼の前に裸で立った。

「おれたちは平和協定を祝うのかい?」ロブは真剣な表情で彼女に目を張り付けたまま尋ねた。

「あなたを祝うのよ」グレースは赤くなってささやいた。

彼は満足そうなため息をついて、ゆっくり長いシャツのボタンをはずした。やがて裸で立つと、グレースを引き寄せ、しっかりと抱きしめた。

体が熱く、重くなるのを感じて、グレースは目を閉じた。不快ではないが、快適だとも言えない。これほど激しい欲望を感じたことはこれまで一度もなかったからだ。

どうにか勇気を出して目を開けると、ロブも彼女を見ていた。何を考えているの? グレースはそう思いながら眉間のしわに手を置いて、やさしくなでた。

「どうしてそんなに真剣な顔をしているの?」

「これは真剣な行為だ」彼はそう言ってグレースの手を取り、手のひらにキスした。「おれはきみとベッドをともにしたい。だが、それには危険がともなう」

グレースはうなずいた。「わかってるわ。わたしのドアはひとりで開くわけじゃないのよ」わたしときたら、こんなときにも現実的なことしか言えないの?

ロブはくすくす笑って彼女をベッドに導き、丸みをおびたヒップをなでながら上掛けをかけた。「おいで、グレーシー」

彼女はこの言葉に従い、彼の胸に頭を預けて目を閉じた。「あのメイドの言うとおりだったわ。あなたはハンサムよ」

胸を愛撫し、腰のあたりをなでながら、ロブがくすくす笑う。盛りあがったヒップで手を止め、軽くたたいた。グレースは仰向けになり、彼の頭を胸に引き寄せていた。

「最初のうちはダートムアでよくこういう光景を夢に見たものだ。それから女性がどんな感触かすら忘れはじめた」ロブはグレースの胸にささやいた。

彼が自分の緊張を解こうとしていることに気づいてグレースは低い声で笑った。エレインが死に、戦争捕虜となったために、長いこと女性に触れずにきたことを考えると、彼自身は急いで進みたいに違いないが、グレースに対する思いやりを忘れずにいる。

グレースが大きくなった彼のものを見つけ、それにそっと触れると、ロブが脚を動かし、呼吸を荒くした。

ため息に励まされ、グレースは手を動かしはじめた。「これでいいの?」

ロブが答えずに片手をグレースの秘められた場所に置く。今度はグレースが少しだけ脚を開いた。

ロブは片方の肘を突いて体を起こし、巧みな指でグレースを愛撫しはじめた。グレースが腰を浮かし、目を閉じると、腿の内側にキスをして、そのまま唇を上に這わせた。彼の呼吸がますます荒くなった。いや、速くなったのはグレース自身の呼吸だ。

「目を開けるんだ、グレーシー」ロブが重なりながらつぶやいた。グレースは彼を抱きしめたが、それだけではじゅうぶんではなかった。もっと彼を近くに感じる必要がある。

「みんなはどうやってこれを生き延びるのかしら？」彼の顔が近すぎて見えなかったから、グレースはあれこれと心配せずにすむようにキスした。

「グレース、きみには驚くな」彼は唇をほんの少しだけ離してささやき返した。「さあ、いよいよだぞ」

次の瞬間、彼はグレースのなかにいた。グレースは両手で彼の背中を締めつけ、もう何も言わずに彼がしていることに神経を集中した。そして自分がとても濡れていることに気づいた。「これだけ？」彼女はもっと欲しいという強い衝動を感じて尋ねた。

「いや、これからだ」彼が喉に口づけたままささやき、一定のリズムで動きはじめる。

グレースは自分のすべてをロブにゆだね、両手をそっと彼の背中とヒップに置いて、積極的に快感を得ようとできるだけよけいな力を抜き、求められる前に両脚を巻きつけた。もっと深く彼を迎える方法はほかには思いつかなかった。

ふたりの荒い息遣いが、それ自身のリズムを作る。ロブがしっかりと彼女を抱きしめ、深いため息とともに自分の欲望を解放すると、グレースは深い歓びを感じ、彼にしがみついて肩にキスした。ロブが自分を必要としているのを感じた。ただ欲望を満足させるだけの存在としてではなく、グレース自身を生涯の伴侶として必要としているのを。ロブは何度も繰り返し、耳元で彼女の名前を呼んだ。「グレース、ああ、グレース」

グレースは彼の顔に触れ、それが涙で濡れているのを知って驚いた。「泣かないで、ロブ」彼女はささやき返した。「もうすぐ故郷に帰れるわ」

「きみのいる場所がおれの故郷だ」彼はまだしっかりと抱きしめながらそう言うと、片肘を突いて重みを和らげた。「きみを押しつ潰したくないが、まだこのままでいたいんだ」

グレースはふたたび肩にキスし、それから唇にキスした。「ロブ、またできる？　どうすればあなたを歓ばせられるか知りたいの」

彼は耳元で笑った。「おれたちのスケジュールはけっこういっぱいだが、なんとか組みこむことができると思うよ。この次はもっと時間をかけてきみを歓ばせるつもりだ。きみ自身も少しは歓ぶ権利がある」

「いますぐ？」

彼は笑って寝返りを打つと、グレースを自分の上に引きあげた。「今度はきみがお楽しみのダンスをリードしてくれるかい？」

「どうすればいいのかしら？」グレースは彼の胸に頭を置いて、まだ彼が自分のなかにいることに少し驚きながらも、気をよくした。昔から、わたしほど不器用な人間はいないと思っていたのに。

「自然にわかるさ。だが、男は臨戦態勢になるまでに少し時間がかかるんだ」

「あら」

「アイ、水夫だってそれは同じさ！　急に現実に引き戻してすまないが、注意深くおりれば、洗面器のそばにタオルがあるはずだ」

グレースは暗がりで赤くなった。でも、彼の言うとおり、洗う必要がある。彼女が体をきれいにすると、彼も洗面器のところに来て、絞ったタオルを受け取った。

ロブは体を拭きおえると彼女を抱きあげ、ベッドに仰向けに横たえた。グレースはつい大きな声をあげ、片手で口を覆った。

彼はその手をはずした。「大丈夫だよ、エメリーはこの二階下でぐっすり眠ってる。聞いてるのはおれだけだし、おれは細かいことにうるさい男じゃない」

自分のベッドに戻ってもいいが、ドアは果てしなく遠く、背中を包みこんでいるロブはとても温かかった。彼は横向きになって片脚をグレースにかけ、片腕をグレースの頭の下に置いて、ゆっくりと安定した呼吸をしている。

グレースは目を閉じてふたりの営みのことを最初から思いだした。キューピッドの吹く笛に合わせて踊る日が来るとは思ってもいなかった彼女にとっては、あらゆる瞬間が夢のようにすばらしかった。長い戦争が終わり、世界に平和が訪れた。グレースにも安らぐときが訪れたのだ。

彼女はロブの眠りを妨げないように注意深く寝返りを打った。ハンサムな顔がようやく見えるだけの光が差しこんでくる。ロブは手を開き、リラックスしていた。またしても長くなった髪に触れ、首の焼き印をなでる。たとえ敵だとしても、どうして同じ人間の首に熱く焼けた鉄を押しつけるなどという野蛮な行為ができるのだろう？　政府のやることは理解できない。グレースはその傷に唇をつけながら思った。わかる人間などいるのだろうか？

それから眠りが静かに訪れて、胸を愛撫されて目を覚ましたときには早朝になっていた。グレースは身じろぎし、仰向けになって、彼が引きだす快感を味わった。昨夜と同じように脚のあいだに欲望がたまっていく。

部屋のなかは寒かったが、彼は毛布をはねのけてしだいに唇を下へとずらし、ふだんよりもっと柔らかくなった胸に、胸骨にキスした。そして自分のものをつかんだグレースがそれを熱く濡れた歓びの泉へと導くに任せた。

「ほら、もう要領をつかんでる」ふたりがふたたびひとつになると彼がつぶやいた。

その点に関しては、とくに反論する気はなかった。グレースは熱心に腕と脚をからめ、心地よい動きと重みを感じ、彼が耳元でささやく言葉と自分の胸に響いてくる鼓動に集中した。ひどく無防備な状態であるにもかかわらず、ロブの存在が奇妙な安心感を与えてくれる。何年もの深い孤独が鱗(うろこ)のように剥がれ、喜ばしいことに、愛する男とこれほど親密な関係を持つことができた。それが何よりも大きな喜びであり、恵みだった。

彼が精を放った瞬間、それがもたらした快感に貫かれて、グレースはうめき、頭を振りながら、なおも彼をきつく締めつけて自分も昇りつめた。引いては寄せる歓びの波があまりにも強烈で、グレースの力を奪った。

「ああ、ロブ」やがて呼吸が正常に近くなっても、グレースはまだそのリズムを感じていた。

ロブは汗に濡れて張り付いた髪を後ろになでつけ、額にキスしながら、グレースのなかで動きつづけている。またしても鋭い快感が突きあげてきた。今度はさっきほど強烈ではないが、それでもじゅうぶん激しい。こらえきれずにロブの肩に歯を立てると、彼は低い声で笑い、額を合わせた。

「グレーシー、きみは奇跡だ」彼はささやいた。「きみはおれと同じくらい強い」

グレースは彼に回した手に力をこめた。「毎日生地をこねているせいで、わたしには男並みの力がついたと誰かさんに言われたわ」

ロブはまた笑い、「ベッドで交わすには、世界一奇妙な会話だな」と言いながら仰向けになって、自分のお腹(なか)をぴしゃりとたたいた。「いまのおれが健康な男で、きみがダートムアから救いだした骸骨じゃないのはいいことだぞ」彼は横向きになり、グレースの胸に頭をのせた。「船に乗る計画は考え直すべきかもしれないな。それよりナンタケットでパン屋を開いて、毎晩きみのもとに帰るほうがいい！　何カ月もきみのそばを離れる男はばかだ」ロブはふたたび仰向けになり、グレースの手を握った。

グレースはその手を唇に寄せ、キスした。「どうやらわたしはレディじゃないみたい」肉の交わりに男性と同じような歓びを見いだしている理由は、それかもしれない。わたしは思ったよりも下まで滑り落ちたのかもしれないわ。

ロブが起きあがり、キスした。「そのふたつは比較できないさ。きみはレディとして生まれ、レディとして育った。これまでもこれからもレディだ。きみとおれがたがいの体ですることは、ふたりだけのもので、きみがレディだってこととはまったく関係ない」

グレースは彼の言葉を考えた。そして気に入った。ふたりは少し眠り、太陽が上がった直後、今度は彼女がロブの敏感な部分を愛撫して彼を起こした。ロブは文句を言うどころか、お手柔らかに頼むとからかっただけだった。

24

自分が数時間前にオールドミスから愛人になったことに誰ひとり気づかないのが、グレースにはとても奇妙に思えた。自分の部屋で着替えをすませるときは、鏡を見るのが恐ろしかった。乱れた夜の証拠が、額に焼きつけられているに違いない、と確信していたからだ。

だが、ようやく勇気をふるって見ると、いくつかそばかすのあるいつものグレース・カーティスがほほえみ返してきただけだった。感じのいい曲線を描く口、褐色の瞳と、まっすぐな鼻。ありがたいことに、〝強情〟と呼ばれる一歩手前の顔や細い腰、ロブのからかいの種である強い肩は、ふだんとまったく変わらないように見える。彼女のなかの変化に薄々感づいている人間がいるとすれば、その変化のきっかけとなった愛する男だけだろう。戦争が終わったいま、神の祝福があれば、いつか彼と結婚することになる。グレースの人生はがらりと変わった。でも、誰もそれを知らない。

最初のテストはエメリーだった。彼はグレースがキッチンに入っていくとやさしく挨拶し、焼いている卵について意見を訊いた。グレースは卵が焼けるのを見守りながら、自分の頬がいつもより薔薇色なのは、かまどの熱のせいだと思ってもらえることを願った。恥ずかしがる年でもないでしょう、彼女はそう自分を叱り、パンを焼く準備をした。それが終わってもロブはまだおりてこない。エメリーが時計を見た。

「今朝はずいぶん遅いな。平和協定の調印を祝いすぎたかな！」エメリーはそう言って笑った。「グレーシー、船長は部屋の壁紙にある花を数えながら祝ったと思うかね？」

いいえ、思わないわ。でも、彼が祝ったのはたしかよ。そう思ったがあいまいに相槌を打った。「たぶんね」

朝食がテーブルに並んでも、ロブはまだおりてこなかった。グレースと食べはじめながら、エメリーがまたしても時計を見た。

あなたは本当にやさしい人ね、エメリー。こんなに寒いなかでスマザーズを監視する仕事には、年をとりすぎているわ。グレースはそう思いながらふたりのカップにお茶を注いだ。「エメリー、戦争は終わったのよ。スマザーズが一定の距離を保つように監視してくれて本当にありがたかったわ。でも、もう休んだらどうかしら。終わったんですもの」

エメリーはうなずいた。「あんたがダンカン船長のすぐそばにいる必要もなくなったかもしれんな。彼に張り付いているのは、あんたにとってもひと苦労だろうよ」

とんでもない。そう思いながらも、「そうね。様子を見ましょう」と答えてエメリーにうなずき、居間に向かった。ロブが階段をおりてくる音がすると、急に気後れがした。小さなダウアハウスにはおさまりきれないほど情熱的な一夜を過ごしたあと、朝の光のなかで彼と顔を合わせるのは、なんだか気恥ずかしい。寡婦用のこの家(ダウアハウス)はロマンスが花開く場所ではなく、古い愛とその残りがしぼんで消えていく場所なのに！

居間の窓辺でぼんやりと雪がちらついている外を眺めていると、何かが目を引いた。暖炉の上の飾り棚の、去年の春、ここにあったものを運び去ったあと、トムソン卿(きょう)がしぶしぶ戻してよこした醜い花瓶のひとつに、彼女の名前が書かれた手紙が立てかけてある。

部屋のこちら側からでも、セルウェイ弁護士の大胆な筆跡が見て取れた。彼はどうしてこの家のなかにメッセージを置くことができるの？　家の鍵を持っているの？　グレースは不安にかられながら暖炉に歩み寄った。

今度も短いメッセージだった。セルウェイは言葉を無駄にする人間ではないらしい。それに個人的にここに来るつもりもないようだ。そこにあるメッセージはグレースの不安を静める役には立たなかった。

〝誰ひとり信頼するな。戦争が終わるときは混乱が生じる〟

グレースは大胆な〝S〟を見つめ、不合理なことはわかっているが、メッセージが長くなり、具体的な指示が現れることを願いながら、眉をひそめてもう一度読んだ。

ふたりはゆったりした足取りでクインビー村に向かった。どちらもしばらくのあいだたがいの顔が見られずにいたが、やがてロブが足を止め、真剣な顔でグレースと向き合った。すばやく見まわし、誰もいないことを確かめて、グレースは彼の顔に触れた。「どうしたの？」

彼はグレースの手のひらにキスした。「グレース、もしも、きみが妊娠していたらどうなる？」

そのことは、グレースも昨夜愛し合ったあと考えた。「戦争は終わったのよ。ここからナンタケットまでどれくらいかかるのかしら？」

「九週間から十二週間」彼はわびしげな顔で即座に答えた。

「エレインは……？」

彼はまた首を振った。「何度か流産したんだ。赤ん坊ができないのは、ふたりとも悲しかった」

「どうにもならないことを心配しないで」彼女はそう言った。

彼は皮肉な表情でグレースを見た。「いや、これはその気になればどうにかなることだ！」彼は赤くなりながら言った。「きみが〝ドア〟を閉めさえすればいいんだよ」ロブはグレースの表現を真似(まね)てにやっと笑った。「さもなければ、おれが閉めれば」

男ときたら、みんなこんなに鈍いのかしら？　「つまり、あなたの窓に梯子をかけろってこと？」

「危険な生き方が好きなのかい？」

「いいえ。危険が好きな女などひとりもいないわ」彼女は正直に言って、彼の手にキスをした。「でも、あなたがそばにいてくれれば何も怖くない。それに戦争は終わったのよ」

ロブは黙りこみ、ややあってかすかな笑みを浮かべた。「女のことはわかったつもりでいたが……」

村に近づくと、グレースはセルウェイからの警告について話した。「セルウェイ弁護士が警告している事柄と、彼が家に入る手段を持っていることのどちらが心配なのかよくわからないわ。好人物だとは思うけれど、いつでも好きなときに出入りできるとしたら……さもなければ、ほかの誰かが暇つぶしにわたしたちをもてあそんでいるだけかもしれない」

「なんのために？　きみが監視することになっているダンカン船長は、とくべつな男じゃなかったぞ。信じてくれ、おれは知っているんだ」

「でも、お父様は侯爵だわ」

「その話題は陸でも海でも、ほかの人間の前で口にしたことは一度もなかったよ」ロブは周囲を見て、グレースの手を取った。「セルウェイに手紙を書くんだ」

グレースはその日の午後、ストーヴの囲いに足をのせて温めながら、ウィルソン夫人の書板を膝に置いて手紙を書いた。開いているドアの向こうでは、ロブが客とおしゃべりしている。彼はその日の午前中も村人が自分に惜しみなく注いでくれる祝いの言葉に驚かされていた。

「どうして驚くの？」グレースは格子模様のシャツに隠れたたくましい肩をうっとりと見て、その感触を思いだしながら低い声で尋ねた。「村の人たちはすっかりあなたが好きになったのよ。いなくなったら、きっと寂しがるわ」

クアールへ帰る途中で郵便局長に手紙を渡すと、興味深いことに、局長はその手紙をどうすればよいか承知している、とグレースに請け合った。

「こういうときにセルウェイ弁護士が来てくれたら、どんなに心強いかしら？」グレースはしだいに募る不安を口にした。

「きみは心配性だな。何も起こらないよ」

ロブはダウアハウスが静かになったあと、グレースを落ち着かせる方法を見つけた。今度は彼がグレースのベッドに来て、すぐに長いシャツを脱ぎ、ふたりとも裸になってから みあった。グレースはそのつもりでカーテンを全部閉めずに、恥ずかしく感じないで好奇心を満足させられるぶんだけ開けておいた。今度はロブの体と自分の体を見たかったのだ。ふたりがひとつになるのを。ちらつく雪のきらめきがロブの肌に魔法のような不思議な光沢をもたらしていた。もう緊張はまったく感じなかった。ただ焦燥と紙一重の大きな期待があるだけだった。それがすべてを彩って広がり、グレースの目をくらませた。ロブとの愛の行為は、自分の手と唇、脚のあいだの熱く燃える箇所が彼の体になじむにつれて、ますます歓びをもたらしてくれるに違いない。

「ほら」ふたりがふたたび理性を取り戻すと、グレースは彼の胸に頭をのせた。「不安は消えただろう？」

彼女がやさしく頭をなでているロブの手をつかんで胸に置くと、笑いながらパンをこねるよりもずっと簡単にそれをもみしだいた。「おれたちは魔法を見つけたようだ。ひょっとすると、パン屋は世界一の恋人になれるのかもしれない」

自分のかたわらに横たわっている男以外には経験のないグレースは、それを言葉どおりに受け取った。

その週の終わりには、グレースは明かりをつけたまま愛を交わしていた。

毎朝、夜明け前に、どちらかが自分のベッドに戻った。ひとりになると心配が戻り、セルウェイ弁護士がパン屋にやってきて、安心させてくれることを願わずにはいられなかった。ロブもそれを必要としている。彼は何も言わないが、グレースにはわかっていた。一月の第一週のあいだ、一度ならずも、目を開けると彼が真剣な顔で窓辺に立っていた。

グレースは彼のそばに行き、腰に腕を巻きつけて背中に頭を預けた。「家に帰りたいのね」彼女は肩甲骨のあいだのなめらかな肌にそうささやいた。

ロブは何も言わずに振り向いて、グレースを抱きあげ、両手と両脚をからめる彼女をベッドに運んだ。そしてふたりだけの世界に入りこみ、憂いも不安も焦燥も締めだした。その夜だけは、ひと晩中彼女のそばにいた。

ふたりはほとんど言葉を交わさなかったが、彼がふたりの未来を話したがることもあった。そしてグレースは彼の体と同じくらい、そういう話を求めるようになった。

「ナンタケットのパン屋のことを考えれば考えるほど、店を開きたくなるよ」ロブはグレースを抱きしめ、彼女の両脚を自分の上にのせた。「これはまだ話してなかったが、ボストンに戻ったら、賞金が待ってるはずなんだ」

「賞金？」

「アイ」彼はくすくす笑った。「オロンテス号は英国船の積み荷を相当巻きあげていたんだよ。バルト海からマルタ島まで、おれたちは順番に拿捕(だほ)した船を中立国の港へ運んだ」

彼はグレースの腰をやさしくたたいた。「かなりの金額だ。それでパン屋を買えるだろう」

彼はため息をついて、愛撫(あいぶ)しはじめた。「きみはおれの船乗り魂をすっかりだめにしちまったな」

グレースは毎朝ロブよりも早くおりて、手紙が届いていないかと居間に目を走らせた。エメリーに目を光らせておいてくれと頼もうかとも思ったが、自分の仕事だと考え直した。セルウェイ弁護士の手紙は、ほかの誰でもない彼女宛のものばかりだ。それに彼女はダンカン船長をひとりで守ると約束したのではなかったか。

わびしい一月の天候がさらに悪化したある朝、待ちかねた手紙がこの前と同じ醜い花瓶に立てかけてあった。グレースはどきどきしながらそれを開き、夜明けのかすかな光がかろうじて差しこんでくる窓辺に持っていった。

今後のことを正確に、具体的に知りたかったのだが、今度も長い手紙ではなかった。エクセターの私書箱宛に手紙を書いてから、なぜ一カ月近くも返事が来なかったのかも知りたかったのだが、グレースは失望を押し戻した。

〝性急な行動を取らずに、これまでどおりダンカン船長から離れないことだ〟手紙にはそう書いてあった。「わたしたちは性急な行動などひとつも取っていないわ、ミスター・セルウェイ。それにあなたは遅すぎるわ」グレースは手紙に向かってささやいた。〝どうか、理解してもらいたい。平和条約は現在ワシントンに向かっている。ホワイトホールへ戻ってくるのは、向こうの議会の承認を得てからだ。ダンカン船長にしばらく辛抱するように言ってくれ。自由が手に入るまで何カ月もかかる恐れがある。英国民は容易（たやす）く指示に従う民ではないのだ。S〟

「ええ、そうね。彼らは違う」グレースは手紙に答え、自分がたったいま口にした言葉が何を意味するかに気づいた。〝わたしたち〟ではなく〝彼ら〟。わたしはいつから自分をアメリカ人だと思うようになったの？

まだ向こうの国を見てもいないのに！　どうしてアメリカ人になれるの？　グレースは自分をたしなめた。去年の夏、この国はきみに何をしてくれた、とロブに訊かれたことがあった。彼女はこの質問にショックを受けたが、いまは少しもショックを感じない。その理由はわかっていた。あのときも知っていたのかもしれない。

寒さのなかをクインビー村に向かう途中でグレースが手紙を渡すと、ロブは激しく毒づいた。「何カ月も！」彼は怒りに任せて手紙をたたいた。「アメリカ人と話したいよ！」

わたしに話して。グレースは思った。だが、彼女の考えはまだ芽生えたばかりで、愛している男にすら分かち合えるほどしっかりしたものではなかったから、即座にこの思いを押しやった。

「この国でアメリカ人のために交渉してくれる人はいないの？」ロブの剣幕に恐れをなして、グレースはためらいがちに尋ねた。

ロブは怒りを和らげた。「アイ、いることはいるが、みじめな腰抜けだ。ルーベン・ビースリーという、マディソン大統領自身が任命したおれたちの代理人だ」ロブの声は非難に満ちていた。「ビースリーはダートムアの捕虜たちが不自由のない毎日を送れるようにすべきなんだ。くそいまいましい能無しだよ」

「ダートムアを訪れたことはあるの？」

「一度か二度はね。あとはおそらくロンドンで、国民の税金を派手に使っているんだろうよ」ロブは苦い声で言った。「最高のレストランで食事するとか」

「わたしから手紙を書いてみようかしら？」

「インクと紙の無駄使いだ」

その日、ロブは一日黙りこんでいた。ウィルソン夫妻ですら彼のそばでは足音を忍ばせ、心配そうな顔で彼を見た。

「何もわからずに待つのがつらいのよ」その夜、店を閉めるときにグレースはウィルソン夫妻にそう言った。

　帰り道はなんとか会話に引きこもうとしたが、ロブは両手をコートのポケットに突っこんで黙々と歩き、グレースの努力を無視した。彼を非難すれば事態をさらに悪くするだけだ。グレースはそう思って黙って歩きつづけたものの、しばらくすると、胸の奥に押さえこんだ怒りが噴きあがってきた。

雪はほとんど消えていたが、雑木林の日陰の部分にまだ少し残っている。グレースはそれをすくい取ってしっかりと固め、大股で歩いていくロブの後頭部を狙って投げた。

雪の玉は見事に狙った場所に命中し、グレースは思わず歓声をあげた。

「この野郎！」ロブは大声でわめくと、自分でも雪をつかんだ。

グレースがしゃがみこんで耳を覆っていると、雪の玉はヒップに当たった。彼女はもう一度雪を丸めて投げた。残念ながら、今度は狙いを大きくはずれ、ロブに襟をつかまれて服のなかに雪を落とされた。胸のあいだを滑り落ちる雪の冷たさに、グレースは思わずあえいでロブの腕を殴った。するとロブはグレースを抱きあげ、まるで空気袋でも担ぐように、無造作に肩に担いでしまった。

グレースは抗議しようと思ったが、ロブがあまりにも激しく笑っているので考え直した。代わりに雪の残る藪（やぶ）を通り過ぎたとき、すばやくそこの雪をつかみ、彼のコートの下に手を入れて、ズボンに雪を押しこんだ。

ロブはすぐさまグレースを放し、自分の後ろに手を伸ばして雪を取りだそうとした。

「グレース、きみはおしとやかなレディみたいに見えるのに」彼はそう言って笑った。

「おあいにくさま。わたしは滑り落ちたのよ」彼女は雪を顔から拭いながら言った。

次の瞬間には彼の腕のなかにいて、うなじに顔をうずめたロブと一緒に体を左右に揺らしていた。

「すまなかった」彼はくぐもった声で言った。「待つのはつらいんだ。一日も早くわが家に戻りたいのに」しばらくしてグレースを離すと、ロブはグレースの手を取ってそれにキスした。「きみは辛抱強い人だ」ふたりは侯爵邸を通り過ぎた。エメリーが夕食をとっているのか、ダウアハウスにも温かい光がまたたいている。「どうすれば辛抱強くなれるか教えてくれ」

彼女が答える前に、ロブが立ちどまった。

「あれをごらんよ。もう一台の馬車が見える。トムソン卿は醜い執事大会でも催しているのかな?」

急にパニックがこみあげ、グレースは窓を見た。「なんだかいやな予感がするわ」彼女はささやいてロブの手を引っ張った。「急いで通り過ぎましょうよ」

「この臆病者」ロブはからかったものの、グレースがダウアハウスに急がせても逆らわなかった。彼はピーコートをクアールの先祖のひとりの胸像にかけ、口笛を吹きながら階段を上がった。

「今日はとても不機嫌だったわね」グレースが下から話しかけた。

ロブはなかほどで足を止め、答えようと手すりから身を乗りだし……上を見た。

「グレース、ここを出ろ」彼は静かに言った。「いますぐに」

見知らぬ男が階段をおりてくる。彼女はロブを見つめ、手を口に当てた。ロブは一、二段退きながら、真剣な顔でグレースを振り向いた。

グレースがロブに近づこうとすると、玄関の扉が勢いよく開いた。グレースは悲鳴をあげ、階段へ走ろうとしたが、トムソン卿とスマザーズに両側から腕をつかまれた。

「グレース!」ロブが叫んだとき、階段の男が彼の腕をつかみ、背中にねじりあげた。

グレースは上機嫌でにやにやしている侯爵とスマザーズを見比べた。

「ミス・カーティス、きみは糊(のり)のようにダンカン船長に張り付いていた」侯爵は言った。「わが伯父の遺言書にあったとおりにな」

彼はグレースの腕を離した。トムソン卿の勝ち誇った表情のほうがスマザーズよりも恐ろしくて、グレースはあとずさりした。スマザーズが片手を肩に置き、グレースをその場に留(とど)める。

階段の男がロブ・インマンをともなっておりてきた。ロブは青ざめてグレースを見、キッチンから聞こえた足音のほうに顔を向けた。

「エメリー!」グレースは叫んだ。「わたしたちを助けて!」

ここにいる誰よりも年老いた使用人に助けを求めるのは愚かなことだったが、そう懇願せずにはいられなかった。エメリーはロブのように無表情な顔で、ふたりを見て首を振ると、玄関の椅子に沈むようにすわりこんで片手を胸に置いた。

トムソン卿が前に進みでた。彼は全員を見ていった。例によってへの字に口を結んでいるが、目がぎらつき、まるで捕食動物のような表情を浮かべている。グレースはふたたびスマザーズへとあとずさりした。肩の手を振りほどいてロブの腕のなかに飛びこみたかったが、ふたりがどれほど親密か、この男たちに知らせる必要はない。わたしは泣かないわ、彼女は自分にそう言い聞かせた。

トムソン卿は咳払(せきばら)いをした。「われわれには問題がある。わたしの執事が故トムソン卿の書類を当たったところ、奇妙な事実を見つけたのだ。グレース、これはきみに関係がある。わたしは一度たりとも一年に三十ポンド払うわけにはいかん」

「払ってもらえるとは思っていませんでしたわ」グレースは頭を高く上げて静かに答えた。

「それは賢いことだ」トムソン卿はコートから細密画を取りだし、それをグレースに見せた。

それはおそらく十代だと思われる暗褐色の髪の若者の肖像画だ。片頬に深いえくぼがある。グレースはじっと見た。瞳も暗褐色だった。

「わたしの知り合いですの?」

「それはどうかな」トムソン卿は細密画をひっくり返した。「この若者が誰かは、ここに書いてある。字が小さすぎて読めんかな? これはダニエル・ダンカンだ」トムソン卿は皮肉たっぷりに言った。「そうなると、少々問題が生じるな、ミス・カーティス」彼はこわばった顔でロブを見た。「きみは誰だ?」

25

「オロンテス号の航海長、ロブ・インマンだ」ロブは誇らしげに名乗った。「グレースを離せ、スマザーズ。彼女はこのことは何も知らない」

肩をつかんでいるスマザーズの手の力がゆるんだ。だが、トムソン卿が「この女は自堕落だ。信頼できん！」とわめくと、グレースが思わず声をあげるほど強くつかみ直した。

「なんてやつらだ！」ロブは自分をつかんでいる男の手を振りほどこうともがいた。「ダンカン船長は死にかけていた。だからおれを選んで自分の代わりにしたんだ。彼女を離せ！」

誰もが叫んでいた。グレースはスマザーズの手から離れて、トムソン卿と向かい合った。思ったとおり、臆病者はあとずさりした。

「トムソン卿、わたしはダートムアの汚泥にまみれた牢獄で、ダニエル・ダンカン船長のかたわらに膝をついて彼の遺言を聞いたのよ。船長はひどい待遇に弱り、息を引き取る寸前だった。でも、わたしに、こう頼むだけの強さは残っていたの。誰でもいいから自分の代わりを選んでくれ、と」

「アメリカ人の婚外子（バスタード）に高潔さなど期待できるか」トムソン卿が軽蔑を隠そうともせずにつぶやいた。

「人でなし（バスタード）はあんたのほうだ」ロブが言い返した。彼の腕を押さえている男が側頭部を殴った。

「わたしはロブ・インマンを選んだ」グレースはそう言った。なぜか急にダンカン船長のこと、ロブ・インマンと自分のことが誇らしく思えた。

「重罪とまではいかなくても、軽罪ではあるな」侯爵が言った。「どう思う、スマザーズ？」

「ビールで祝うような事柄ですな、閣下」スマザーズがいかにもおべっか使いにふさわしい声で言った。「面倒な手続きを踏んで告訴するほどの価値はありますまい。この女は一生パン屋の助手として過ごすでしょう」

　グレースは振り向いてスマザーズを見た。彼は妥協を許さぬ厳しい顔で彼女を見ていた。グレースはロブを見て、ナンタケットにある彼の家の証書を思いだした。あなたは間違っているわ、スマザーズ。わたしにはアメリカに家がある。

　その思いがグレースを支えてくれた。トムソン卿を見ると、彼は鋭い視線に耐えられず、すぐに目をそらした。「トムソン卿、あなたのような人ですら、同じことをしたはずよ。

ひとりでもダートムアから助けだすために」

彼は信じられないという顔でグレースを見つめた。「ばかばかしい。わたしはそんなことをするものか。彼らがほかのどんな待遇に値するというのだ。独立などという愚かな企てを実行に移した、この……ろくでなしどもが？」

ロブの腕をひねりあげている男が彼を階段の下にひざまずかせた。トムソン卿は杖で片方の手のひらをたたきながらロブの前に立ち、その杖をロブの背中に振りおろした。

ロブはうめいたものの、何も言わなかった。

グレースはすすり泣きながらロブのほうに行こうとしたが、スマザーズが万力のような力で肩をつかんでいた。「彼をどうするつもり？」

「今夜のうちにダートムアへ戻す」侯爵はロブをつかんでいる男を見た。「ライリー、こいつを刑務所まで歩かせろ。コートなど着せてやることはないぞ」

「どうか、そんなことは……」

トムソン卿が振り向いてグレースの頭上に杖を振りあげた。いまや両手を縛られたロブが叫び、前に出ようとする。グレースは目を閉じて痛みに襲われるのを待った。

だが、スマザーズが振りおろされた杖をつかんだ。「トムソン卿、おわかりのはずですよ。女をたたくのはあまりよい考えとは言えません」スマザーズは機嫌の悪い子どもをなだめるようにそう言った。「みじめな女かもしれないが、クインビー村には友だちが大勢いる。ダウアハウスから放りだせばそれでじゅうぶんでしょう」

「きさまは面白みのない男だな、スマザーズ」トムソン卿は不機嫌な声でぐちった。

「どうか彼をダートムアには帰さないで」グレースは懇願した。

侯爵はせせら笑った。「丁重に頼んでみたらどうだ?」

「お願いします」グレースは膝をついて低い声で言った。「こうしてお願いしています。どうしてもというなら、エクセターの牢に入れてください。平和協定が結ばれたのよ! もうすぐ釈放されるんです。とにかく、ダートムアへ送り返すのだけはやめてください」

トムソン卿は背中を向けて笑った。「この囚人がどうなろうと、わたしの知ったことではないわ。そもそも、おまえがどうなろうとも、わたしの知ったことではない」

彼はぞっとするほど意地の悪い顔、冷ややかな目で振り向いた。

「ふたりともわたしにとっては無駄な費用にすぎん。本来わたしのものであるべき一年に三十ポンドの金でしかないわ」

「三十ポンドか?　ユダのもらった金だな」ロブが軽蔑に満ちた声で言った。

トムソン卿はロブの肩を杖で打った。グレースは悲鳴をあげ、やめてと叫びながら、助けを求めて見まわした。エメリーは切り株のようにすわっている。グレースは体をひねるようにしてスマザーズの顔を見た。だが、彼の思いはまったく読めなかった。

「あの男を止めて、お願い」これまでも無力だと感じながら生きてきたが、いまほどその無力を強く感じたことはなかった。侯爵が目の前で愛する男を杖で打ち据えているのに、それをどうすることもできないとは。

スマザーズはゆっくりとまだロブを打ちつづけているトムソン卿に近づいていった。ロブはいまや横に倒れ、目を閉じている。スマザーズがようやく杖をつかんだ。

「落ち着いてください、閣下」そう言った彼の声は軽く、まるで嘲っているようだった。それとも、聞き違いだろうか？　顔を上げると、ほんの一瞬だけ、そこに深い軽蔑が見えたような気がした。それからトムソン卿の冷酷な執事、本物のダンカン船長の細密画を見つけた執事の顔が戻った。

彼は穏やかに侯爵の杖を引っ張り、しばらくするとそれを取りあげていた。侯爵が荒い息をついてエメリーの隣にすわりこむ。エメリーは彼から身を引いた。グレースはロブに駆け寄り、彼が霞（かすみ）を払うように頭を振りながら体を起こすのを助けながら、エプロンで耳の上の傷をそっと押さえて血を止めた。

ロブに対する気持ちを知られてはだめよ。グレースは自分に言い聞かせ、感情を押し殺した。それを知ったら、彼らはもっとロブを痛めつけるわ。

スマザーズがまるでごみ箱の灰よりも価値のない存在のように自分を引き立たせても、逆らわなかった。グレースは愚かではない。一月の寒さと暗がりのなか、打ち据えられた痛みに苦しみながら、ロブがダートムアまで歩きとおせるという保証はどこにもないことはわかっていた。彼は今夜のうちにも死ぬかもしれない。だが、グレースが抗議すればするほど、トムソン卿はロブを苦しめるだろう。

スマザーズは彼女を階段のほうに押しやった。「荷物をまとめていますぐパン屋に戻れ」

彼の表情のなかに多少でもやさしさを探そうと、グレースはスマザーズを見た。だが、そこには何もなかった。階段を上がりながら片手でかすめるようにロブの顔に触れ、侯爵が気づかないことを願った。スマザーズがなんと思おうと知ったことではない。

それからすべてがあっというまに起こった。半分ほど階段を上がったとき、叫び声が聞こえた。恐怖にかられて振り向くと、ロブが黒いコートを着た男から跳ねるように離れ、近づいてくるエメリーを傷ついた肩で突き飛ばし、開いている玄関へと走っていく。

だが、トムソン卿の杖を棍棒のように構えたスマザーズが、よろめきながら玄関の扉へと向かうロブを追う。ライリーと呼ばれた男がそのすぐ後ろに続いた。

グレースはあんぐり口を開け、スマザーズが頭上で振りまわした杖がライリーに当たり、彼を床に倒すのを見守った。当のスマザーズは少しも気づかず進みつづけ、今度はどうやらほかのふたりと同じくロブを追うつもりらしいエメリーを打ち倒した。トムソン卿が女のような悲鳴をあげ、片隅にあとずさりする。

グレースはスマザーズの驚くべき失態の結果である目の前の修羅場を見つめ、ドアに目を戻した。ロブが振り向いて最後にもう一度彼女を見ながらそこを通り過ぎ、外の暗がりに溶けていく。片手を上げて彼に別れを告げると、グレースは沈むように階段にすわりこみ、両手で顔を覆った。トムソン卿がわれに返り、ライリーの手当てをしろと彼女に向かってわめきたてる。血を流している黒いコートの男は、意識を失っているようだ。

「あなたはここを出ていけと言ったわ」グレースは落ち着き払って二階に行き、わずかな身のまわりのものを鞄(かばん)に入れた。この部屋にあるもので持ちだす価値があるのは、ナンタケットの家を譲るというロブの証書だけだ。ロブの部屋には何もない。

グレースは証書を袋から取りだし、服の前に突っこんだ。エプロンにはロブの頭の血を止めたときの血がついている。スマザーズなら身体検査をするのに、血の跡のせいで胸を探るのを思いとどまったりはしないだろうが、臆病者のトムソン卿が血のついたエプロンに触れたがるとは思えない。

彼女は深く息を吸いこみ、階段をおりていった。スマザーズは倒れている男のそばにすわりこみ、けがをした頭に布を当てていた。トムソン卿と話しているエメリーが、ちらっとグレースを見て顔をしかめ、首を振った。エメリーの気持ちを思うと、胸が痛んだ。あんなに一生懸命ロブを守ろうとしてくれたのに。グレースはため息をついて顔をそらした。本物のダンカン船長の細密画のことなど、もう誰も気にしていないようだ。

まだ開いている玄関の扉がひどく遠くに見えた。グレースは走りだしたいのをこらえて、ゆっくりと歩きつづけた。めったにほかの人々のことを気にかけたことのない父が、珍しくあるとき彼女にこう教えたことがあったのだ。吠える犬からは、決して走って逃げるな、と。〝犬はおまえを獲物だとみなす。逃げたいときはゆっくり歩くのだ〟父はそう言った。

グレースはいまそれを思いだし、実践していた。野卑な言葉を投げつけるトムソン卿の前を通り過ぎ、目を細めてにらみつけるスマザーズを通り過ぎた。心臓がどくどく打っていたが、ライリーの血で滑る玄関の間をゆっくりと横切り、落ち着き払ってロブのピーコートを胸像から取ると、開いている扉へと向かった。

だが、そこに達する寸前でスマザーズが腕をつかんだ。

最初のうち、彼は黙ってグレースを見つめていた。大きな魚のように無表情な黒い目は、若いころならひと夏続くほどの悪夢をもたらしたに違いない。

「あの男の逃げた先に心当たりがあれば、いまのうちに教えるんだ」

まるでロブのことを心配しているみたいに！　グレースは彼に軽蔑しか感じなかった。

「心当たりなどひとつもないけれど、たとえ知っていたとしても、あなたには死んでも言わないわ」

「逃げたことは彼の不利になる」スマザーズはグレースを見つめたままそう言った。「いまのままでは、見つかりしだい撃ち殺されるぞ」

「プリマスにたどり着ければ、ここを出られるわ」

「あのけがでは無理だな。トムソン卿か彼の執事が逃げ道をふさがないと思っているとすれば、きみはとんだ愚か者だ！」

トムソン卿の執事ですって？　この卑劣なろくでなしは、自分のことを三人称で話しているの？　まるで王室の人間みたいに。グレースはますますスマザーズを軽蔑し、恐れるよりもうんざりしながらそう思った。なんてもったいぶった男なの。

「死ぬまであなたを憎むわ」

「それはずいぶんと気の長い話だな。もう一度ロブ・インマンに会いたいと思っているなら、考え直したほうがいいぞ。くそ、航海長のロブ・インマンだと！　きみたちふたりには完全にだまされた。まったく気にいらんな」

「あなたがどう思おうと関係ないわ」グレースはそう答えて外に出た。外はかなり激しく雪が降っている。けがをしたロブが、雪のなかをあてもなくよろめきながら逃げていくことを思うと、涙がこみあげた。「セルウェイ弁護士に、誰ひとり信頼するなと言われたのよ」

「セルウェイ？　わたしが尾行したときに、エクセターで捜していた弁護士のことか？」

「尾行なんかしていなかったわ！」それとも、スマザーズは実際についてきたのに、わたしたちはまったく気づかなかったの？　そう思うとぞっとした。

「いや、尾行していたとも。だが、セルウェイは見つからなかった。そうだろう？　実際に存在するかどうかも疑わしいものだ」

「もちろん存在するわ。あなたよりはるかにましな人よ」

スマザーズは肩をすくめた。「われわれはなんと愚か者だ」

グレースは大きな音をたてて扉を閉めたが、その向こうで笑うスマザーズの声を消すことはできず、両手で耳を覆った。

26

ウィルソン夫妻の家にたどり着くと、グレースはおかみさんの腕のなかに泣き崩れ、ふたりにすべてを話した。

「彼がどこにいるか見当もつかないの！　そんなに遠くへ行けるはずがないのよ。トムソン卿にあんなに何度も杖で殴りつけられたんですもの」彼女は自分の無力を思いだし、膝に置いたピーコートをたたいた。「コートもなしで。凍えてしまうわ！」

「だがな、グレーシー」彼女の話を考えながら、ウィルソンが言った。「ダンカン船長がとっくに死んでいるとわかれば、トムソン卿は喜ぶはずじゃないか？　ロブ・インマンを捕まえることが、彼にどんな関係があるんだね？　船長は死んだし、戦争は終わった。アメリカ人たちはもうすぐ自由になるんだぞ。なぜ、インマンにこだわるんだ？」

たしかに不思議だ。そう思いながらまだロブのコートと自分の鞄を手にして、二階の夫妻の部屋から暗い店へと階段をおりていった。そして暗い店のなかに立つと、ぐるりと見まわし、ロブが手書きで作ったナンタケットの家の譲渡証書を、売れ残りのパンを入れる容器に滑りこませた。

「誰ひとり信頼するな。そうよね、ミスター・セルウェイ」暗がりのなかでつぶやく。「その言葉に従うわ。でも、あなたを信じるのはそれだけ。あなたはなんの助けにもならなかった」

この証書は自分とロブ・インマンだけの約束、自分たちをよりよい生活へとつなぐ証だ。グレースは立ちあがって、ただもう一度抱きしめるために容器のなかから取りだそうとしたが、思いとどまった。自分に何かが起こってもきみが家を持てるように、とクリスマスの朝にロブが落ち着いてこれを差しだしたときのことを思いだすと、こらえようとしてもすすり泣きをもらした。あのときの不吉な予感が現実になったのだ。

グレースはようやく眠ったものの、店のドアを激しくたたく音と怒鳴り声に目を覚ました。ウィルソンが階段をおりていき、店のドアを開ける。

自分の部屋のドアがいきなり開いて壁にぶつかり、グレースは悲鳴をあげた。黒いコートを着たライリーだ。スマザーズの姿もすぐ後ろに見える。

「外に出ろ！」ライリーが叫んだ。「家のなかを捜索する。行け！」

ライリーは棍棒を使って毛布を持ちあげ、グレースがシュミーズを引きおろしながらにらみつけるのもかまわず、彼女をつかんでベッドからひきずりおろした。

「ちょっと待て！」ウィルソンが大声で叫ぶと、ライリーは彼に棍棒を振りあげた。グレースは彼の前に身を投げ、棍棒をつかんだ腕を押しやろうとした。

「できるだけ早くやろうとしているわ。何もしていない人たちを傷つけるのはやめて」

ライリーはしぶしぶ棍棒をおろした。グレースは彼を無視して服を頭からかぶり、ボタンを留め、エプロンをつけて、裸足（はだし）のまま靴をはいた。ロブのピーコートを取ろうとすると、ライリーがその手をつかんだ。

「それはここへ置いていけ。その鞄もだ。われわれは徹底的に調べて、きさまがあの家から持ちだしたものがないことを確認する。身体検査をしてもいいんだぞ」いやらしい目つきで服の下に手を入れようとするライリーを逃れ、あとずさりして、グレースはドア口に立っているスマザーズにぶつかった。

「服を着るときに見ていたはずだぞ！」スマザーズが一喝した。「それでじゅうぶんだ！グレース、なぜ船長になりすましていた男なんかとかかわりを持ったんだ？」

この男の善良な部分に訴えても意味はない。この男にはそんなものはないのだ。「だまされていたわけではないわ。わたしが彼を選んだの。あのときの気持ちは、あなたにはわからないでしょうよ」グレースは鋭くそう言い返した。

スマザーズは肩をすくめ、ライリーをにらみながら小声で言った。「やつはすっかり怒っているんだ」

グレースは部屋を出た。マットレスをナイフで切り裂く音に振り向くと、驚いたことにスマザーズがすぐ後ろに立っていた。彼もグレースと同じように厳しい表情を浮かべている。グレースは激怒して、両手で彼を突き飛ばした。

「どうしてあの部屋をめちゃくちゃにするの？」怒りにかられ、またしても彼を突き飛ばす。「わたしがマットレスのなかにロブを縫いこんだとでも思ってるの！」

怒りに燃え、やり返されるのを待ったが、スマザーズは手首をつかんで彼女に階段を歩かせ、ドアの外に押しだしただけだった。そこにはウィルソン夫妻が雪のなかに立っていた。

「おとなしくしたほうが身のためだぞ、グレース・カーティス」スマザーズは彼女が目をそらすまで手首を離さず、それからウィルソン夫人のほうへ軽く押しやった。夫人は自分の外套でグレースを包んでくれた。

「あの男が憎いわ」グレースは店のなかへ戻るスマザーズを見ながらウィルソン夫妻に訴えた。「ずっとわたしたちを監視していたの。エメリーにひどいけがをさせていないといいけど」

彼らは黙って雪のなかに立ち、ライリーとスマザーズと、気乗り薄の村の巡査が、なかの部屋を次々に捜索していく音を聞いていた。通り沿いの家に明かりがともり、村人が何事かと外に出て、集まってきた。

「英国人の家は自分の城だと思っていたがね」夜明け間近にライリーとスマザーズがようやく店の捜索を終えて出てくると、ブリキ職人が聞こえよがしに言った。

「クインビーでは違うようね」レディ・タットもそう付け加える。彼女は寝間着姿だったが、紫のターバンを巻く手間だけはかけていた。

「見世物はおしまいだ」太陽が昇りはじめると、ライリーが散れというように棍棒を振った。「逃亡者に関して知っている者は、いますぐ申しでたほうが身のためだぞ。危険な男だ」

「彼が危険ならおれがかわいがってる兎も危険さ」誰かが叫び、みんなが笑いながら離れはじめた。

「ねえ?」

グレースは声をかけられて振り向いた。去年の夏、大切な一ペニーと誇りを泥のなかからロブに救出してもらった少年、ボビー・ジェントリーが、寝間着の長シャツの上に薄い毛布をかけて立っていた。

「ボビー、そんな格好じゃ風邪をひくわ!」

彼はグレースの袖を引っ張った。「ねえ、もうすぐ昨日のパンを売ってくれる?」

「店を片付けたらすぐにね。約束するわ。お腹がすいてるの?」

少年はうなずいた。「それにちょっと用事があるんだ」

「ええ、何かしら？」

ボビーは彼女の耳に口を寄せた。「彼はうちにいるんだよ」

グレースは鋭く息を呑み、あわててスマザーズを見た。さいわい、こちらに背中を向けている。急いでボビーの手を取って店に入り、ほっとしながらドアを閉めた。スマザーズとライリーは、本通りで声高に言い争っている。

グレースはふたたびボビーのそばにしゃがみこんだ。「彼は大丈夫？　けがをしていたのよ」

少年がうなずく。「母ちゃんが手当てした。たいていの傷はお酢で治すんだ」

ほっとしたせいで、グレースは思わず笑っていた。彼女は菓子パンを置いたところへ行き、昨日の残りを全部取りだした。ボビーがそれを見て目を丸くする。

「だけど、おれはそんなにたくさん……」

「いいのよ」彼女はそう言って箱に入れた。「全部昨日のパンよ。いいから持ってって」

グレースは彼のそばにひざまずいた。「ロブ・インマンになんとかして会いに行くと言ってちょうだい」

ボビーは首を振った。「あなたがそう言うだろう、って。そんな危険をおかすな、って言ってるよ」ボビーは通りにいる男たちを見た。クインビーの村人はみな家に戻り、残っているのは巡査とライリーとスマザーズだけだ。「だって、あのつるつる頭が店の前に立ってるんだよ！　どうやって階段を上がってくるつもり？」

「何か考えるわ」当てがあるわけではなかったが、グレースはそうささやき返し、ドアを開けて、ボビーのおしりをやさしく押してやった。「帰りなさい、ボビー。もうすぐ売れ残りのパンが用意できるわ。いつもの時間にいらっしゃい」

ボビーが帰ると、グレースは店の真ん中で大きなため息をつき、目を閉じた。少なくとも、ロブがいる場所はわかった。ライリーが懐疑的な巡査に、村の家を一軒残らず捜索する必要がある、と話している。終わった戦争の捕虜をひとり捕まえるために。それも、自分たちがそうだと思っていた男ですらない捕虜を。あの男がなぜこんなにしつこいのか、グレースには理解できなかった。

目を開けると、いつのまにかスマザーズが目の前に立っていた。グレースが思わず一歩さがったのを見て、スマザーズは目を細めた。

「ここだけの話だが、わたしがダートムアに返したほうがロブ・インマンのためになる」

グレースが言い返そうとすると、スマザーズは片手を上げて制した。「辛抱するんだ、グレース！　いいか、トムソン卿やライリーが彼を見つけるより、わたしが見つけたほうがいい。ライリーはロンドンの警官で、ああいう連中には良心の呵責（かしゃく）などはまったくないんだ」

「あなたと彼に塵（ちり）ほどの違いがあるとしても、わたしには見えないわ」グレースは言い返した。「トムソン卿はあなたをまっすぐに見て、うちの執事がロブの詐称をあばく細密画を見つけた、と言ったのよ」

　スマザーズはグレースと同じように短気らしく、いきなり肩をつかんだ。だが、怖がらせるよりは自分の言葉を聞いてもらいたかっただけのようだ。

「侯爵がわたしを見ていたという絶対的な確信があるのか？」スマザーズはそれだけ言ってきびすを返し、店を出ていった。


　スマザーズは一日中、いつもの場所に立っていた。いまはロブではなく、グレースを見張っているのだ。

　彼女はいつものように働き、蝋燭職人の店も、ジェントリー一家が借りている二階の部屋の埃に汚れた窓も見ないように努めた。長い長い午後のあいだ、一度だけその窓のひとつにロブの姿が見えた気がした。

「もう一度そこに立ったら、今度会ったとき殴り倒してやるわよ、ロブ・インマン」グレースは低い声でつぶやいた。

「なんですって？」パンをつまもうとしていたレディ・タットが手を引っこめた。

「いいえ、あなたのことじゃないの」グレースは疲れた声で言った。村の巡査が村中の家をひっくり返せというトムソン卿の脅しに屈したらどうなるのか？　おまけに通りの向かいには、スマザーズが陣取っている。あの男は瞬（まばた）きすらしないの？　わたしがロブを引き渡すと本気で思っているのだろうか？　なぜトムソン卿はあれほど執拗（しつよう）に最初はダンカン船長を撃ち殺そうとし、いまはロブを狙っているのだろう？

　この問いには、グレースもウィルソン夫妻も答えられなかった。さらに悪いことには、ライリーが店のなかに陣取って、戸口のすぐ横にすわり、パンを買いに来る客に目を光らせている。さっさとどこかへ行って！　グレースはそう叫びたかったが、辛抱しろというスマザーズの言葉を思いだし、黙っていた。

　ありがたいことに、午後になるとエメリーが村にやってきて、グレースに片目をつぶり、いつものように冬枯れの楡（にれ）の木陰に立った。

　果てしなく続くかに思えた一日がようやく終わりに近づき、影が長くなりはじめると、おかみさんがビスケットの鍋を手に裏の部屋から出てきた。なんだって、一日の終わりにビスケットを焼いたのだろう？　グレースが驚いて見ていると、おかみさんは店の真ん中で鍋を掲げた。見張りのライリーが鼻をひくつかせ、ごくりと唾を呑む。

「グレース、あたしったら何を考えていたんだろうね。これを焼こうと思いながら、ついうっかりして、いまじゃお客はみんな帰っちまった。明日になったら、もう売り物にならないのに」おかみさんは片手で胸を押さえた。「まったくどじなことをしたよ！」

ウィルソン夫人の実際的な頭に、いったいどんな奇妙な生物が侵略したのか？　そう思いながらグレースは答えようとした。「まだ誰か来るかも……」

「遅すぎるよ」おかみさんはため息をついて、がっかりした顔で言うと、焼きたてのチョコレート・ビスケットを見ているライリーに近づいた。「よかったらどうぞ。これはもう売れないから」

ライリーは文句も礼も言わずに片手でつかみ、スツールに戻って、満足そうに目をつむり、むしゃむしゃ食べはじめた。

おかみさんはまたしても芝居がかったため息をつき、残りのビスケットを売れ残りの容器に入れると、グレースに向かってゆっくり片目をつぶり、裏の部屋に戻っていった。

グレースは好奇心にかられ、彼女のあとに従った。「あれはどういうこと？」彼女は店にいるライリーを見ながらささやいた。

おかみさんは低い声で言った。「あたしの作る黒ビールを覚えてるだろ？　あのビスケットには、それと下剤に使うヤラッパがたっぷり入ってるんだよ」

グレースは、あわてて笑いを押し戻した。「ヤラッパと黒ビール？　つまり、あの男は……」

「ああ、そうなるだろうよ。二十分もすればね」おかみさんは店のほうを見た。ライリーは容器に入れたビスケットまであさっている。

「さっきの演技にすっかりだまされたわ」グレースはささやいた。「ほんとに自分に腹を立ててるのかと思った」

「ああ、腹を立ててたよ。もっと早くこの手を思いつかなかったことにね」ウィルソン夫人はささやき返した。「スマザーズもあいつと一緒にビスケットを食べてくれるといいんだけど」

それから十五分後、グレースはライリーを無視して店の掃除をはじめることに決め、残った菓子パンに覆いをかけたとき、息をつまらせるような音がした。振り向くとライリーが立ちあがってお腹を押さえている。

「そのドアを開けろ！」

彼はふつうに歩こうとしたが、数秒後には体をふたつに折っていた。必死に店の外に出て、ズボンのボタンをはずそうとしながら、ふらつく足で通りを渡っていく。スマザーズが駆け寄り、彼を二軒の店のあいだへと導いた。

グレースは箒（ほうき）を放りだし、ふたりが消えた方角を見ながら蝋燭職人の店に走った。開いている戸口に立っていた職人が、急いで横に寄り、グレースを階段のほうへ押しやる。それを一段おきに駆けあがると、ロブがドアを開け、グレースをつかんで抱きしめながらドアを閉めた。

グレースはつかのま、彼の黒ずんだ目のまわりとトムソン卿に杖で殴られた耳のそばの傷を見つめた。肩の傷はボビーが言ったように、ジェントリー夫人がお酢を注いだようだ。夫を亡くした女性とその息子は並んで立ってふたりを見ていた。

「ありがとう、ジェントリー夫人」グレースはそう言って慎重にロブを抱いた。彼は白いうなじに顔をうずめ、両足が床から浮くほど強くグレースを抱きしめた。「ロブ、傷が痛むわ」

「かまうもんか」彼はグレースを離し、笑顔でジェントリー一家を見た。「通りを走りながら隠れる場所を探そうとしていると、ジェントリー夫人がこの店の前を掃いていたんだ」

ロブは自分の幸運がまだ信じられないようだった。

「彼女は夏の日のように穏やかな顔でおれを引き入れたんだよ」ロブはふたたびグレースを抱きしめた。「大西洋のこちら側にこんなに親身になってくれる友人がいたとは、ちっとも気がつかなかった」

ジェントリー夫人は赤くなった。「あなたがボビーを助けて泥のなかから一ペニーを見つけてくれたことを、わたしが忘れたとでも思っていたんですか？」

「誰でも同じことをしたさ」

「だけど、助けてくれたのはあなたよ。あのご親切は決して忘れません」夫人は水兵の妻にふさわしい自尊心を持ってそう言った。毎日の暮らしを古いパンと村人の親切心に頼らねばならない身の上でも、彼女の気持ちはレディそのものだ。夫人はテーブルを示した。

「お茶を飲みながら話しましょう」

ロブはぴりぴりしすぎていて長くすわっていられず、すぐにカップを置いた。「ここにはあまりいられない。スマザーズがこれほど近くにいては、ジェントリー一家にひどい危険をもたらすことになる」彼は肩を揉んだ。「それに、この状況ではプリマスまでたどり着ける自信がないな。隠れる場所がいる。おれたちが自由になる日はそれほど遠くはないはずだ」彼は苛立たしげにテーブルをたたいた。「もう何週間もそう言いつづけているよ」

グレースは彼の唇に人差し指を置いた。「お願いよ、ロブ」

彼はその指にキスして、恥じるようにジェントリー夫人を見た。「誤解しないでください、奥さん。おれは下劣な男じゃない。グレースには結婚を申しこみ、承知してもらいました」

ジェントリー夫人は自分の家ではいつもこういうことが起きているかのように落ち着き払ってうなずいた。「グレースはいい人を見つけたわ。この人は昔から良識があるの」彼女は窓辺に行き、片手を口に当てた。「あら、たいへん！」

ロブが立ちあがったが、グレースは彼をすわらせた。「窓に近づいてはだめよ！」

ジェントリー夫人がテーブルに戻ってきた。「パン屋にいた恐ろしい男が、お腹を壊したらしいわ。まだ路地の入り口だというのに、くるぶしまでズボンをおろしてる」彼女は笑った。「スマザーズが目をそらそうとしているわ」

「グレーシー、いったい何をしたんだ?」ロブが尋ねた。

「わたしは何もしないわ」グレースは唇を噛んで笑みをこらえた。「おかみさんがビスケットにヤラッパと自家製の黒ビールを仕込んだの」

「なんてこった。あのビールだけでもすごいのに。おかみさんを怒らせるのはなんとしても避ける必要があるな」

ボビーが窓に走っていって外を眺め、驚いて声をあげると、急いでテーブルに戻った。

「母ちゃん、おれが通りであんなことをしたら、おしりをぶたれるよね!」

「ええ、そのとおりよ。誰かが村の巡査に報告してくれるといいけど。あの男が公害だと宣言されるのを見たいもんだわ!」

それは時間の問題だった。無力な彼らにも時間だけはある。案の定、まもなく笛の音が聞こえ、夫人は外から姿を見られないように窓ににじり寄って、自分が見ている光景を報告した。

「村の巡査よ。思ったとおり、彼を引き連れていくわ。ええと、あの……」

「ライリー」グレースとロブが声を合わせて答えた。

「……ええ、ミスター・ライリーの腕をつかんで。たぶん判事のところへ行くのね」ジェントリー夫人は愉快そうな声で続けた。「巡査はズボンを上げる時間すら与えようとしないわ！　あれじゃ、そのうち転ぶわね。スマザーズがすぐ後ろに従っていくわ」ジェントリー夫人はちらっと窓の外を見て、目を覆った。「やれやれ！　ミスター・ライリーは通りを歩いていけるような状態じゃないみたい」彼女はロブを見た。「出ていくならいまのうちよ、ロブ。ほかに行く場所があれば、だけど」彼女は親切な目でグレースを見た。

「話は彼からすっかり聞いたわ。わたしは彼が誰だか知っているの」

ロブが立ちあがり、グレースを立たせた。「グレーシー、いい考えがあるかい？　もう一分でもジェントリー一家を危険にさらすことはできない」

「そうね。いま思いついたことがあるの。いい思いつきかどうかはすぐにわかるわ」

27

グレースの思いつきはよいものだった。暗くなったあと、ふたりが息を切らしてタット邸に到着すると、レディ・タットすらそう思った。

ジェントリー家を出るのは、拍子抜けするほど簡単だった。ロブは即座にボビーとジェントリー夫人に別れのキスをして、グレースの手をつかみ、彼女を連れて階段をおりた。が、グレースが外に出ようとすると、彼は引き戻した。

「だめだ」

「でも、ふたりの姿はどこにも見えないわ」

彼は村の中心を指差した。楡(にれ)の木陰にはまだエメリーが立っている。

「でも、エメリーは味方よ」グレースはささやき返した。

「きみが暖炉の上で見つけたセルウェイ弁護士のメモには、なんと書いてあった?」

「誰ひとり信頼するな」グレースは蝋燭(ろうそく)職人に顔を向けた。「裏口があるかしら?」

「それよりいいものがある」蝋燭職人はそう言って蝋燭が何列も立っている奥の部屋との

仕切り布を上げると、得意そうに紐を引っ張ってその部屋の落とし戸を開けた。「そこをおりて進むと、川の土手に出る」彼はそう言ってグレースに蝋燭を一本手渡した。

ロブが感謝してうなずく。が、グレースは驚いてつい口走っていた。「蝋燭を作るのは、平凡な仕事だとばかり思っていたわ」

彼はにっこり笑った。「二百年前のクインビーがどんなだったか、あんたには想像もつかんだろうよ。当時は蝋燭にかかる関税がばか高かったんだ」彼はそう言って片目をつぶった。「下の通路でフランス製ワインを見かけたとしても、わしらだけの秘密だぞ」

グレースは蝋燭をロブに渡し、暗い階段を彼に従った。下までおりると、彼はグレースを引き寄せ、荒々しくキスした。グレースは肩の傷に触れないように気をつけながら彼にしがみつき、ロブの愛撫を夢中で受けた。

「レディ・タット？　彼女がかくまってくれると思うかい？」グレースの思いつきを聞くと、彼はそう言っただけで蝋燭を掲げて真っ暗な闇を照らし、かがんで歩きだした。

「村の人々はひとり残らず、アメリカに対する彼女の意見を聞いているわ。アメリカが気の毒な圧倒的少数の英国海軍を攻撃した、とね。これ以上よい場所がある？」

薄闇のなかで、彼がくすくす笑うのが聞こえた。「たしかにな。彼女はヤンキー・ドゥードルは、英国人に仇なす怪物だと宣言したも同然だからな」

「もっと重要なのは、彼女があなたを命の恩人だと思っていることよ」

「おれはたしかに彼女の命を救ったんだよ。くそ、そっちは痛いほうの肩だぞ！」

ドアを開けた執事が青ざめてあたふたとレディ・タットを呼びに行くと、彼女はできるかぎりの速さで玄関まで走ってきた。

「レディ・タット」ロブは両手を差しのべた。「あなたの慈悲にこの身をゆだねます」

「ええ、そうすべきですよ。チャイムズビー、ドアの鍵をかけてちょうだい」

ダートマスで飢えて以来、底なしの胃を持っているロブですら食べきれないほど贅沢な〝軽い〟夕食をとりながら、レディ・タットは情報の泉であることを証明した。

「いろいろと教えてくれる人々がいるのよ」彼女はそれしか言わなかった。その情報のひとつによれば、村の巡査はすでにクインビー村とその周辺全体の大掛かりな捜索の手配をすませているという。

「その捜索は二時間もしないうちに始まるはずよ」

「すると、おれはここだけでなくデヴォン州のどこにいても、もう安全とは言えないのか」グレースはそうつぶやくロブの手を握りしめた。

レディ・タットはお茶のお代わりを注いだ。「実を言うと、あなたは、えっへん、この家にいれば安全なのよ、ロブ」彼女が咳払いをするのを聞いて、グレースはほほえんだ。

レディ・タットの重要な知らせは、必ずこの〝えっへん〟とともに始まるのだ。

でも、笑みを浮かべている場合ではない。これはとても深刻な事態だ。村の盗み食いチャンピオンである彼女に、どんな助けができるというのか？

「この幸運は、もとはといえば亡き夫、バルナバス・タット卿のおかげなのよ。いらっしゃい、見せてあげるわ。チャイムズビー、明かりをお願い」

ターバンに差してある紫の羽根をひらひらさせながら、レディ・タットはグレースにランプを持つように命じ、執事のあとに従って階段を上がった。「グレース、あなたはこの家がいつごろ建てられたか覚えているかもしれないわね」

「たしかわたしが十二歳のときですわ」

ロブは階段の上で足を止めた。「嘘だろう？　どう見ても二百年はたってる」

グレースとレディ・タットは声を合わせて笑った。グレースはかすかな希望を感じた。

「ロブ、レディ・タットのご主人は騎士に任じられたあとで、この家を建てたのよ」

「この邸宅を」レディ・タットが訂正する。

「ええ、チューダー朝様式の邸宅を」

「バルナバス卿はふさわしい屋敷も持たずに騎士になった、と誰にも言わせないために」

「すばらしい邸宅ですね。おれはすっかりだまされた」

チャイムズビーは階段を上がってふたつめの寝室の前で足を止め、大げさな身振りでそのドアを開けて、彼らをなかに案内した。エリザベス女王が国を視察する途中でクインビー村を訪れたとしたら、喜んで使いそうな天蓋付きのベッドや、精巧な彫刻を施した衣装だんす、椅子を見て、グレースは目をみはった。

「すばらしい」ロブはそう言ったものの、眉間にしわを寄せた。「だが、実に見事だとはいえ、錦織のカーテンが捜索隊の目からおれを隠してくれるとは思えないな」

「まあ、少しは人を信頼するものよ」レディ・タットはロブをたしなめ、執事に命じた。「チャイムズビー、導いてちょうだい」

「導くって、どこへ?」グレースがけげんそうに眉をひそめた。

「こちらです」チャイムズビーは暖炉のすぐ横にある美しい呼び鈴の紐の前に立って、それよりもずっと細く、ほとんど隠れて見えない紐を引いた。いきなり羽目板の壁の一部が開き、グレースはびくっとして飛びのいた。

「こいつは驚いた」ロブは頭をさげてなかに入り、グレースに手を振った。「ごらん、ここは小さな部屋だ。ベッドと……本棚まである」

グレースはなかに入り、ランプをその棚に置いて部屋を見まわした。「ロブ、じゅうぶんな食べ物があれば、平和協定が承認されるまでここに隠れていられるわ」

彼はうなずいて、グレースとふたりで大きい部屋に戻った。

「これはなんです?」

「司祭の穴よ、もちろん」彼女は上機嫌で答えた。「亡きバルナバス卿は、費用を惜しまず、何から何まで本物そっくりに造らせたの」そう言ってなかをのぞきこんでから、ロブに目を戻した。「あなたはここにいるといいわ。食事はあとで持ってきてあげますよ。煙突のすぐ横に通気孔もあるのよ。狭い部屋に不安を感じないといいけれど」

「おれは商船の航海長だ。この穴はおれにとっては贅沢と言ってもいいくらいですよ」

騎士の夫人は嬉(うれ)しそうに頬を染めた。「バルナバスが生きていれば、司祭の穴が実際に使われるのを見てどんなに喜んだことかしら！」

「ええ、ほんとに」グレースはレディ・タットの袖に手を置いた。「あなたはすばらしい人ですわ、レディ・タット」

レディ・タットは真剣な表情になった。「ロブ・インマンは命の恩人ですもの」彼女はためらい、それからロブをまっすぐに見た。「それに、わたしがこれまであなたの国の海軍に関して言ってきたことは、ほんの少し間違っていたかもしれない……」

「アイ、レディ・タット、なんと言っても、攻撃されたのはわれわれ――」

レディ・タットがロブの腕をたたいて言った。「あなたの合衆国が航海中の商船に、意図的に多大な厄介をもたらしたのでないことはわかっている、という意味で言ったのよ」

ありがたいことに、ロブはかすかにうなずいてほほえんだ。「そのとおりです。マディソン大統領に会ったら、こんな小さな島を相手にすべきではなかったと言ってやります」

レディ・タットはどう答えればよいかわからぬようにロブを見た。いずれにせよ、彼女が言い返している時間はなかった。階段を駆けあがってくる足音がして、いつもレディ・タットのお供をしてくるコンパニオンが寝間着に帽子のまま部屋に走りこんできた。

「奥様！　村の巡査が来ています！　厚かましくも、部下にここを捜索させるつもりでいるようですわ！」

「思ったより早かったな。村の外にある屋敷を先に捜索するつもりかな」ロブはふたたび司祭の穴に入り、グレースに手を差しだした。「きみも消えたほうがいい。こんな夜更けに、きみがタット邸にいるのはおれがここにいるのと同じくらい不自然だ」

コンパニオンは激しくうなずいた。「ええ、きっと爪の下を針で刺されたり、拷問台に縛りつけられて尋問されるわ！」

「この村の巡査がそんな真似をするとは思えないが」ロブがつぶやいて感謝の笑みを浮かべた。「みなさんは比類なき方々です」そう言って閉まりかけたドアの向こうに投げキスを送った。「マディソン大統領にもそう言いますよ」

グレースが滑るように閉まった羽目板に耳を押しつけると、外の部屋のドアが閉まった。「二百年前こういう場所に隠れた司祭たちも、いまのわたしたちと同じ気持ちだったのかしら？」彼女は少し震える声でささやいた。

ロブが自分の隣をたたいた。「彼らにはこんなに美しい連れはいなかったと思うよ。グレース、これは新しい家だ。昔の幽霊はいない」

「そうだったわね」彼女は腰をおろした。

ロブは彼女を抱いて、あくびをしながら仰向けになった。グレースが胸に頭をのせると、肩を抱いた手に力がこもった。

「ひどい一日だったな」ロブはささやいた。レディ・タットよりも重い足音が階段を上がってくる。「グレース、震えているじゃないか」

「怖いんですもの」

「きみが？　十年以上もあらゆる重荷をひとりで背負ってきた、針のようにタフなグレース・カーティスが？」

「ええ。あなたを選ぶ前の人生はもっと単純だったわ」

ロブは彼女を抱きしめた。「だが、これほどどきどきしなかっただろう？」

外の寝室のドアが開くと、グレースは泣き声がもれないように震える手で口を覆った。

「怖いわ」

「おれもだ」ロブが耳元でささやいた。「いますぐ大西洋の真ん中で退屈な見張りに立てるなら、何をあきらめても惜しくないよ」

寝室の捜索はほとんど始まったと同時に終わった。足音が廊下を遠ざかり、階段をおりていくと、グレースはようやく体の力を抜き、ほかの捜索の音に耳をそばだてた。だが、故バルナバス卿はがっしりした家を建てたと見えて、何も聞こえなかった。

捜索隊が立ち去ってから少なくとも一時間たったころ、外の部屋の秘密の羽目板のところでレディ・タットが言った。「やっほう！」

ロブが立ちあがり、羽目板越しに言った。「レディ・タット、たとえ彼らが引きあげても、グレースは夜明け近くまではここにいます。トムソン卿の言いなりになるロンドンの警官がうろついている通りに、彼女を放りだす気はありません」

「わたしもそれがいちばんだと思うわ」厚い羽目板の向こうでレディ・タットが応じた。「では、おやすみ、ふたりとも」

ロブはふたたび横になった。「きみはべつの部屋で寝るべきだと言い張ると思ったのに」彼はそう言いながらグレースのボタンをはずしはじめた。「案外、物分かりのいい女性なのかもしれないな」おなじみの指が服の下に滑りこみ、白い胸を愛撫しはじめる。

「ええ、そうかもしれないわ」グレースは彼を手伝い、起きあがって服もシュミーズも脱ぐと、胸をやさしく愛撫しているロブのボタンを見つめた。「抜け目のない人だし、現実的でもあるわ」肩が痛まないようにそっとロブのズボンを引っ張りながら、ため息混じりにつぶやく。「傷が痛むときはそう言ってね」

どうやらロブ・インマンは少しぐらいの痛みで音をあげるような男ではないらしかった。

平和協定が調印されてから二カ月近く、毎晩それを祝ってきて、グレースには彼が特定の場合、あるいはそれ以外の場合にどう感じるかをかなりはっきりとわかるようになっていた。グレースが耳のまわりに舌を走らせるのが、それに彼女の低いうめきや、昇りつめていくときの切ない声を聞くのがどれほど好きかもわかっている。何よりもグレースが腕と脚を彼にからませ、しっかりとしがみついて彼自身の悪夢を追い払ってくれることが。

「グレース、ゆうべはきみが恋しくてたまらなかった」彼は離れたくなさそうに重なったままつぶやいた。「今夜にでも結婚できるといいのに」

「ええ、わかってるわ」グレースも彼を離したくなくて、両手を腰に巻きつけた。

ロブは体を離すと、グレースを抱いたままますぐに眠った。彼女はランプのちらつく明かりで愛しい顔を見つめた。眉間のしわが消えた、くつろいでいる顔を。朝が来る前にまた彼を欲しくなるに違いない。そして彼は胸に手を置いただけで目を覚まし、グレースの愛撫に応えて、惜しみなく与えてくれるだろう。今度は馬乗りになってみようか？　以前、そうしてくれと言われたときは恥ずかしかったが、タット邸にある司祭の穴で早朝に愛を交わすには、ふさわしい方法かもしれない。

グレースは片手を彼の腿に置き、目を閉じて思った。ふたりが結婚し、かもめの声が聞こえるナンタケットにいるふりをしても、誰もわたしを非難する人はいない。いまのわたしは夢を見ることができる。

28

レディ・タットが少しばかり苛立たしげに咳払いするほど長いキスと抱擁のあと、グレースは手を振ってロブを司祭の穴に送り返し、夜が明ける前にタット邸を出て、レディ・タットと腕を組んで邸宅の階段をおりていった。この日の午前中には、レディ・タットがエクセターの郵便局に届けてくれると約束したセルウェイ弁護士宛の手紙を渡すことになっていた。

「ちっとも厄介じゃないのよ」レディ・タットはそう言って請け合った。「あなたが店を開けたらパン屋に行く。そのあと御者にひとっ走りするよう頼めばいいだけ」

レディ・タットが雇っている老人たちと、彼らがこの秘密の陰謀をどれほど楽しんでいるかを思いだし、グレースは微笑した。「とてもいい考えだと思いますわ。一日か二日のうちにはセルウェイ弁護士から返事が来て、どうすればいいか指示してくれるはずです」

パン屋に着いたときには、ちょうど夜が明けるところだった。クインビーの本通りから一本はずれた路地を歩く自分の姿を、ありがたいことに霧が隠してくれた。すでに三月に入ったというのに、今年はまだ春の気配すらない。ふだんなら裸の枝を覆う霜を押しのけて、新しい芽が顔を出すころなのに。

スマザーズがすでに鎧戸を閉めた真っ暗な蝋燭職人の店の前に立っているのを見て、グレースは仰天した。コートのなかに顔を突っこんでいるのは眠っているからだろうか？そう思って見ていると、スマザーズが足踏みをした。こんな寒さのなかで見張っているのは、ロブを見つけることができなかったからだ。いい気味だわ、グレースは予備の鍵を見つけて静かに裏口から入った。

まっすぐかまどの裏にある部屋に行き、ランプをつけてセルウェイ弁護士に手紙を書いた。この一両日に起こったことを説明し、セルウェイがすぐさま安全な場所に移し、助けを求められるように、ロブがいる場所も詳しくしたためた。〝ミスター・セルウェイ、あなたが忙しいことはわかっています。でも、ロブがトムソン卿に見つかったら、ひどい仕打ちを受けるのではないかと心配でたまりません。ロブはダンカン船長ではありませんが、亡き船長がわたしにべつの男を選べと言ったとき、彼が考えていたのは自分の船の乗組員のことだけでした。敬具、グレース・カーティス〟

手紙を二度読んだが、直すところはなかった。レディ・タットに言付けて一刻も早くエクセターへ届けてもらったあと、この手紙がどこへ行くのかは見当もつかない。でも、ロブが捕らえられ、死ぬはめにならないように、セルウェイ弁護士がこの窮地を打開してくれることを祈った。彼女はペンを取り、インクに浸した。〝ミスター・セルウェイ、わたしはロブが自由になりしだい、一緒にナンタケットへ行くことに同意しました。あなたはアメリカ人だけでなく、この国の女性も助けることになるのです。グレース〟

レディ・タットは約束どおり、グレースの手紙を取りに立ち寄った。そしてそれをバッグに入れる前に、さりげなく周囲を見まわし、店のなかに自分とコンパニオンだけになるのを待ってカウンターに身を乗りだすと、内緒話をするように声をひそめた。

「今日の午後エクセターから戻ってきて、予定どおりにことが運んだときの合言葉は、〝永久(とわ)の歌〟にしますよ」

レディ・タットは共謀者が欲しそうだったから、グレースも身を乗りだした。「手紙を無事に届けたことを教えてくれるだけでいいと思いますけど」

「とんでもない!」レディ・タットはショックを受けたように首を振り、またしても周囲を見た。「あの不愉快なロンドンの警官がいなくなっただけでもよかったわ。いったい何があったのかしら?」

ヤラッパを一度にたくさん食べすぎて、公共の場で猥褻(わいせつ)なものを露出したんですわ。グレースは心のなかで答えた。だが、この説明はレディ・タットのような女性にすら、刺激が強すぎるかもしれない。「きっとどこかで誰かを苦しめているんですわ」そう言いながらも、あの男が路地でしゃがみこんでいるところが目に浮かび、笑みを隠すのに苦労した。レディ・タットに手紙を託したいま、あとは待つだけだ。

レディ・タットが午後遅く戻り、カウンターににじり寄って〝永久の歌〟とつぶやくのを聞いて、グレースは安堵のため息をついた。ロブに会いに行きたかったが、店に留まったほうがいいと自分を抑えた。スマザーズが通りの向こうから難しい顔で見張っていることを思えばなおさらだ。エメリーも同じくらい根気よく監視している。

グレースは自分がこれまでセルウェイに宛てて書いた手紙のことを考えた。セルウェイ弁護士は司祭の穴に留まるのが最良だと言うかもしれない。航海長がダンカン船長ではなく、亡きトムソン卿とは縁もゆかりもない男だと知ったあとでも、あの弁護士はわたしたちの力になってくれるだろうか？　グレースはそれが心配だった。手紙のなかではいまのトムソン卿がロブを見つけしだい撃ち殺すといきまいていることを、とくに強調しておいたのだが……。

それから二日たった。早朝から夜までの長いあいだ、片時もロブのことが頭を離れなかったが、グレースはいつもの仕事をこなした。夜はもっと長く感じられた。ふた晩も寝返りを打ち、姿勢を変えつづけたあと、自分は少しばかりふしだらしい、と結論した。とはいえ、婚約者のロブがそばにいてくれず、こんなに心が空っぽでは、本物のレディの気持ちを想像するのは難しい。彼がいれば、ほんのちょっと誘いをかけるだけで、新たな活力を与えてくれるのに。もしかすると、男はみなそうなのかもしれない。あるいは、クインビーのみんなが知っているように、グレースは本当に滑り落ちたのかもしれない。健康な女性が健康な男性を求めるのは、ごくあたりまえのことよ。グレースはそう思ったが、本当のところはわからない。ロブがそばにいたら、グレースが赤くなったとしても教えてくれるだろうが。

とにかく、なんとかして気を散らさなくてはならない。そこでロブの代わりにヤンキー・ドゥードル・ドーナツを作ることに専念したものの、ドーナツを作っていると彼のことが心配で泣きたくなった。

ウィルソン夫妻は一見ふだんと変わらぬ様子だった。おかみさんは店が忙しくて不毛な思いで時間を費やす暇などなかったが、ウィルソンは平和協定に関する状況について情報を仕入れるために、毎朝喫茶店に出かけていった。だが、三月までにわかったのは、ウェリントンの義弟にして将軍の指揮下にある英国軍が、ニューオーリンズの近くで海賊とフランス移民の子孫であるアカディア人と、自由な黒人を率いる老練なジャクソン将軍に、こてんぱんにやっつけられたということだけだった。

「しかも、平和協定が結ばれたあとで起こったんだぞ」ウィルソンはあきれたように首を振った。「光の速さでニュースが届けば、わしらはどうしたらいいもんかわからんだろうな」

スマザーズはまだパン屋を、グレーシーを見張っている。彼女がロブの居所を知っていると思っているのだ。グレースは彼のしつこさに腹を立て、恥じ入らせてやろうとドーナツを一ダース持っていった。だが、彼は恥じ入るどころか、たぶん笑ったつもりでにっと歯を見せ、礼を言っただけだった。作戦は失敗、せっかくのドーナツを無駄にして、グレースは愚かしく思いながら撤退した。

レディ・タットに手紙を託してから三度めの朝、彼の姿が蝋燭屋の店先から消えると、グレースはスマザーズに見張られるよりも悪い事態があることを知った。

最初に気づいたのはおかみさんだった。売れ残りのパンを容器に入れていたおかみさんが、グレースを呼んだ。「あの意地の悪い男がいつもの場所にいないよ」

グレースは戸口から通りを見渡した。蝋燭職人が彼女に気づいたらしく、戸口に出てきて肩をすくめた。

若葉をつけはじめた楡の木を見ると、いつもそのそばを行ったり来たりしているエメリーの姿もない。いったいどういうこと？　首を傾げながら店のなかに戻りかけ、足を止めた。

レディ・タットのコンパニオンが、スカートの裾を高く持ちあげ、帽子を吹き飛ばして、恥も外聞もなく本通りを走ってくる。まるですべてがばらばらになりかけているかのように。

パン屋に着いても、声が出るようになるまでに何秒かかかった。グレースは彼女を店のなかに入れ、すわらせて、おかみさんにアンモニア液を持ってきてくれるように頼んだ。コンパニオンはその指示を片手で払い、グレースのエプロンをつかんだ。「彼がミスター・スマザーズに捕まったのよ！」

グレースはそれ以上聞かずに走りだした。一度だけ振り返ると、ウィルソンがあとを追って走ってくるのが見えた。彼が先に行けと手を振るのを見て、グレースは速度をあげた。レディ・タットのすばらしくも愚かしいチューダー朝もどきの邸宅に至る長い私道から、ちょうど黒いカーテン付きの馬車が出てくるところだった。グレースはそれに駆け寄り、扉をたたいた。すると驚いたことに、その馬車が停まった。まだ車輪が動いているのもかまわず、グレースはそのあいだに飛びつき、ロブの名前を夢中で叫びながら扉の掛け金を開けようとした。

厳しい顔のスマザーズが扉を開け、なかによじ登ろうとするグレースの手首をつかんだ。彼の肩越しにのぞくと、手と足を縛られたロブ・インマンが、涙に頬を濡らしながらわびしい表情で彼女を見つめている。

グレースは自分が何を言ったか覚えていなかった。スマザーズに毒づいたかもしれない。泣きながら、ロブを自由にしてくれと懇願したことはたしかだ。だが、石像と話しているのも同じことだった。スマザーズは万力のような力で彼女を遠ざけ、激しく揺すぶった。

「グレース、やめないか」彼の声は無慈悲ではないが、自分の務めを果たそうとする鋼のような決意が感じられた。彼は逃亡者を捕らえたのだ。

「ロブ・インマンはダートムアへ行く」グレースが息を吸いこむために言葉を切ると、スマザーズはそう言い渡した。最悪の不安が現実になったのだ。スマザーズはふたたびグレースを揺すぶった。「きみたちふたりは最後まで手を焼かせたな」

グレースはこんな場合にも自分のことしか考えないスマザーズに、かっとなって彼をたたこうとした。この顔から苛立たしい落ち着きを拭い去るためなら、何度でもたたいてやる。「彼らはロブを土牢（つちろう）へ閉じこめるわ！　彼を殺すわ！」

グレースは道路にひざまずき、つかまれた手を握りしめてスマザーズを罵った。

「人殺し！」

この言葉に我慢の限度に達したのか、スマザーズは恐ろしい言葉で毒づくと、グレースを引き立たせた。ロブが必死に近づこうとするが、恐ろしいことに、彼は手枷（てかせ）と足枷をつけられているだけでなく、その鎖を馬車の床にボルトで固定されているのだった。スマザーズはぐっと顔を近づけ、グレースが自分を見るまでにらみつけた。

「愚か者！　彼が安全なのは、ダートムアだけだぞ！」

スマザーズはもうひと言毒づいてグレースを突き飛ばし、馬車のなかに戻ると、御者に行けと命じた。

グレースは金切り声で叫びながら、息の続くかぎり馬車のあとを走った。ついに力尽き、通りにすわりこむと、涙がかれるまで泣きつづけ、やがて彼女を見つけたウィルソンの顔を見るなり、ふたたび泣きだした。

ウィルソンはやさしくグレースが立ちあがるのに手を貸した。「グレーシー、さあ、帰ろう」

それから何時間もたち、グレースと同じようにショックを受け、店の前に集まった人々がようやく引きあげたあとも、彼女は裏の小部屋ですわっていた。愛する者を失う痛みを知っているからか、ジェントリー夫人が小部屋に残り、おかみさんがその日の注文を終わらせるのを手伝った。ジェントリー夫人の静かな言葉が、ずたずたになった秩序を多少とも修復してくれた。

レディ・タットはショックもあらわにグレースの手を取り、涙を拭きながら何が起こったか話してくれた。ロブは羽目板を閉ざした司祭の穴に隠れていたが、スマザーズがロンドンの警官ふたりと邸宅になだれこんできて、階段を駆けあがり、ほとんど見えない紐を引いて、羽目板を開けたことを。

「彼らはためらいもしなかった。一直線にあそこへ行ったのよ。わたしにはどうしようもなかったの！」ロブを救えなかった後ろめたさに、レディ・タットはそう言ってまたしても涙を拭いた。「頼まれた手紙はエクセターの私書箱に届けたし、誰にも何ひとつ言わなかったのに！」

彼女の苦悩がようやくグレースの気持ちを自分自身がおかしたかもしれない恐ろしい罪からそらしてくれた。グレースは両手でハンカチをひねり、それでレディ・タットの涙を拭いて彼女を慰めようとした。

「あなたのせいじゃありませんわ。エクセターで何かが起こったんです」

レディ・タットは悲しみに満ちた目でグレースを見た。「わたしたちは、ひと言ももらさなかったわ」

「わかってます。あの手紙で、わたしはセルウェイ弁護士にロブが隠れている場所を教えたんです」グレースは静かに言った。「悪いのはわたしです。何が起こったかは……」あの男の名前を口にするのはつらかった。「スマザーズに、聞かなければわかりませんわ」

みじめなレディ・タットを慰めるためにほほえもうとしたが、すすり泣きになった。「彼が答えてくれるとは思えませんけれど」

だが、グレースは間違っていた。

29

ふた晩ほど眠れない夜が続いたあと、グレースは鏡から見返してくる顔に愛想を尽かした。

真夜中とあって、起きているのは彼女だけだった。グレースは洗濯場に行き、井戸の水を汲んで沸かし、お風呂に入った。髪を洗い、そこにある悲しみを少しでも消せればと、いつもよりごしごし顔をこすった。

昨夜ウィルソン夫人がしたことが、グレースの秤を〝死〟ではなくふたたび〝生〟に傾けたのだった。おかみさんはグレースの手を取り、すわって、まるで子どもを慰めるように彼女を膝にのせた。

そして沈黙のうちに一時間がすぎると、グレースの頬にキスしてこう言った。「さてと、あたしらに、ほかにできることがあるかい？」

これはよい質問だった。グレースはその夜の大部分を天井を見上げて過ごし、朝が来ると起きあがって働いた。

暗黙の了解で、誰ひとりドーナツを作ろうとは言いださなかった。グレースはできるだけ頭を空っぽにして、黙って生地をこねた。スマザーズが店に入ってこなければ、夜までそうしていたに違いない。

「グレース」

ドアに背中を向けていたグレースは、一瞬、ロブの声を聞いたような気がして、確かめるのを恐れながら振り向いた。そして目を細め、ドアを指差した。「あなたには二度と会いたくないわ」

自分では大きな声を出したつもりはなかったが、ウィルソン夫妻が裏の小部屋から先を争って飛びだしてきた。フライ返しを武器のようにつかんだウィルソンは、スマザーズをにらみつけた。

スマザーズは片手を上げて彼を制し、木部からペンキを剥がすこともできそうな目でウィルソンをにらみ返した。「ばかな真似をすれば、暴行罪で逮捕するぞ。グレースに話さなければならないことがあるんだ」

グレースはパン生地をこねる仕事に戻った。「あなたと話すことは何もないわ」

「この前も言ったが、神に誓ってロブ・インマンをダートムアへ送り返したのは、彼を生かしておくためだ」

この言葉はひどい悪臭のようにそこに残り、グレースを泣かせた。「わたしを苦しめるのはやめて。帰ってちょうだい」

「いや」彼は低い声で言った。その声の何かがグレースを振り向かせた。「どうか、わたしの話を聞いてくれないか」スマザーズはそこにいる全員に向かってそう言った。

ウィルソンはうんざりして鼻を鳴らした。「グレース、この男を二階へ連れてって、話を聞くんだ。話しおわったら、裏口から帰ってもらえ。それですっかり片がつく。わかったか、スマザーズ？」

「ああ、それで結構だ」

スマザーズはグレースに従って階段を上がり、ウィルソン夫妻の部屋に入ると、背もたれのまっすぐな椅子に腰をおろした。グレースは注意深く距離を保ち、向かいにすわった。

「きみは村中の人々を味方につけたな」

グレースはスマザーズのどこがこれまでと違うのか、ようやく気づいた。彼はロブと同じような話し方をしている。「その訛（なま）りはどうしたの？」

「これが本当のわたしだ。もうほかの話し方をするつもりはない。わたしの名前は実際にナホム・スマザーズだが、この国の人間ではない。マサチューセッツ州のブレイントリーに農場を持っている。これはきみにはなんの関心もないかもしれないが、いちばん近い隣人は合衆国副大統領のジョン・アダムズだ」彼は咳払（せきばら）いをした。「残念ながら、アダムズのりんご園は、うちのりんご園よりも数段すばらしい」

グレースは青ざめた。スマザーズはそれに気づいて彼女の手を取り、グレースが彼の手を払いのけても、かまわずに椅子を近づけた。

「あなたは誰なの？」これは単純な質問だった。考えてみれば、去年の春以来、たくさんの人々にこの質問を繰り返している。エメリー、ロブ自身、セルウェイ弁護士……。でも、ナホム・スマザーズに訊くことはこれまで考えもしなかった。

彼は答える代わりに問いかけてきた。「ロブからルーベン・ビースリーの話を聞いているか？」

「それじゃ答えにならないわ！」

「たしかに。だが、わたしは訊いているんだ。彼はビースリーのことをきみに話したことがあるかい？」

「あるわ。あまり好感は持っていなかった」グレースは軽蔑のにじむ声で言った。「スマザーズ、あなたはごまかしているわ」

「そんなことはない」彼はきっぱり否定した。「ルーベン・ビースリーは、英国の戦争捕虜との連絡係として、わたしの政府に任命された男だ。これはロブの政府でもある。ビースリーはアメリカ領事として働いていたし、いまでも働いている」

「彼は捕虜の苦しみを和らげるために何もしていない、とロブは言ったわ」

スマザーズはうなずいた。「残念ながら、そのとおりだ。ベルギーで平和協定が調印されたあと、ルーベンはダートムアを訪れた」彼は苦い笑みを浮かべた。「彼が立ち去ったあと、捕虜たちが肖像画を描き、ビースリーと書いてそれを燃やしたと聞いたよ」

グレースが何か訊いてくるのを待つように、彼は言葉を切った。グレースはうんざりして首を振った。さっさと話を終わらせて、帰ってもらいたいだけだ。

「わたしもロンドンの領事館で働いている。わたしの仕事は仮釈放された捕虜を監督することだ」

「自分の同胞を滅ぼすのに、ずいぶん奇妙な方法を選んだこと！」グレースはそう叫んでぱっと立ちあがった。

「とんでもない、わたしは有能な監督者だ！」彼はグレースがこれまで知っていたスマザーズのように鋭く言い返し、自分でも立ちあがった。「とくべつにダンカン船長に割り当てられるまで、わたしの仕事は仮釈放になった捕虜たちを訪ね、彼らの状態を評価し、報告書を書くことだった。わたしはたんなる事務官だったのだよ。ブレイントリーに一日も早く帰りたいと思っていたことも付け加えさせてもらう」

「ええ、さっさと帰ってくれれば、それに越したことはないわ」グレースはつぶやいた。

彼は腰をおろし、グレースが自分の話にどう反応するかを考えるように、黙って彼女を見た。グレースは彼が慎重に言葉を選んでいるのを感じた。

「フィリップ・セルウェイがダンカン船長を特殊な例としてわたしに割り当てたんだ」

「セルウェイ弁護士が！　彼はどこにいるの？　ちっとも役に立たないどころか、最後はわたしを裏切ったのよ！」グレースはそう言ってわっと泣きだした。

パンをこねる桶(おけ)のところにハンカチを忘れてきたグレースに、スマザーズは自分のハンカチを押しつけた。グレースはそれに顔をうずめ、彼がそのあいだにいなくなってくれることを願った。「セルウェイは……アメリカのどこかにある森の先住民だとでも言うつもり？」

スマザーズはにやっと笑った。たしかにいまの発言はばかげて聞こえる。

「いや、グレース、彼はきみの政府の人間だ。わたしと同じように、仮釈放者を担当している。われわれは双方の政府を代表し、協力して仕事をしてきた。いまでは彼を友人だとみなしているよ」

グレースは自分がエクセターの私書箱に宛てて、セルウェイに書いた手紙のことを考えた。いかにすばやくその返事が届いたかを。それが意味するところを考え、罪の意識で顔が赤くなった。

「やっぱり、わたしがセルウェイに書いた手紙がロブを裏切ることになったのね？」

スマザーズはうなずいた。彼の目には同情が浮かんでいた。「きみは気に入らないだろうが、あの私書箱を少なくとも一週間に二度確認していたのは、このわたしなんだ。この村の商店に支払い、きみに当座の金を届けていたのもわたしだ。〝誰も信頼するな〟という警告を書いて、〝S〟と署名したのも」

「そういえば、スマザーズの頭文字もSね」

「そうだな。セルウェイ宛の最後の手紙も、ほかの手紙同様、わたしが受け取った。きみの詳しい説明で、わたしはロブ・インマンを見つけた」

　グレースは力任せにスマザーズの頬をたたいた。力尽き、涙で何も見えなくなって彼の胸にぐったりと倒れこむまで何度も何度も彼を殴った。スマザーズはまったく抵抗せずにこぶしを受け、グレースが疲れ果てると彼女を抱きあげてソファにすわらせた。

　グレースはソファに倒れこんで、スマザーズが頭の下に置いたウィルソン夫人の刺繍入りクッションに向かって泣いた。泣いて泣いて、最後はうめくような声しか出なくなった。スマザーズはそのあいだずっと、彼女の肩に手を置いていた。

　彼はグレースが静かになるのを待ってこう言った。「グレース、きみは自分の敵が誰だかわかっていないんだ。わたしはわかっている」

　彼はソファのそばにひざまずいた。「あなたはトムソン卿の執事よ！　トムソン卿は執事が本物のダンカン船長の細密画を見つけたと言ったとき、否定しなかった。ちゃんと覚えてるわ！　侯爵はまっすぐあなたを見ていたのよ！」

　スマザーズは首を振った。「グレース、そのとき誰がわたしの後ろにいたか覚えているかい？」

グレースは記憶を探り、息を呑んだ。「いいえ！　そんなの嘘よ！」

「誰が後ろにいた？」スマザーズはこれまでのように容赦のない、鋭い口調で問いつめた。

グレースは目を閉じた。まるでほんの一時間前に起こったばかりのように、あのときの光景があざやかに浮かぶ。ロブがすぐそばに立っていた。それとエメリーが。

「エメリー……」

「そう、エメリーだ」

グレースはがばっと体を起こし、両手で頭を抱えた。「まさか！　彼は亡くなったトムソン卿の庭師のひとりよ。そして倹約家の新侯爵にクビにされた。彼はあなたを監視していたのよ！」

スマザーズはソファのグレースの隣に腰をおろした。「ロブが仮釈放になる前に、きみは彼をトムソン卿の屋敷で見たことがあったのか？」

グレースは首を振った。でも、彼女がクアールへ行くようになったのは、老トムソン卿が弱ってパン屋まで来られなくなってからだ。そういえば、セルウェイが遺言書を読みあげたとき、図書室にいた使用人のなかにエメリーはいなかった。

「彼を見たことは一度もなかったわ。でも、エメリーはそう言ったの。それに彼はずっとあなたを監視して……」グレースは息を呑んで、口に手を当てた。「ウィルソン夫人が一度、あなたがエメリーを監視しているみたいだ、と言ったことがあったわ。その反対ではなく。そしてみんなで笑ったものだった！」

「ウィルソン夫人が正しかったんだ。若きトムソン卿はきわめて狭量で執念深い男だ。あの男はきみを……わたしがダンカン船長だと思った男を撃ち殺したくて、きみを彼から引き離したがっていた。身元引受人のそばを離れたら殺される、これがすべての捕虜に共通した仮釈放の条件なのだよ」

「でも、なぜ？　なぜトムソン卿はあんなに執念深いの？　ダンカン船長のことは遺言書が読まれるまでまったく知らなかったのよ。それに、船長が遺産の権利を主張する可能性も、クアールの一部を受け取る可能性もまったくなかったわ」

「たしかに」スマザーズはしばらくまっすぐ前方を見つめ、それからグレースに目を戻した。「なかにはただ狭量で意地の悪い人間がいるのかもしれないな」

グレースはぐっしょり濡れたハンカチを額に押しあて、目を細めた。「わたしはあなたがそうだと思った。実際、そのとおりかもしれないわ。どうやってトムソン卿の執事になったの？」

「まだ信じてくれないんだな？」

彼は冷静に尋ね、グレースも同じように答えた。「なぜ信じるべきなの？　そもそもなぜセルウェイはあなたにスパイさせるほどダンカン船長に関心を持っていたの？　まあ、スパイという言葉が正しければ、だけど」

「彼はあなたをトムソン卿の家にもぐりこませた。ほかの仮釈放者には、そんなことはしなかったんでしょう?」

「ああ、しなかった。それほどの緊急性はなかったからね」

「ダンカン船長の何が違っていたの?」

スマザーズがほほえむと、グレースはちらっと思った。この男の目が鮫のようだと思ったのは間違いだったかもしれない。色は黒に近いが、鮫の目とは違う。そこにはこれまでと違って感情が見えた。わたしが勝手になんの感情もないと決めつけていただけなのだろうか。

「きみの言うとおり、ダンカン船長はほかの仮釈放者とは違っていた」スマザーズはグレースの手を取った。

「ロブをあのままにしておくことはできなかったの? 戦争が正式に終わったいま、捕虜が釈放されるのは、もう時間の問題でしょうに」

「わたしはきみほど人を信頼しないんだよ、グレース。ああいう秘密を長く保つのは、途方もなく難しいんだ。善意の人々のあいだでさえも。トムソン卿の息のかかった男たちがロブ・インマンを見つける危険はおかせなかった。もちろん、トムソン卿はすでに彼がダンカン船長ではないことを知っている。だが、さっきも言ったように、彼は最低の男だからな」

グレースはうなずき、スマザーズの手を握りしめ、赤くなって謝った。「さっきはあんなにぶってごめんなさい」

スマザーズは彼女の手を離して立ちあがり、グレースを一緒に立たせた。「きみはすべてを聞く必要がある」

「セルウェイ弁護士から？」

彼はうなずいた。「ああ。それともうひとり、トムソン卿に関して説明できるかもしれない人物からも。グレーシー、よそゆきの服を着るんだ。われわれはロンドンへ行く」

グレースは骨の髄まで疲れを感じながらためらった。「どうしてあなたを信頼できるの？」

「理由はひとつも浮かばないな」スマザーズは少し考えたあとでそう言った。「グレース、きみは誰かを信頼しているのか？」

「ロブだけを」

「わたしのことも信頼してもらいたい」

30

「わたしたちはあなたを醜い執事と呼んでいたのよ」

ナホム・スマザーズは頭をのけぞらせて笑った。「この坊主頭のせいか？　それともあばたかな？　無愛想な態度かな？」

「あらゆるものをひっくるめてよ」グレースは馬車の窓の外に目をやった。「ここよりクインビーのほうが緑が多いわ」

「話題を変えたな！」

「そうすべきだと思ったの。わたしが辛辣で、言い争うのが好きな女だってことは、すでに知られてしまった。なぜこれ以上あなたに攻撃手段を与えなくてはいけないの？」

スマザーズはにやっと笑っただけで、ふたたび読書用の眼鏡を鼻梁（びりょう）に押し戻し、膝に置いた書板の書類に目を戻した。グレースは景色を眺めつづけた。憧れのロンドンに、まさかこんなふうに急ぎ旅をすることになるとは。ふたりは途中で宿に泊まるより、できるだけ早くロンドンに到着するほうがいいと決めたのだった。昨夜は肩を寄せ合って、この馬車のなかで眠った。

グレースは夜中に目を覚まし、ほんの一瞬、自分の肩にあるのがロブの頭だと思って胸がときめいた。それからかたわらにいるのがナホム・スマザーズであることを思いだし、深い失望に襲われた。よりによって、死ぬまで憎むと誓った男と旅をしているのだ。彼女は長いこと窓の外を見つめ、まだ疑いながらもこの男を信じた自分の判断が正しかったことを祈った。


「まだ完全に信じてはくれないんだね」スマザーズが書類から目を上げて言った。

「仕方がないわ。あなたの演技がうますぎたのよ」

「実に複雑な事情だったのだよ」彼はこれまでと同じように率直に言った。「われわれはハーフムーン通りへ向かっている。わたしはそこでトムソン卿の執事を呼びだす。その邸宅の向かいに止めたこの馬車のなかから、よく見てもらいたい」

「鬼が出るか蛇が出るか、ね」

グレースのつぶやきに彼は肩をすくめただけで仕事に戻った。


しばらくして、スマザーズがまた顔を上げた。「そのあとテディントンへ行く。ロンドンからはさほど遠くない。そこにきみが会うことになっている人物がいる」

「それがロブだと言って！」グレースはつい叫んでいた。

「彼はダートムアにいるよ。順風が協定の船を速やかに英国にもたらすことを祈るんだな」彼は低い声で付け加えた。「それと、協定がアメリカの議会で承認されて到着することを」


ハーフムーン通りについたときには、すでに夜の帳がおりていた。スマザーズは御者に命じてひときわ目立つタウンハウスの真向かいに馬車を止めさせ、コートのなかから小さな箱を取りだした。

「使用人に執事を呼んでくれと頼むつもりだ。エメリーが見つけたダンカン船長の細密画を返すと、トムソン卿に約束したからね」

「あなたはそう言うけど」グレースはついそうつぶやいていた。

スマザーズは苦虫を噛みつぶしたような顔で見た。グレースが憎み、嫌っていた醜い執事の顔だ。グレースも負けずに同じような顔でにらみ返した。

「グレース、誰かを信頼すべきだぞ!」スマザーズはかっとなって叫び、それから肩をすくめた。「いや、すべきではないな。エメリーが出てきたら、その目でとっくりと確かめるがいい」

グレースはさきほどの嫌味を恥じてうなずいた。

「それからすぐにここを離れる。エメリーが箱を開けて中身が石ころとわたしからの無礼なメモだとわかったときには、彼のそばにいたくないからな」

「あの細密画を持っているの？」

彼は胸のポケットを外側からたたいた。「アイ。これはテディントンの正当な持ち主に手渡す」

「どういうこと？　正当な持ち主はトムソン卿……わたしのトムソン卿よ」

「違うんだ。われわれはクラレンス公爵のところで何分か過ごす」スマザーズはちらっとグレースを見て、喉の奥で笑った。「だからよそゆきを着てくれと頼んだのさ。虫が入る前に口を閉じたほうがいいぞ！」

グレースはおとなしくこの助言に従った。頭のなかには疑問が渦巻いていたが、スマザーズはすでに馬車を出ていた。グレースは彼がノッカーをつかむのを見ながら、できるだけ窓から見えないように深くすわった。

ややあって扉が開いた。スマザーズはそれを開けた使用人に首を振り、小箱を手に外で待っている。次に現れたのはエメリーだった！　グレースの記憶にあるよりもはるかに立派な服を着ているが、エメリーに間違いない。

グレースは息を呑み、「なんて男」とつぶやいた。「すっかりだまされたわ」

スマザーズがエメリーとのんびり挨拶を交わして小箱を手渡し、扉が閉まったとたんに急いで道を横切り、御者に鋭くひと言命じて馬車に乗りこんだ。

「あのメモを書くべきではなかったかもしれないな」スマザーズはロンドンの通りを、人目を引かずにできるかぎりの速さで走る馬車のなかでそう言った。「しかし、あの男のことをどう思っているか、告げずにはいられなかったのだ。どうやら、その点はきみに似ているらしいな、グレース」

グレースは暗がりを見つめてうなずいた。「なぜクラレンス公爵のところへ行くの？」

「それは閣下自身が話したがるだろう。彼はわれわれが行くのを待っている」

しだいに家並みがまばらになって、大きな家が多くなり、それから広い敷地を持つエレガントな館が見えてくると、ようやく馬車がとある門の前で停まった。スマザーズが重厚な紋章を押した書類を見せると、その門はすぐさま開いた。

グレースは自分のよそゆきを見おろした。ほかの服と同様に、実用的でこぎれいだが、虚栄心ばかり旺盛で一文無しだった男爵の娘だったときの淡いモスリンやシルクの服とは比べるべくもない。でも、特権階級の世界から放りだされ、極貧の状態に突き落とされながらも、自分の力で生き延び、前向きに歩んできたのだ。そう思うと不思議に心が落ち着き、わが身を恥じる思いは嘘（うそ）のように消えた。

彼女はスマザーズのあとに従って、ブッシー・ハウスの豪華な玄関ホールに入った。つい あんぐり口を開けて見つめそうなり、それを抑えるにはあらゆる努力が必要だったが、両手を差しのべて近づいてきたセルウェイ弁護士だけには、なんの抵抗も感じなかった。彼はグレースが何も言わずに自分の腕のなかに飛びこむことがわかっていたようだった。

グレースはこらえきれずに泣きだし、彼の立派なスーツを濡らした。それから手探りで、彼のすぐ横に立っている長身の男が差しだすハンカチをつかんだ。

「鼻をかむといい」その男は女性を扱い慣れているような調子で、あるいはたくさんの子どもを育ててきたような調子でそう言った。

グレースはおとなしく言われたとおりにして、ごくりと唾を呑み、深々とお辞儀をした。

「閣下、あなたのハンカチをこんなに濡らすつもりはありませんでした」

公爵は低い声で笑った。「ミス……カーティスだったかな？」

「はい、閣下」

「わたしには娘が五人いる。五人もだ！　何年も前にハンカチをたっぷり用意しておくことを学んだよ」

グレースはほほえみを浮かべようとしながらふたたび鼻をかみ、セルウェイを見た。同じような黒いスーツを着たセルウェイは、単なる弁護士よりもずっとエレガントに見える。クラレンス公爵の前にいることはわかっていたが、ダートムアで苦しんでいるロブを思うと、ついこう叫ばずにはいられなかった。

「ミスター・セルウェイ、あなたの力が必要なの！」

セルウェイの目が悲しそうになった。「情けないことに、われわれはきみたちふたりの力になれなかった」

クラレンス公爵はグレースをソファへ導いた。「わたしには娘がいる」彼は今度はまるで父親のようにそう言った。

グレースは涙を呑みこんだ。「どうかお願いです、公爵閣下。わたしたちは誰のこともだますつもりはなかったんです。わたしがダンカン船長のそばにひざまずいたとき、彼は死にかけていました。そして自分の代わりに誰かを選んでくれと言ったんです。わたしは選びました。彼の意思を尊重しても、誰の害にもならないと思ったからです」

するとと公爵は奇妙なことを尋ねた。

「彼は勇敢に死んだのかね？」

グレースは汚泥にまみれた牢獄（ろうごく）と耐えがたいほどの悪臭、死にかけた船長を取り囲んでいた男たちのことを思いだし、ハンカチを口に当てた。亡きトムソン卿の婚外子であるダンカン船長は、ひどい待遇にひと言の恨みも口にせず、自分の代わりにほかの男の命を救ってくれと彼女に頼んだのだった。

「もしも彼が公爵閣下のご子息だとしても、彼を恥じる理由はまったくありませんわ」

すると驚いたことに公爵はうなだれて、ごくりと唾を呑み、片手で目を覆った。グレースがエレガントな袖に触れると、彼はその手に自分の手を重ねた。ふたりは頭が触れそうなほど近づけてすわっていた。公爵が何を悲しんでいるのかグレースにはわからなかったが、少しでも慰めたかった。

部屋にいる男たちは何も言わず、しばらくのあいだ聞こえるのは時計の音だけだった。

やがて公爵が顔を上げた。

「ミス・カーティス、ダンカン船長はわたしの息子だったのだ」

「まあ……」グレースはつかのま公爵の頬に触れた。「お気の毒でしたわ」

クラレンス公は必死に涙をこらえようとしている。グレースはほかのふたりを見た。セルウェイは弁護士らしく非の打ちどころのない無表情を保ち、スマザーズは唇を固く結んで自分の感情を抑えていた。彼女は公爵に目を戻し、彼が波立つ心を抑えるのを待った。

やがて公爵はまるでこの部屋には自分たちだけしかいないように彼女を見た。「ミス・カーティス、きみはわたしが何を言っているか理解に苦しんでいるだろうな」

やさしい目には苦痛が浮かんでいたものの、公爵はほほえんだ。

「きみは説明を受ける資格がある」

「スマザーズ……ミスター・スマザーズがダンカン船長を見守る仕事をしていたことは本人から聞きました。でも、その理由はまだ聞いていません」

公爵はうなずいた。「それを話すのはわたしの務めだろうな」彼は立ちあがり、ほかの三人にはすわったままでいるように合図して、暖炉へ歩いていき、長いこと炎を見つめていた。ふたたびグレースを見たときには、完全に落ち着きを取り戻していた。「きみは〝セーラー・ビリー〟というわたしのあだ名を知っていると思うが」

グレースはうなずいた。「あなたはずいぶん若くして英国海軍に入隊されたのではありませんでした？」

「十三のときだ。十六になる少し前には、アメリカとの戦争でニューヨーク市を占領した海軍の部隊にいた。亡きトムソン卿は、息子が海軍に入隊したことに腹を立てていた気の毒な父の親友だったが、彼もニューヨークに駐屯していた。父は彼にそれとなくわたしを見守ってくれるように頼んでいたんだ」

「わたしのトムソン卿に？」グレースは驚いて尋ねた。

公爵はほほえんだ。「そうだよ、彼が自分で村に行かれなくなると、きみが彼にクインビー・クリームを運んでいたことは、セルウェイ君から聞いたよ」

「気難しい老人でしたが、わたしは好きでしたわ」ほかの三人が笑うとグレースは赤くなった。「だって、本当なんですもの！　でも、公爵、ダンカン船長はトムソン卿のご子息だったんですよ」

公爵は片手を振った。「われわれがふたりともモリー・ダンカンに惹(ひ)かれていたのはたしかだ。モリーは美しくて、威勢のいい娘だったからね。トムソン卿は、その、わたしに先を譲ってくれたのだよ。俗に言う〝君主の権利〟で――」

「まあ」グレースはどこを見ればよいかわからなかった。

「そういう顔をすることはない。わたしがどんな男かは、この国の誰もが知っている！ミセス・ジョーダンとのあいだに十人の子どもをもうけているんだからね。そしてその子どもたちをこよなく愛している。ダニエル・ダンカンの父親もわたしだったと思う」

グレースにも急にそう思えてきた。細密画のダンカン船長を思いだし、クラレンス公の若いころを想像すると、ふたりはよく似ていた。もっとも、深い片えくぼはモリー・ダンカンのものに違いないが。

公爵はふたたびグレースの隣に腰をおろした。「あのときのことを説明したいんだ。わたしはわずか十六歳だった。そしてニューヨーク市から撤退する準備を進めていた。するとモリーがわたしのところに来て、彼女の、その……窮地に関して助けを求められた。すするとトムソン卿があいだに入って、正しいことをする、と彼女に請け合ったんだよ。モリーに何が言える？」公爵はため息をついた。「いつものように政治が醜い頭をもたげた。わたしは……その……どちらかというと早熟だったのだ」

グレースはついほほえんでいた。

「あの微妙な時期に、わたしの罪が公になれば、父にとってはとんでもないスキャンダルとなったことだろう」公爵はつかのまスマザーズをにらみつけた。「いいかね、きみのワシントン将軍は、わたしがニューヨーク市にいることを知ったばかりで、わたしの首に懸賞金をかけたのだ！　セーラー・ビリーにとって、街の通りは突然危険に満ち満ちた」

スマザーズは少しも動じずに言い返した。「戦争ではどんな手も許されるのです」

公爵はグレースを見た。「きみの気難しい老侯爵は、モリーがその子を育てるために毎年小額の金を払い、成長の過程をわたしに知らせてくれた。ダニエル・ダンカンがダートムアに囚われたことを知ると、わたしは単なる事務弁護士ではなく、わたしの個人的な法廷弁護士であるセルウェイに、船長を仮釈放し、クアールで預かるよう手配してもらったのだ」

「でも、閣下、どうしてわたしがその世話を引き受けることになったのですか？」

「トムソン卿は余命がいくばくもないことを知っていた。そして誰かにダンカン船長を守ってもらいたかった。たしか彼はわたしの息子を助けるためと、自分に対する親切に報いるために、毎年きみに三十ポンド与えることにしたのではなかったかな？」

「閣下、よろしければ」セルウェイが口をはさんだ。「トムソン卿は何年もダンカン船長に関する情報を得ておらず、彼が結婚したことを知りませんでした。そしてわたしに、グレースと船長が恋に落ちることを願っていると話していました」

グレースは涙が目を刺すのを感じた。そしてわたしは恋に落ちたわ。ただ、彼はダンカン船長ではなかったけれど。「ロブはもしもそんなことになったら、船長の奥様とお子さんは驚くことになったに違いないと言っていましたわ」グレースはそう言ってセルウェイを見た。「どうしてミスター・スマザーズをクアールに入りこませたの？」

「いい質問だね、グレース」弁護士は答えた。「亡き侯爵の遺言書から、きみに年三十ポンド与えるという条項を読み上げたときの新侯爵の狭量ぶりと苛立ちを見たあとも、不安を感じたのだが、トムソン卿があろうことか自分の執事をダウアハウスに住みこませるのを見て、心底心配になった。そこで船長にはもうひとり守る人間が必要だと考えたのだ」

グレースはうなずいた。「新侯爵は、ロブ・インマンのダンカン船長がひとりでクアールを出るか、わたしの目の届かないところへ行くのを待っていたんですわ。その場で撃ち殺すために」グレースは三人の男たちをかわるがわる見て言った。「どうしてそんなに執念深いんでしょう？」

クラレンス公は顔をしかめた。「イートンで新しいトムソン卿と一緒だった息子が、在学中にあの男とちょっとした言い争いをしたらしい。新しいトムソン卿は決して憎しみを忘れぬ執念深い男らしいな。おそらくダンカン船長を殺し、わたしになんらかの意趣返しをしたかったのだろう」

「たしかに執念深くてとても心の狭い男ですわ」グレースはため息をついた。「ダンカン船長が死んだとわかったあとは、ほかの誰でもよかったのでしょうね」

「なぜそれほど執念深い人間がいるのか？　この問いの答えは、誰にもわからないだろうな」公爵はやがてそう言い、ふたたびつらそうな顔になった。「それになぜひと一倍勇敢な人間がいるのかも」

グレースは黙ってクラレンス公爵を見つめた。少しでも慰めたくてこう言った。「ご子息と過ごしたのは、とても短い時間でしたが、これだけはわかっています。臨終の床にあっても、船長が考えていたのは部下のことでした。彼はセーラー・ビリーにふさわしい息子であり、リーダーでしたわ」

グレースは公爵に対して、こんなふうに率直な言葉を口にしている自分に仰天したが、公爵が目をうるませるのを見て、正しいことを言ったのだと感じた。

公爵は腰を浮かし、部屋を出ていきそうになったが、スマザーズが引き止めた。「閣下、ひと言よろしいですか?」

「おや、わたしはろくでなしのアメリカ人にとっても〝閣下〟なのかね?」公爵は軽口をたたいて、その場の雰囲気を明るくしようとした。

スマザーズはコートの内ポケットに手を入れ、ダンカン船長の細密画を取りだした。「エメリーというトムソン卿の執事が、これを見つけ、ロブ・インマンを破滅させるために使ったのです。亡きトムソン卿は、あなたに持っていてほしいだろうと思います」

まるで父親が赤ん坊を抱くように、公爵はその細密画をやさしく手に取った。「美しい母親にそっくりだ」彼は低い声で言い、指で細密画をたたきながらグレースを見た。「トムソン卿がこれを手元に置いていたところを見ると、わたしに代わってダニエルの成長を見守るあいだに、彼はこのアメリカ人に対して少しばかり父親のような感情を持っていたのかもしれんな」

「たぶん。もう少し長生きして、わたしがダンカン船長の代わりに選んだロブ・インマンに会ってもらいたかったと思いますわ」

公爵が部屋を出ていったあとも、残った三人はしばらく黙りこんでいた。それから、沈黙に耐えられず、グレースはこう言った。「ミスター・セルウェイ、ロブ・インマンのためにできることはひとつもないんですか？　公爵が助けてくださるわけにはいきませんの？」

セルウェイは首を振った。「戦争の歯車は、行く手にあるあらゆるものを挽きつぶしていく。ダートムアにいる捕虜への同情は、非常に大きな政治的弱さと見られるのだよ。承認された平和協定がまもなく到着することになっているいまは、とくに時期が悪い」

スマザーズが言った戦争の始めと終わりに生じる危険のことを思いだし、グレースはうなずいた。その時期は混乱に乗じてみんなが少し常軌を逸した行動を取りがちだ、と。

セルウェイが立ちあがるのに手を貸してくれた。「もうすぐ四月だ。数日のうちにはアメリカから船が到着するだろう。あと一週間かそこらの辛抱だよ」

「でも……」

「スマザーズの言うとおり、ロブ・インマンはおそらくダートムアにいるほうが安全だ」

31

グレースは、セルウェイのロンドンにある家に向かい、どこに行くかも言わずに立ち去るナホム・スマザーズに別れを告げた。

「怒りのメモ付きの石をトムソン卿(きょう)の家に置いてきたからな。隠れたほうが身のためだろう」

そばにいてほしいと思っていることに驚き、そう告げると、スマザーズは笑って、ロブがしたように彼女の頬に触れた。そう思うと、涙が浮かんだ。

グレースは彼の腕を取った。「あなたが誰なのか、どうして話してくれなかったの?」

「信じたかい?」

「もちろん、信じなかったわ!」

彼は笑った。「わたしと離れられるのが、本当は嬉(うれ)しいくせに!」それから真剣な顔に戻り、「きみのロブ・インマンの様子をなんとかして知る方法を見つけるつもりだ。信じてくれ」

「ええ、信じるわ」彼はコートを着て、ドアの外を見まわし、ふたたび戻ってきた。
「わたしが必要なときは、これまでと同じようにエクセターの例の私書箱宛に手紙を書いてくれ」そう言って帽子を挨拶代わりに軽く持ちあげた。「元気を出すんだよ、グレーシー」

翌朝セルウェイと朝食をとっていると、ブッシー・ハウスから小包が届いた。唇を震わせながら紐をほどき、箱を開ける。なかには手紙と一緒に一ポンド金貨が三十枚入っていた。このメモは一生取っておこう。

〝親愛なるグレーシー・カーティス嬢〟グレーシーは読みはじめた。〝トムソン卿が約束したとおり、きみが毎年三十ポンド受け取れるようにした。ダンカン船長と同様、これもわれわれのちょっとした秘密となるだろう。わが祖国と、わたしの読みが当たっていれば、まもなくきみの祖国となる国との関係を良好に保つためにも、胸に秘めておく必要があるだろうな。心をこめて、クラレンス公爵、ウィリアム・ハノーヴァー〟

彼女がそれを見せると、セルウェイはうなずいた。

セルウェイのおかげで、グレースは来たときよりもゆっくりと走る馬車に揺られ、途中で一泊してクインビーに戻った。セルウェイは、プライベートな客間を使うべきだと言ったが、彼女はそのような贅沢はせず、農民の妻と一緒に夕食を共にすることにした。

ええ、お父様、わたしは滑り落ちたのよ。彼女は食べながら思い、その女性が子どもや作物のことを話すのに喜んで耳を傾けた。そんな他愛もない時間が好ましく思え、グレースは滑り落ちるのも悪くないような気がした。それに、父と同じように気位の高い虚飾に満ちた人生を送っていたら、ロブ・インマンには会えなかった。

クインビーに戻るあいだ片時も彼のことが頭を離れなかった。午後も遅い時間で本通りに人影はなかったが、駅馬車がパン屋の前で停まり、グレースがウィルソン夫人が差しだす腕のなかに飛びこむと、まもなくそこは村人でいっぱいになった。ジェントリー一家も、蝋燭職人の店から飛びだしてきた。

グレースがパン屋のスツールに腰かけるころには、レディ・タットさえ、全速力とは言わないまでも駆け足で息を切らしながら店に飛びこんできた。ブリキ職人が革のエプロンで彼女をあおぎ、巡査の顔さえ見える。

グレースは、クラレンス公爵の名前を出さずに話せることを告げ、ダンカン船長の輝かしい家柄については、父親は英国の権力者らしいとにおわせた。これなら、じゅうぶん真実に近い。

喜ばしいことに、彼女の友人たちはそれよりもロブ・インマンの身を心配してくれた。

「残念ながら、彼はいまいる場所に留まるしかないの」彼女は、悲しそうな顔を見ながら自分の涙を呑みこんでそう結んだ。「でも、何もかもまもなく片がついて、彼は自由になるそうよ」

レディ・タットは苛立たしげにターバンの羽根を震わせた。「それじゃ、満足できないわ！　すぐさま皇太子に手紙を書くわ。わたしの言うことなら耳を貸すでしょうから！」

グレースの亡き父は、タット家のふたりをきのこのような存在だと軽蔑していた。でも、レディ・タットは自分の安全を顧みずにロブをかくまってくれたのだ。お父様はずいぶん間違っていたわ。彼女はそう心のなかでつぶやきながら、レディ・タットの腕に触れた。

「ええ、すばらしい考えだわ。でも、事態は変わらないでしょうね。あなたはともかく、わたしとロブは政府という機械のなかのとても小さな歯車にすぎないんですもの」

「とにかく、やるだけやってみるわ」

「ええ、お願いします」

やがて条約がホワイトホールに達し、戦争が正式に終わりを告げたという知らせに活気づいたものの、三月の残りはゆっくりと過ぎていった。その知らせにグレースの心は舞いあがったが、一週間後には、スマザーズから、捕虜たちがまだダートムアにいるという走り書きのメモが届き、彼女を現実に引き戻した。〝アメリカから迎えの船が到着し、彼らを連れ去るまでおそらく現状のままだろう〟メモにはそうあった。〝ショートランド所長は、がんとして捕虜を釈放しようとしない〟

しかも、ダートムアで、アフリカで英国海軍に囚われた船乗りがもたらした天然痘が流行しているという。〝ダートムアには現在、およそ六千人のアメリカ人がいる〟追伸にそう書かれていた。〝もっと少ないか、男たちが病に抵抗できるほどの体力があればよいのだが、実際はわたしたちふたりの知っているとおりだ〟

ウィルソン夫妻にそのメモを見せると、ふたりは何も言わずに暗い顔で彼女を見つめた。その夜グレースは長いこと暗がりにすわり、せめてスマザーズでもそばにいてくれたら、と思わずにはいられなかった。

彼女にはほかにも、ウィルソン夫妻にすら長いこと話せずにいた秘密があった。「こんなことになったのを恥じるべきかもしれないけれど、恥じてはいないの」グレースはようやく夫妻にそれを打ち明けたあとにそう言った。「男の子なら、ロバートと名付けて、ふたりでナンタケットで暮らすつもりよ」ウィルソン夫妻に身持ちの悪い女だと軽蔑されるのが怖かったが、ふたりの顔には愛情と心配しかなかった。「がっかりさせてごめんなさい」

「とんでもない」ウィルソンは即座に首を振り、おかみさんはその横で涙を拭った。「戦争はつらいもんだ。もしも……二度とロブに会えないとしても、息子か娘か、とにかく生まれた子があんたの支えになってくれるよ」

ある日、ボビー・ジェントリーがいつもどおり一ペニーで売れ残りのパンを買いに来て、こうささやいた。「ぼくらがドーナツなしでいるのを知ったら、ロブはどう思うかな」彼はつまさき立ってグレースの耳にささやいた。「きっと嘆き悲しむよ」

ボビーの言葉にグレースは笑いだした。この言葉は自分で作った殻から自分を引きだす最後の力となった。「そのとおりね、ボビー。明日はドーナツを作るわ。みんなにそう言ってちょうだい」

毎晩、店の掃除をすませたあと、グレースはナンタケットの証書を隠し場所から取りだして、そこにある言葉を読み、ヘントの平和協定を祝ったときのロブの贈り物と彼の愛を思いだした。そして彼が自分に子どもを授けてくれたことに慰めを見いだした。彼が戻って結婚してくれなければ、未婚の女性らしからぬ恥ずべき行為に夢中になったことになる。でも、ほかの人々はともかく、クラレンス公爵はわかってくれるだろう。彼に手紙を書き、妊娠したことを知らせてもいいかもしれない。

よきにつけ悪しきにつけなんの知らせもない長い一日が終わるたびに、グレースは強くなっていくようだった。四月に入ると、スマザーズ自身が姿を見せた。

グレースはすでに横になり、眠りかけていたが、裏口のドアをノックする音に、不安にかられながら静かにベッドを出て、寝間着の上にショールをかけた。「どうか、神様、ロブでありますように」

　ドアを開けると、疲れた様子で戸柱に寄りかかっているスマザーズの姿が目に入った。グレースは失望を呑みくだし、何も言わずに彼の腕をつかんでなかに引き入れた。水を一杯取りに行こうとすると、スマザーズが手をつかみ、引き寄せた。

「すわるんだ、グレース」

　グレースは首を振った。スマザーズの目には恐怖が浮かんでいる。グレースはそれに気づくと、彼のそばから逃げだし、ベッドにもぐりこんで上掛けをかぶりたくなった。こんな考えが不合理なことはわかっているが、話を聞かなければ、彼が告げようとしている知らせは起こらなかったことにできるという気がしたのだ。

　スマザーズは手を離さず、さらに引き寄せて、グレースの手をもうひとつの手で覆った。グレースは仕方なく彼の横に腰をおろした。

「この知らせはどうしてもわたしの口から告げたくて、馬車を飛ばしてきたんだ。ダートムアの囚人が大量に殺された」

　グレースは息を呑み、手を引っこめようとした。が、スマザーズは離さなかった。「刑務所の近くにある村、プリンスタウンには、そういう噂が流れている。わたしはその村に滞在しているんだ」

　スマザーズは疲れきった顔で目を覆った。彼はロブのことも心配だろうが、ほかの六千人の捕虜のことも心配しているのだ。

「八人殺されたという者もいれば、五十人、いや千人殺されたという者もいる。大勢が重傷を負って這って逃げようとしたそうだ」グレースが身を縮めると、スマザーズは低い声で毒づいた。「くそ、噂というやつは！」

「どうしてそんなことになったのかしら？」

スマザーズはようやく手を離し、グレースは立ちあがって水を持ってきた。彼は一気に飲みほし、コップを返しながら、パンとバターがあるかと尋ねた。

「丸二日、何も食べていないんだ」

グレースは店に入り、ひとつかみのドーナツを取ってきた。「また作りはじめたの」そう言いながら唇が震えた。この人にはそれがわたしにとって何を意味するか理解できるだろうか？

彼はドーナツを受け取り、影のような微笑を浮かべた。「きみの恋人は芝居っ気がある。きっとすばらしい起業家になるぞ」

「ほかには？　どうか、知っていることを全部教えてちょうだい」

スマザーズはドーナツを食べながら、グレースの目をのぞきこんだ。「それだけだ。ショートランド所長はすでに死者を刑務所の裏にある集合墓地に葬ったという者もいるが、真相はわからない」スマザーズはため息をついた。「暴動は野球の試合の最中に始まったらしい。ボールが塀を越え、囚人たちがそれを取り戻そうとすると、看守が拒否した。そこで囚人たちは塀に穴を開けた」彼は首を振った。「それで看守が囚人を撃ちはじめたらしい。とにかく、いまはすべての囚人が厳重に閉じこめられている」

彼はじっとしていられないように立ちあがり、両手を背中で組んで歩きはじめた。

「ルーベン・ビースリーに手紙を書いて義務を果たし、詳しい情報を引きだしてくれと頼んだのだが」彼はまたしても毒づいた。「石に書いているようなものだった。くそいまいましい男だ！」

レディ・タットがホワイトホール宛に書いた手紙を思いだし、グレースは目を閉じた。

「ロブが言うように、わたしたちは歯車の小さな歯でしかないのね」

「そのとおりだ」スマザーズは足を止めた。「それが現実だ。わたしはいますぐプリンスタウンに戻らねばならない」彼は後ろめたそうな笑みを浮かべた。「実は、農家の荷車を借りてきたんだ。おそらく彼はそれを返してもらいたがるだろう」

グレースはスマザーズの手を取り、店のなかへと導いた。そしてナンタケットの証書を隠してあったパンの容器から取りだし、彼に見せた。満月の光でロブの手書きの文字を読むスマザーズの顔を、さまざまな表情がよぎった。最後に浮かんだのは、グレースがいちばんよく知っている表情、鋼のような決意だった。

「何が起ころうと、きみがナンタケットに行かれるように最善を尽くす。それだけは約束するよ」

何か言えば泣きだしてしまいそうで、グレースはこくんとうなずいた。

スマザーズはやさしくグレースの手を取った。「だが、ナンタケットに行けば、きみは見知らぬ国で、見知らぬ人々に囲まれて暮らすことになるんだよ」

グレースは深く息を吸いこんだ。「わかっているわ、でも、わたしにはパンを焼く技術がある。それに住む場所もある。もっとひどい状態でアメリカに渡った人々もいるはずよ」

彼はうなずいた。「わたしの祖父は年季奉公の使用人だったよ」

「ロブもそうだったの」

驚いたことに、スマザーズはグレースの額にキスし、来たときと同じように静かに出ていった。グレースは証書をもとどおりに隠し、裏の部屋の柔らかい椅子に腰をおろした。その夜はもう眠れないことはわかっていたからだ。

朝になると、グレースはウィルソン夫妻に自分が聞いたことを告げ、ほかの人々に刑務所で起こった虐殺の話をする気力がないことを知らせてくれと頼んだ。案の定、ダートムアで小規模の暴動が起こり、すぐさま鎮圧されたという知らせが数日後にもたらされた。大勢の囚人が暴動に加わり、ダートムアのアメリカ人はすべて殺されたという噂もまことしやかにささやかれた。グレースはスマザーズがその後の知らせをもたらしてくれることを願いながら、肩に力をこめてひたすらドーナツを作り、パンとクインビー・クリームを作った。

だが、彼からなんの知らせもないと、便りのないのはよい便りだと思うことにした。そしておかみさんに、ジェントリー夫人を雇い、自分の代わりとして仕込むように勧めた。

「あの人は働き者よ。きっと気に入るわ」

「あんたはどうするんだい？」おかみさんは尋ねた。

グレースはさまざまな出来事で、おかみさんも疲れ果てているのを見て取った。「実は、スマザーズの手配がすみしだい、アメリカに行くつもりなの」

「あの男はもうここに来やしないよ！」

「いいえ、彼はちゃんと約束してくれたわ。わたしは彼を信頼しているの」グレースはそう言って、驚いているおかみさんにほほえんだ。

だが、四月が終わり、美しい五月になっても、スマザーズからはなんの便りもなかった。五月の牧草地や、あざやかな花をつけた木々や咲き誇る花が、その美しさで、ナンタケットがすべての解決になるというグレースの気持ちをあざ笑っているようだった。ロブですら、新天地にも親切で寛大な人ばかりでなく、狭量で意地悪な人々もいると言っていた。たしかに赤ん坊が生まれるまではひとりぼっちで、つらい思いをすることだろう。でも、迷いが生じるたびに、傾いたデッキに這いつくばってアメリカ人の船長の靴を拭いた少年が、かの地でその勇気の報酬をたっぷり受け取ったことを思いだした。

ロブができたのなら、わたしと赤ん坊にもできるわ。グレースはそう思った。

そうは言っても、いまや元囚人となったアメリカ人たちが、毎日のように荷車でプリマスで待つアメリカの船へと運ばれていくという記事を目にすると、グレースの決意はくじけそうになった。プリマスへ行く街道が、クインビーを通らないのはなんとありがたいことか。ロブ・インマンからはなんの便りもないのに、自由になって喜ぶアメリカ人たちを見るのはとても耐えられなかったろう。

ロブはひとりで国に帰ってしまったのだろうか？　その可能性も頭に浮かんだが、彼にかぎってそんなことをするはずがない。やがてグレースはついに認めるのを渋っていた結論と向き合った。ロブは暴動の最中に撃ち殺されたに違いない。店を掃除しているときにそう思ったとたん、襲ってきた痛みに、グレースはしゃがみこんで動物のような泣き声をあげた。

光り輝く五月のある朝、グレースはこの国に留まるしかないと半ばあきらめ、ロブのくれた証書を引き裂く気になった。ボビー・ジェントリーと美しい春の村を散歩する約束をした。

一回めのドーナツの生地ができあがり、型に手を伸ばしたとき、店のベルが鳴った。彼女は振り向いて、思わず型を取り落とした。

そこにはスマザーズが立っていた。落ち着いた顔で、この前の疲労はすっかり消えている。

彼の笑顔を見て、グレースはエプロンで手を拭きながら尋ねた。「わたしを迎えに来てくれたの？　ひとりで行かなくてはならないとしても、アメリカに行きたいわ」

「実を言うと、今日のわたしはただの使いなんだよ、親愛なるグレース・カーティス。店の外にいる男が、片脚になってもきみが自分をまだ愛してくれるかどうかを知りたがっているんだ」

グレースは顔から血の気が引くのを感じ、菓子パンを入れたガラスケースの端をつかんだ。「彼は生きてるの？」

「ああ、ぴんぴんしている。ブリストルの病院にいたんだ。いまいましいショートランド所長め！　彼はけが人をあちこちに送りこみ、わたしに何ひとつ教えてくれなかった。おかげでコーンウォールとデヴォンのあらゆる病院と診療所を探すはめになったよ」

「まあ、たいへんだったこと」グレースはじりじりとドアへ向かった。

「ブリストルの病院で、ようやくロブ・インマンを見つけた。店に入るか、このままプリマスへ向かうか、その前に彼はきみの答えを知りたがっている」

涙があふれ、頬を濡らしたが、グレースは拭おうともしなかった。「わたしが片脚の男を愛することができないと考えるなんて、とんでもない愚か者だと言ってもらえるかしら」

「とんでもない愚か者か。なかなかいい言葉だ。ほかに伝えたいことはないかい？　きみは率直に物を言う人だからね」

「それだけでいいわ」スマザーズが出ていくと、グレースは売れ残りのパンを入れた容器からロブの証書を取りだした。そして裏の小部屋のドア口で立ち尽くしているジェントリー夫人を振り向いた。「わたしの着るものをまとめてくださる？　それと聖書を。ほかの本は差しあげるわ」

グレースは落ち着いて両手を体の前で握り、店の真ん中に立っていた。ドアが開き、そこに立っているロブ・インマンが見えた。彼は松葉杖を使いながら、ドアを肩で押して入ってきた。グレースは彼のズボンが片方の膝の下にピンで留めてあるのを見て取ったが、そんなことは彼女の気持ちにはなんの影響もおよぼさなかった。ロブは彼女の男だ。死ぬまで彼のそばを離れるつもりはない。

「ロブ・インマン、ナンタケットにはわたしの家があるの。そこであなたと一緒に暮らしたいわ」

次の瞬間には、彼はグレースの腕のなかにいて、松葉杖が床を転がった。グレースはロブを抱きしめ、痩せた顔にキスしながら頭に浮かんだ慰めの言葉をつぶやいた。

「グレース、醜い執事がおれを連れ去った日から、ずっときみが恋しかったよ」ロブは耳に口を寄せて言った。

「彼はそれほど醜くないわ」グレースは快感に震えながら言い返した。

「アイ。彼はそんなに醜くないな。アメリカの船には、ぼくらを結婚させてくれるアメリカ人の牧師が乗ってるそうだ。そうしたいかい？　たとえ狭いベッドしかなくても、自由になったお祝いをすべきだろう？」

ロブはグレースが赤くなるのを見て笑った。スマザーズが松葉杖を拾い、ロブはふたたびそれを脇の下にはさんだ。「それに船大工に頼めば義足を作ってくれるはずだ。きみはほんとにおれでいいのかい？」

ロブの真剣な表情に、グレースも真剣に答えた。

「ええ、ちっとも気にならないわ」グレースは抱いている腕を伸ばして、彼をじっくり見た。「わたしはあなたが失った脚の半分を愛しているわけじゃないもの。大丈夫、その気になれば、すぐに傾いたデッキを歩けるようになるわよ」

ロブは部屋を見まわし、色褪せたヤンキー・ドゥードル・ドーナツの旗になつかしそうな目を向けた。「もっといい考えがある。例の賞金があるし、スマザーズの話だと、この国の上流階級の誰かさんが、ナンタケットのパン屋の共同経営者になりたがっているそうなんだ。詳しいことはあとできみに聞けと言われたよ」

グレースは思わず手をたたいて、スマザーズに笑みを投げた。スマザーズがそれに頭をさげて応じる。グレースはロブの頬にキスした。「パン屋を経営するのは……ジャマイカを、さもなければアフリカ北部の海岸（バーバリーコースト）を訪れるほどどきどきする仕事とは言えないわ」

「きみの言うとおりかもしれないが、これからは毎朝おれの枕の上にあるきみの顔を見て目を覚ますほうがいい」

グレースは涙を拭い、ロブを抱きしめた。ウィルソン夫妻がグレースの荷物を持って店に入ってきた。彼女はそれを受け取り、長いことおかみさんを抱きしめた。「ありがとう。いまのわたしがあるのは、みんなあなたのおかげよ」グレースはささやいた。ウィルソンも泣くまいとしたが、涙をこらえられなかった。ジェントリー夫人がグレースにキスして、彼女に代わってドーナツの型を抜きはじめた。

外に出ると、ダートマスの元囚人たちでほぼいっぱいの荷車が待っていた。スマザーズがグレースの荷物をのせ、自分のダッフルバッグを受け取って、ロブが荷車に戻るのを助けた。

「あなたは一緒に来ないの、ナホム？」

「まだ何人か行く先のわからない者がいるんだ」

「ご家族が帰国を待っているでしょうに」

スマザーズは首を振った。「ふたつの戦争で、ずいぶん留守が長引いた。妻と子どもは去年熱病で死んだよ。だから国で待っている家族はもういないが、そのうちブレイントリーにある農園に戻ることになるだろうな」

「お気の毒だったわ、ナホム」

彼はグレースの涙を払って衝動的に彼女にキスし、グレースの手を握っている手に力をこめた。

「きみが一年に三十ポンド受け取れるよう責任を持って計らうよ」彼は荷車のなかに落ち着き、グレースに向かって両手を差しのべているロブを昔のように厳しい顔で見た。「きみが死んだことがわかったら、あるいはこのすばらしい女性にひどい仕打ちをしていることがわかったら、彼女に求愛して結婚してもらうつもりだ。せいぜい彼女を大切にしたほうがいいぞ、航海長インマン」

「パン屋のインマンと呼んでくれ」ロブは真剣な声で言った。「これからも、あんたのいるところじゃ、決して気を抜かないよ、スマザーズ」

「ああ、そうするんだな」ナホムはそう言ってグレースの手を離し、やさしい目で彼女を見た。「気は変わらないかい、グレーシー？」

彼女は首を振り、愛するロブに目をやった。「ナホム・スマザーズ、あなたはよい人だけど、わたしはロブ・インマンを選ぶわ」

終わりにあたって

米英戦争終結の平和協定が調印されたほぼ四カ月後、悪名高いダートムア刑務所で起こったアメリカ人戦争捕虜の大虐殺の真相は、いまでも謎に包まれています。

捕虜たちが内部の壁のひとつを越えて飛んだボールを取りに行こうとしたのだ、とする歴史家もいます。看守がそれを返そうとしないと、囚人たちは壁に穴を開けて、取り戻そうとしました。捕虜たちが協定調印後も自分たちを解放しないことや、パンの割り当てが減ったことに腹を立て、脱獄しようとしたのだという歴史家もいます。

理由はともかく、おそらくは当時の所長であったトマス・ショートランドは、看守に監房の外にいる捕虜たちを撃てと命じました。その結果七人か八人が殺され、六人が銃傷により腕や脚を失い、五十三人が軽傷を負いました。

死者はアメリカ人墓地として知られる場所に葬られました。この墓地には一八一二年から一八一五年のあいだにダートムア刑務所で死んだ総計二百七十一人のアメリカ人が眠っています。

これまでさまざまなアメリカの団体が記念碑や墓碑を立ててきました。長年放置されてきた墓地は、最近、英国に駐留しているアメリカ海軍兵士たちの手で、必要としていた〝化粧直し〟を施されました。このときに、死者全員の名前を突きとめようとする真剣な努力がなされました。わかった名前は、現在ではダートムア刑務所の二枚の新たな飾り板に記されています。でも、古い記録はときにはあいまいですから、わからずじまいの死者もいるかもしれません。ナホム・スマザーズが賢くも指摘したように、戦争の終結時は、最も混乱をきたすときでもあるからです。

ですが、多くの人々がダートムアで死んだアメリカ人たちを心にかけています。彼らを追悼する新しい飾り板には、次のような言葉も含まれています。

〈米英戦争中、ダートムア刑務所で死んだ者たちの思い出に捧げる。きみたちが忘れ去られることはない〉

カーラ・ケリー

＊本書は、2015年4月にMIRA文庫より刊行された
『屋根裏の男爵令嬢』の新装版です。

mira

屋根裏(やねうら)の男爵令嬢(だんしゃくれいじょう)

2024年7月15日発行　第1刷

著　者　カーラ・ケリー
訳　者　佐野(さの) 晶(あきら)
発行人　鈴木幸辰
発行所　株式会社ハーパーコリンズ・ジャパン
東京都千代田区大手町1-5-1
04-2951-2000（注文）
0570-008091（読者サービス係）
印刷・製本　中央精版印刷株式会社

ISBN978-4-596-96130-3

mirabooks